中国动物小说名家经典

最后的虎王

李克威　著

浙江摄影出版社

前 言

老虎是地球上漂亮与勇猛结合最完美的动物，它位于自然界食物链中的顶端，也是真正的森林之主、百兽之王，是物种的旗舰。

最重的老虎将近四百千克，几乎是非洲雄狮的两倍，能猎杀庞大的棕熊和攻击狼群。老虎是自然生态平衡的象征，它维持着森林的茂盛和水源的洁净。在森林里游荡的斑斓猛虎不仅是人类的梦幻，还是人类赖以生存的自然界的守护神。虎的灭绝，意味着地球生物链走向崩溃。

虎起源于中国，华南虎是老虎的一个亚种，它的真正名字叫中国虎，它是唯一只生存于一个国家领域内的虎种。

华南虎是地球上所有八个老虎亚种的共同祖先。中国现存的东北虎属于西伯利亚虎，稀少的西藏虎与孟加拉虎是近亲，华南虎实际上并非仅限于华南，它曾遍布于中国的华北、华东及中原地带，因人类的活动及捕杀，其栖息地急遽萎缩到华南一带，才定名为华南虎。

华南虎已濒临灭绝，据专家估计，目前野生的华南虎不足二十头，分布在浙江、福建、湖南和江西一带山区，这还是最乐观的估计，而由全国各地动物园饲养的不足五十头的华南虎，也因多代的近亲繁殖，其生命特征已出现严重的退化现象。

从生物学的理论上说，一个物种的种群低于一千以下的数目，其自然繁衍的可能性便微乎其微。

野生华南虎的情况非常危急，在联合国"国际自然与自然资源保护联盟"的名单中，它位于地球濒临灭绝十大物种的第一位。同时，世界野生动物保护基金会也将它列为世界十大濒危动物的第一名。其珍贵程度，远远超过任何一种动物，包括人们熟知的大熊猫。

由于近年很少有野生华南虎的报告，国际组织中的一些人士已将其认定为"从严格意义上讲的已灭绝虎种"，并呼吁停止拨款拯救的计划。

濒临绝迹的野生华南虎急需人类拯救！人工繁殖的华南虎也急需新鲜血液的引进！在日益缩小的森林中，幻影般似有似无的华南虎究竟是否存在？它的灭绝将使一代中国人永远愧对自己的子孙。

本书旨在唤起中国人对濒临灭绝的老虎，尤其是已基本绝迹的野生华南虎的保护意识，或许，它还有一线生机！

目 录
CONTENTS

前 言

1. 动物专家们震惊了 ………… 1

2. 发现华南虎的踪迹 ………… 4

3. 大型猫科动物的保护神 ………… 12

4. 偷猎者彭氏兄弟 ………… 17

5. 斯蒂文受命调查 ………… 19

6. 调查开始 ………… 23

7. 等待中国虎的出现 ………… 34

8. 真的有中国虎 ………… 43

9. 中国虎的传说 ………… 49

10. 彭潭的心结 ………… 53

11. 这只中国虎叫"祖祖" ………… 61

12. "祖祖"危险 ………… 66

13. "祖祖"是福建雌虎的后代 ……… 68

14. 福建母虎的复仇 ………… 78

15. "祖祖"差一点落入陷阱 ………… 86

16. 彭氏兄弟遭人暗算 ………… 92

17. "祖祖"这是怎么了 ………… 96

18. "祖祖"要进入发情期 ………… 98

19. 给"祖祖"配种 ………… 103

20. 彭氏兄弟又回来了 ………… 122

21. 奇遇第二只老虎 ………… 124

22. 这是只真正的野生中国虎吗 ……… 133

23. 老虎扑食 ………… 138

24. 雄虎真的要被击毙吗 ………… 142

25. 原来是秦岭虎 ………… 146

26. 横生枝节，雄虎受惊 ………… 151

27. 雄虎归来，朝"祖祖"靠近 ……… 153

28. 两只中国虎共同捕猎 ………… 159

29. 狡诈、冷酷的彭潭 ………… 165

30. 倒霉的彭渊 ………… 172

31. 两虎大斗野猪王 ………… 177

32. 遇上了彭渊 ………… 184

33. "奎奎"伤人之谜 ………… 191

34. "森林之王"受难 ………… 194

35. 彭渊被抓 ………… 203

36. "祖祖"的下落 ………… 207

37. "奎奎"认出了彭潭的气味 ……… 211

38. 追捕彭潭 ………… 217

39. "祖祖"生了三只小老虎 ………… 221

40. 抢救第三只小老虎 ………… 230

41. 斯蒂文救了"猛猛" ………… 242

42. 彭潭出现了 ………… 249

43. 小虎崽遭了暗算 ………… 257

44. 斯蒂文死里逃生 ………… 262

45. 彭潭被抓 ………… 270

46. "祖祖"被激怒了 ………… 272

47. "奎奎"逝去 ………… 280

48. 拯救中国虎 ………… 282

49. 国际阴谋 ………… 288

50. 考察组遇险 ………… 293

51. "祖祖"舍身救了斯蒂文 ………… 296

52. 王者血脉 ………… 299

结束语 ………… 301

1. 动物专家们震惊了

2002 年严冬的一个早晨，罕见的大雪之后，百山祖自然保护区管理处的赵冬生队长带着猎犬出发巡山。百山祖一带难得有这样大的降雪，皑皑白雪覆盖的山路，到处一咪一滑，非常难走，猎狗"欢欢"很快就跑得气喘吁吁了。

密林中的雪地上，到处都是野兽留下的痕迹，鼠兔拱出的通道，野鸡刨开的草根，鹿科动物践踏出的蹄印，特别是那成串的婴儿脚掌印，玲珑清晰，让外行人看了毛骨悚然，其实那不过是獾类的足迹。这个表面寂静的雪林，暗中生机无限，让他这个老侦察兵过足了瘾。

然而，当赵冬生翻越海拔 1100 米处的山冈时，"欢欢"忽然对着一片阔叶树混交林狂吠，声音之大，震得树冠上的雪块纷纷跌落。

赵冬生警觉了，他喝止住"欢欢"，立刻伏下身子，取下肩上的半自动步枪，小心翼翼进入丛林。直觉告诉他，一定有什么异常情况，因为训练有素的"欢欢"很少这样激动和紧张。

他蹲在一小片红茴香树下，低矮的树丛遮蔽了他。他轻轻拨开细长密集的树叶，一股浓烈的血腥味扑面而来，眼前的景象更让他大吃一惊！

一株枫香树下，横躺着一头公黑熊的尸体，四周雪地上人的脚印杂乱，到处都是斑斑血迹。

赵冬生牵着猎犬赶过去，看到熊的死状很惨，眼睛大睁，嘴巴歪斜，牙齿全部暴露，它显然是经过拼命挣扎，而且内脏被掏空，四肢全被砍去。

黑熊是国家二级保护动物，百山祖自然保护区内存在的头数有限，所以备受关注，黑熊公然被偷猎，这还了得！

赵队长不敢迟疑，赶快下山，向保护区管理处汇报。管理处领导十分震惊，大型猛兽被盗猎，自保护区建立以来还是第一次。他们立刻用电话报了警，县公安局得报后迅速立案，由副局长督办，派出最优秀的干警奔赴百山祖。

百山祖地处浙江东南，与福建省交界，距离东海约 180 千米。这里属闽浙交界的丘陵区，属洞宫山系，由华夏古陆华南地质演变而成，基层岩石形成于侏罗纪时期，恐龙在上面下过蛋。

百山祖山峰海拔 1856.7 米，属于华东第二高峰。山峦间溪流密布，呈放射状，分属瓯江、闽江和福安江水系，有"三江之源"的美称。

20 世纪 90 年代，美国植物园的著名专家戴礼教授专程考察了百山祖，他惊叹这华东一隅物种的丰富和神秘，称之为"被世界遗忘的角落"。这个角落山高水多林密，半个世纪以来，侥幸躲过了天灾，避开了人祸，成为华东地区野生动植物的最后一块栖息地，若更准确地说，是避难之地。

因为第四冰川期没有完全覆盖，这一带存留着一些远古的物种，至今都没有完全搞清楚。当地有许多怪异的传说，比如有会流血的草、会爬树的龟，还有开绿花的有毒植物等。

最刺激人神经的是，在一个隐秘山洞的潭水里，据说藏着一头怪兽，长身子大头，粉红颜色，能吞食活羊活牛。

猎杀黑熊案的侦破并不困难，偷猎者在雪地留下了大量的脚印，他显然不是个有经验的罪犯，根本不知道毁灭证据和破坏现场。通过侦查，很快锁定了附近一个叫七间房的山村，嫌疑犯也被抓到了。

他姓第三，名团，全名是第三团，像一支不大也不小的部队。

第三团被拘留后，才一审，就对盗割熊掌的事供认不讳。可接下去再审，他坚决否认自己猎杀了黑熊，也不承认割取过熊胆。

按照第三团的说法，他是偷偷进山采药，在山崖上见到了一头死熊，他本想把整只熊拖回家，可黑熊实在太重，拖了一段路后，不得不放弃，就用身上的砍刀把熊掌砍了回来。

公安人员当然不信他的话，因为这涉及量刑的根据，绝不能含糊，警方先后几次把他家翻了个底朝天，又翻了几个天朝底，都没有找到熊胆和黑熊的其他内脏器官。

更让办案人员挠头的是，第三团家里没有猎杀黑熊的枪支，邻居和村主任都能证明他没有私藏枪支。自从百山祖建立自然保护区后，实行了猎枪的管制，基本都收掉了，即便哪家再偷造和私藏，也都是些土制的霰弹枪，打打兔子山鸡和吓唬野猪还管用，根本伤害不了黑熊。

不得已之后，办案人员重新给黑熊验尸，发现的事实更让人惊奇！除去四肢是被利器所斩外，黑熊身上根本没有枪眼，难道黑熊是冻死或饿死的吗？

华东地区的熊并不冬眠，冬季的日子相当艰苦，可这头熊的皮下脂肪还有四指厚，说明它的营养状况不差，那么，它到底是怎么死的？这世间除了威力强大的枪，还有什么法器能把一头重两百斤的黑熊置于死地？

省公安厅派来了验尸专家，他们把每一根熊毛都滤了一遍，得出了两个意外的结论：一是黑熊的腹部是被撕裂的，没有利器切割的痕迹，二是在黑熊的后颈两侧各发现了两个圆孔，直径四五厘米，彼此交错，洞穿了颈椎。

专家们肯定黑熊是因颈椎折断而窒息，但不能确定圆洞是怎么造成的，弹孔的可能是绝对排除了。如果杀死熊的不是人造武器，这就超出了公安系统验尸专家的知识范围。

于是，动物学专家也被请了来，他们扒开伤口一看，当场就确定了圆洞是大型猫科动物的犬齿所致，长度少说有六七厘米。这一确定让专家们也惊奇万分，有如此巨齿的猫科动物，只有老虎！而且也只有老虎，才会在极端饥饿的时候悍然攻击黑熊。

动物专家们要求到第一现场去，公安人员押着第三团带路，来到了百山祖北坡海拔 1300 米处，人们寻到了残雪中的梅花状足印，掌宽 15 厘米，步幅达 60 厘米，这显然不是金钱豹的身躯所能留下的。

动物专家们震惊了！难道，这百十公顷的百山祖山林里，还栖息着万分珍贵的华南虎吗？这绝对让专家们不敢轻易置信，毕竟，我国已经有二十多年没有发现野生华南虎的身影了。

2. 发现华南虎的踪迹

一年多后，黑熊被杀尚未结案，靠近百山祖核心区的前楼村又出

了怪事，闹得全村鸡犬不宁，家家紧张。

那是一个早晨，雾气很重的山间小路上，一个男人脚步踉跄地朝山村跑来。

他看上去是吓坏了，极度惊恐的样子，鞋跑脱了一只，衣服挂烂了，脸上满是油汗和雨水，还混杂着几丝血迹。

男人跑进了村，张皇失措得连自己家都找不着了，眼神空洞无物，嘴半开半合，像是要喊什么又什么也喊不出来。

更奇怪的是，村里那些狗，那些在自己家门口自信如恶霸一样的村狗，不知是被他吓着了，还是从他身上嗅出了什么十分凶险的气味，它们没有一条像往常那样撒欢地扑他舔他，而是都夹着尾巴，弓腰屈背，嘴里发出"叽咛叽咛"的声音，向草垛下、竹捆后或手扶拖拉机轳辘中间钻。

很少能看到狗在自家门口被吓成这孙子样，撞见鬼了吗？

神志惶惑的男人又吓坏了他的妻子，她从来没见过丈夫惊慌成这个样子。

"你怎么啦？你的背篓呢？"她惊问道。

男人扶住自家的门框，心里踏实一些，腿反而瘫软了。他像根下半部分融化的雪糕，有气无力地矮化下去。

邻居们被女人的求助叫声惊动，纷纷赶来，在震惊中，给这个男人掐人中、打嘴巴、灌热茶、喷凉水。

有经验的老人说，看土环的样子，像是在山里撞见了鬼，把魂吓丢了，要赶紧去把魂喊回来。

土环的女人不敢迟疑，立刻飞奔到村边，对着那重重叠叠、紫黑紫黑的群山喊起来："土环……你回来……土环……你家在这里呐，快回来……"

女人的喊声在山谷里回荡，显得凄凉。她内心更是焦虑，差不多天天进山的男人，到底遇上了啥怪物，把魂都给丢了！

暂时打住我们的故事，让我们的视线换一个地方。

这是一间简陋的工作室，临时被当作摄影师的暗室。不要小看这间房子，几天后，一个震撼世界的消息就是从这里传出去的。

现在，我们的摄影师——虽然有点业余，我们还是应该这样称呼他——龚吉还一点预感也没有，他弓着腰，猫头鹰一样睁只眼闭只眼，仔细调整放大机的焦距。

对图片上那团神秘而又模糊的图案感兴趣，决定把它再次翻拍放大来看。

龚吉将焦点对准图片上最幽暗的地方，按下了快门。

在显影盘子前，龚吉用镊子抖动着相纸，似乎这样会快一点。最先出现的还是一团黑影，或者说是几团黑影，有点类似国画的水墨山水。

成团的阴影逐渐清晰，已可分离出枝叶和躯干。

这是山阴处的一大片羽裂马蓝，在放大的效果下，羽裂马蓝发粗变大，龚吉睁圆眼睛瞧着，他恨不得用手扒开草秆，看看里面到底是什么东西。

那隐在草丛里的大家伙困惑了他好几天，让他一而再地翻拍放大，想搞清楚是个什么玩意。

当时天都晚了，准备由山里返程的龚吉已扣上了镜头盖，却看到黄油般的夕阳顺着侧面的山顶，给十几米远一片背阴处的长秆草丛涂抹上斑斑块块的油彩，龚吉立刻举起了相机，就在他按动快门的瞬间，一股尖溜溜的风从山谷中蹿出，皮鞭一样抽过去。

草丛先是顺风一面倒，再反弹回来，这一折腾不打紧，把草丛里一个神秘的庞然大物曝光了。

龚吉当时没有留意，待第一批相片洗出来后，他才被草寨中影影绰绰的大家伙吸引了。

龚吉泄气地骂了一声，放大机太廉价，还是显影液假冒伪劣？焦点越是放大，影像就越是模糊，局部放大的图片上，马蓝秆粗得跟巴西球星卡洛斯的大腿一样了，其中黄糊糊的东西反倒像床单上的尿印子。

算了，还是拨个电话吧，有时候你不得不求人。

龚吉从手机中查找周树立的电话号码。"哥们儿，是我，你在哪呢？"龚吉是北方人，虽说在浙江大学读了几年书，可除了文凭是南方发的，整个还是一个北方爷们儿。

　　"是公鸡呀。"对方听出来了，"我还能在哪儿？谁像你那么自由自在。你现在在哪里？"

　　"我还在庆元，说几句话，不打搅吧？"

　　"你打到我的座机上来说吧。"

　　"我在自然保护区拍了几张风景照，其中有一张好像拍到了什么东西。"龚吉拨通了他店里的电话。

　　"什么东西？"

　　"现在看不出来，我用的是长焦镜头，无限远景深拍的，草丛里卧着一个黄糊糊的大家伙，看不出来是什么东西。我放大了几倍，洗出来还是看不清。"

　　"人家老乡家的牛，让你给拍进去了吧？"

　　"胡说，牛我能不认识，费这么大劲？"龚吉像是受了戏弄，"你

知道我跑到什么地方了？你绝对没去过，我差点就爬上百山祖主峰了。那里连人影都见不着，能有牛？"

"那能是什么东西？你管它是什么东西呢！不就是参加摄影展嘛，什么东西也剥夺不了你的参展资格呀，除非你把一个悬赏通缉的毒贩子拍进去，那也好，你可以大赚一笔。"

"别逗了，哥们儿。你不是有套软件吗？帮我把这张图片在计算机里放大看看。"

"你发过来吧。"他说得倒干脆。

前楼村的人忙了好半天，又是姜汤又是土药，把刘土环叫醒了，可他那结结巴巴的一番话，又把全村人都吓着了。一个惊人的消息，传了出去。

从大山的胳肢窝看过去，经过一夜雨水洗刷的百山祖主峰，拂晓时并没有露出它的全部。

背着竹篓的刘土环出现了，就是前楼村这个几乎吓瘫了的男人。他当时精神好得很，正归心似箭，朝家赶早饭。

他走得比较小心，在垂直覆盖山坡的蕨类、灌木丛中挑选落脚的平面，他可不想滑倒，更怕不小心侵犯了毒蛇的领地。山林中的雨雾打湿了他的双肩，膝盖以下的裤子也被草叶上的雨露溅得直滴水，以致他成了一个两头潮湿中间干的人。

他今天的运气不错，因为上山早，又走得偏僻，采了有十几斤鲜蘑菇，如果他再晚来一会儿，雨后刚长出的蘑菇即使不被他人采走，也会被早起觅食的鼠、兔或野猪、斑羚一类的动物吃掉。

刘土环顺着来路往回走，深邃的山谷中，一条山涧哗哗作响，因为夜雨，水量比平日大出许多，在不少崛起的岩层上形成落差不等的瀑布。刘土环觉得脚脖子和小腿肚阵阵发痒，他凭经验知道，刚才在灌木丛中蹚多了，上面一些含毒素的花粉随着雨露粘在皮肤上，所以难受。

山涧在坡下转一个漫弯，水流平缓了许多，奔腾的哗哗声也变成

了呼噜噜的流淌声。

刘土环隔着雾气看了看芦苇遮掩的水面，几只红褐相间的赤颈鸭浮动着，中间还夹了一只大嘴巴的鹈鹕。他放下竹篓，决定到河边洗一洗腿和脚，太难受了，说不定都已经红肿了。

就在他下蹲解下背篓的时候，河岸边一只大水鳖进入他的视线，好家伙，足足有小脸盆那么大，正往芦苇丛中爬着。

鳖不是好捉的，万一给它咬住，就别指望它松口。不过，难家不会，会家不难，刘土环捉鳖还是有一套的，只要踩住老鳖盖，把头从盖子里挤压出来，再用绳子挽一活扣，套住脖子就行了，关键是不要让它逃进水里。

他估计了一下距离，河岸到水边是一个斜坡，有四五米的样子，这个距离，鳖就是长八条腿也跑不过人。他脚步极轻，悄悄接近这只慢悠悠爬行的水鳖，就在他还差一步的时候，他滑了一脚，"哧溜"一声，鳖被惊动了。

这只老鳖赶紧爬了几步，刘土环一步跨过去，正要朝下踩，只见这只老鳖伸长了脖子，弯头在地上做一支撑，然后四脚一蹬，整个身子侧了起来，再把四肢和头部一缩，像立起来的盘子一样顺坡而下，骨碌碌滚进了河里。

刘土环傻眼了，在山村生长了三十多年的他，从来不曾见过也不曾听说老鳖还有这样的逃生本领。

他在心里念叨着，仍然脚步轻巧地迈向河边，他也不知道为什么还走得这样无声无息，是被老鳖精吓着了？还是有什么预感？如果他不这样走，或许见不到下面的一幕。

林中突然一声猿啼，像给蝎子蜇了，长而凄厉，又戛然而止！

刘土环一惊，屁股沟微微发凉，有什么意外要发生了？什么东西在提醒他？紧跟着就是一股氨水般刺鼻的腥味，浓得像堵墙，撞得他头疼，硬得像根棍，把把捣得人朝后趔趄，也像木塞一样堵住了他的鼻孔，差点就背过去了。

更奇怪的是，这刹那间，似乎一切都静止了，水面上的野鸭也突然不见了，似乎连风都不刮了。

刘土环有点发抖了，他猜不出发生了什么事，只是一种无名的惊恐和好奇。事后，他只要想起来就后怕！

他静立了一刻，四周鸦雀无声，仿佛连河水都冻住了，他大着胆子，拨开最后一层芦苇，这一瞬间，他觉得心猛地"咯噔"一跳，似乎卡在了喉咙之间……他的魂就这样丢了，回村都没找回来。

数米宽的水面上，荡漾着几团薄雾，透过蒙蒙的雾气，对面水边斜立着一头巨兽。它从头至尾足有三米多长，肩胛骨高耸起，身上的花纹斑斑斓斓，粗长的尾巴如弓形搭在地上，黑黑的尾尖翘起，上面是一撮针状的白毛。

正低头饮水的巨兽察觉出了来人，它锅台大小的脑袋从水面上昂起，睁大三角眼，黄澄澄的眸子瞪着刘土环，下腭微微低垂，滴着水花，上面一圈黑亮的皮肉，反衬着鲜红的舌头和刺刀一样白森森的犬齿。

刘土环彻底懵了，妈呀！他与这头猛兽的距离太近了，简直能感

受到它口中喷出腥哄哄的热气。

这头巨兽只需纵身一跃，就能将他扑倒。这一刻他只想哭、想叫姥姥！他觉得腿间一热，事后才知道裤子被尿湿了。他瘫在河边，也僵在了河边，恐惧的本能使他闭上了眼睛。

他赚了条命，对大型猫科动物来说，任何对视的目光都可被当作挑衅，从而引发攻击。反过来说，遭遇这些猛兽时，过分怯懦、惊慌并企图逃跑的反应同样危险，这会刺激它们的猎杀欲望。

幸亏这位老兄给吓软了，他要还跑得动，那就是送死了。

巨兽盯着刘土环看了半分钟，对刘土环来说，足有半辈子。然后，这头猛兽低下头，从容地用舌头卷着河水，在饮饱水后，它看都没有再看这个呆子一眼，转身慢悠悠地走进了密林，连一点声音都没有发出。

刘土环再睁开眼时，只看到灌木丛中一闪即逝的那撮尾尖上雪亮的白毛。

丽水市一家婚纱摄影店里，周树立坐在装潢豪华的套间内，运用着鼠标，指示计算机放大龚吉发来的图片。

他刚把指令输入计算机，电话铃响了。他蹬了一脚地板，椅子轮将他带到写字台前。他拿起了话筒，里面又是那个公鸡嗓子。

"怎么样？结果出来了吗？哥们儿。"

"你急什么！"周树立有些不耐烦了，"软件程序又不是我儿子编的，瞎着急管什么用。"

"你昨晚看新闻联播了没有？"

"我从来不看新闻联播。"

"大新闻呀，哥们儿！浙江南部山区发现华南虎，就在我这里的庆元县。"

"真的？"周树立几乎不相信自己的耳朵："我长这么大都没听说过，浙江还会有老虎？动物园里跑出来的吧？"

"绝对野生的，一个叫刘土环的农民撞上的，当时老虎正在河边喝水，个头大得很，像一头黄牛……"

"把姓刘的给吃了？"

"他哪有那福气啊！哈哈，你外行了不是！哥们儿，说摄影你是我的老师，挣钱也是我的老师，说动物我是你的老师。97%的老虎都不吃人，除非衰老和受伤，不能正常捕猎的……"

"你等等……等等……"周树立突然截断了龚吉的大课，他的注意力被电脑显示器上的画面吸引了。

"喂，你怎么了……喂、喂……说话呀……"话筒里的龚吉大喊着。

周树立此刻聋了，打雷都听不到。他吃惊地盯着荧光屏。电脑屏幕上，图片焦点放大的程序在自动运作。

画面中心，那片燕麦状的羽裂马蓝草丛逐渐清晰，一只在草尖上似起似降的红头凤蛾都显露出来，当深绿的草丛叶秆和黑色条纹都可以分离辨析的时候，一头伏卧着的猛虎身姿被逐渐勾勒出来。

3. 大型猫科动物的保护神

瑞士一座名叫格兰特的城市里，杰克逊老头刚剪完前花园的草，拖着割草机来到后院。

杰克逊的后院称得上简陋，和邻居院内的灿烂的奇花异草相比，这里最吸引人的就是那个老虎笼子。总共六十平方米的后院，被大铁笼占去三分之一还多，里面安睡着一头斑斓猛虎。这不是一头普通的老虎，它身上混有四分之一中国虎的血液。

看着沉睡的老虎，杰克逊老人不忍心惊动它，犹豫一下，收起了割草机的电插头，脚步轻轻地来到笼子跟前。

别看这个老头身材矮小、满头银发，他可是联合国国际自然与自然资源保护联盟（IUCN）猫科动物专家组的主席。说起来简直滑稽，

就是这个体重不过 65 千克、连一只公鸡都捆不住的小老头子，竟然是全球虎、狮、豹等大型猫科动物的保护神，若不是他数十年的努力，这些没有天敌的猛兽已被凶残的人类斩尽杀绝了。

地球上的老虎一共有八个亚种，其中的巴厘虎、爪哇虎和波斯虎已经灭绝。虎起源于中国，中国虎是所有虎的祖先，也是唯一不跨国界、仅存在于一国境内的虎种，而中国虎又处在灭绝的边缘，所以极为珍贵。

杰克逊看着笼子里的"福福"，它有着一个地道的中国名字，是当时的苏联人起的。

"福福"是第四代的中国虎，血统已经不纯了，这是杰克逊最大的遗憾和最深切的悲哀。

20 世纪初，圣彼得堡的一位俄国大公从中国陕西偷运了一对秦岭虎，因"十月革命"，这位大公被苏维埃政府处决，两只中国虎一度失去照料，几乎饿死，后被转入动物园，才逃过一劫。可它们的第二代更不幸，一只雄性中国虎死于德军的炮火之中。

1949 年后，中国和苏联处于短暂的蜜月期，已更名为列宁格勒动物园里的苏联人抓紧时机，从中国引进了一头健壮的雄性华南虎，这是中国有史以来第一次也是唯一的一次输出中国虎种。

如今说起来，真让杰克逊痛心，当时苏联人饲养野生动物的水准很低，这两只中国虎一见面就打得你死我活，根本无法交配，动物园的专家却束手无策，把大好的机会浪费了。

更糟糕的还在后面，那只出生于福建的雄性中国虎不适应苏联的严寒气候，没几年就患上肺炎，不治身亡。中苏两国关系很快恶化，也让动物园重新引进中国虎种的希望成为泡影。

苏联专家们养虎不行，偷虎却有一手，叩中国无门，就从周边国家打主意。他们几经挫折后，于 20 世纪 70 年代通过中越边境，走私了一头雄性中国虎，并通过人工授精，终于让那只母虎产下一子。

苏联人成功了，麻烦随之而来，他们还没来得及庆祝，一位联合

国 IUCN 的专家就提出质疑，认为那头偷运出中国国境的雄虎不是中国虎，而是一头孟加拉虎，它们的后代是仅有二分之一中国虎血统的杂交虎，IUCN 由此拒绝将其列入中国虎的国际谱系簿中。

不知道是出于面子，还是别的原因，苏联方面不承认 IUCN 专家的结论，坚称那头走私雄虎是纯种中国虎，这一种属争论持续了几十年，直到那头虎老死，都没有最后结果。

"亲爱的。"杰克逊先生的夫人推开窗户，"你有传真进来。"

杰克逊应声起身，去往书房，只有工作能把他带离"福福"身边。

杰克逊径直走向屋中间的写字台，传真机的扫描声"滋滋"作响，长长的纸张已经拖到地板上。这是一份 IUCN 总部转来的报告，起草于驻北京的代表，报告中说，中国华东地区又连续发现野生中国虎的活动，这次不同于以往的是，一位业余摄影师拍下了野生虎的照片。

杰克逊几乎来不及把报告看完，注意力就转向了传真机，那张龚吉拍下的彩色图片，正徐徐从机器内吐出。

世界著名的猫科动物专家，此刻像个大孩子，眼珠子瞪得要弹出来了，他忙着找出放大镜，仔细地观察照片上隐约的虎影，手腕止不住发抖。

他不仅仅是兴奋，更多的是不敢相信："我的上帝，难道真有野生中国虎存在？"

杰克逊放下图片，打开电脑，检索 IUCN 资料库中关于中国虎的档案。

屏幕出现了资料，1986 年 11 月 6 日，在湖南湘东一个叫安任县的山沟里，一只 24 千克重的野生幼虎饿急出山，被诱捕野猪的夹子捕获，因伤势过重，抢救无效，同月 21 日死亡。

这是中国国家林业局记载和送来的最后一头野生华南虎的报告。

每看到这里，杰克逊的心都沉甸甸的，华南虎的真正名字叫中国虎，实际上并非仅限于华南，它曾遍布于中国的华北、华东及中原地带，因人类的活动及捕杀，其栖息地急遽萎缩到华南一带，才定名为华南虎。

当今，野生华南虎，也就是野生中国虎的情况非常危急，在联合国 IUCN 的名单中，它位于地球濒临灭绝十大物种的第一位。同时，世界野生动物保护基金会（WWF）也将它列为世界十大濒危动物的第一名。其珍贵程度，远远超过中国特有的大熊猫，也比大熊猫更危急。

随着杰克逊先生的检索，更多条目显示，自 1986 年后，近三十年来，中国华南地区多个省份都报有华南虎出没，几乎每年都有。兴奋的中国动物学家和热心的 WWF 专家往返调查，疲于奔命，至今未拿到野生中国虎存在的证据，非但没有发现活体，就是连一具虎尸或一张照片都没有。

1995 年，在杰克逊先生的推动下，IUCN 通过了《中国虎保护纲要》，自那以后，IUCN 和 WWF 一直承受着内外的压力，一些来自南亚和东南亚地区的代表，为了争取更多的援助资金，对该计划提出了异议，他们批评国际组织高层决策有偏，出台政策总是向中国虎倾斜。

后来，因为让·雷诺伯爵修改遗嘱，该争议骤然白热化。伯爵要求将基金优先使用于中国野生虎的发现和保护上面。现有的遗嘱条文作为第二预案，如果野生中国虎确实绝灭了，再执行它。

2002 年，联合国的 IUCN 下了决心，派出美国动物学家、渥太华老虎基金会长罗·提尔森前往中国，彻底弄清野生中国虎的现状。

提尔森博士在中国进行了长达八个月的调查，足迹踏遍华南各省的森林和保护区，但他的报告结论令杰克逊等人沮丧，他明确认定，野生中国虎已经灭绝，中国南方的森林多是再生林，品种单一，野生动物稀少，根本不具备中国虎的野外生存条件。

提尔森的报告，几乎中止了 IUCN 和 WWF 对中国虎的援助计划，更不要说启动让·雷诺遗嘱的执行了。幸亏中国有关部门拒绝在报告上签字，并提出异议，才使 IUCN 理事会暂时搁置了报告。

但是，提尔森的报告等于是一针强心剂，使反对派更加活跃。

杰克逊老头肩上的压力日益加大，已不堪重负。他已经有了痛切

的预感，如此下去，IUCN 和 WWF 中断对中国虎的拯救计划已为期不远，让·雷诺遗嘱也只能执行第二预案。这无疑，将是野生中国虎的末日。

杰克逊再次拿过图片，反复审视，在模糊的深草丛中，的确显示着一头老虎的轮廓。

杰克逊知道这张图片的珍贵，也能估计到它的意味，但他没有把握的是，这一张图片究竟能否改变国际组织将被迫中止拯救中国虎计划的趋势。

他当时做梦也想不到，这张模糊的图片，竟然带来一连串惊心动魄的故事。

4. 偷猎者彭氏兄弟

百山祖海拔 1500 米的山峰上，一架双筒望远镜向下扫描。这架高倍望远镜能看清百米外树叶上的一只花豆娘。

手持望远镜的叫彭潭，这人背有点驼，走路时上身朝前倾，像随时都要倒下，可又不倒。他剃着北方中年男人流行的板寸头，头发硬得像铁刷子，脑袋的形状有棱有角，豆角眉下一双等腰三角形眼，目光狠巴巴的。身旁是他的弟弟彭渊。

几年间，这对犯罪天才在西伯利亚森林大显身手，依靠枪法准、胆子大和彭潭的野外生存经验，他们成功猎杀过除西伯利亚虎以外的所有野兽，其中包括庞大凶猛的棕熊和生性酷烈的远东豹。若不是俄罗斯改由普京当政，他们就真要对西伯利亚虎下手了。

随着俄罗斯反盗猎行动的展开，西伯利亚森林越来越难进去了。

他们回到国内后，先是奔往青海，运气却不大好，藏羚羊的毛都没看见，遭遇上可可西里的保护者，彭潭率先开枪，准确打爆了对方的轮胎，他们靠夜幕的掩护，逃出了高原。

后来，他们还打过天山雪豹的主意，那也是价值千金的大买卖。无奈海拔太高，在平原长大的他们，上去没几天，头晕脚沉，险些患上肺气肿，别说追踪雪豹，一只病鸭子放他们眼前，缺氧的他们也追不上。

还有什么可干的呢？兄弟俩当真犯愁了。

川陕地区的大熊猫据说已达到1500只了，可那是在国家严密的保护之下，让他们无处下手。最后，他们商量来商量去，决定偷越中缅边境，到那面寻找盗猎的目标。

也是赶巧了，就在他们南下的长途车厢里，他们接到了南方老客户的电话，指明要浙江南部山区发现的华南虎，价格由彭潭定。

现在有人要华南虎！还不还价，这可是个大买卖。卧铺上，他反复掂量，这一票干完，可以洗手了，回家盘个小生意，给老母亲养老送终。

就这样，这一对心黑手狠的兄弟，在第一时间，赶到了百山祖。

5. 斯蒂文受命调查

联合国 IUCN 和 WWF 组织的全球联席电话会议召开了，主会场在瑞士格兰特，议题就是野生中国虎的保护。

中国虎早就被 IUCN 列为全球十大濒危物种之首，在 WWF 世界十大濒危动物名单中也排第一，所以关于中国虎的讨论非常重要，除了上述一些专家和有关工作人员外，IUCN 的秘书长布兰贝尔女士和 WWF 的亚洲地区总裁曼顿博士也都拨冗参加。

因为是老虎议题，杰克逊在会议开始前先请塞弗特教授公布了一组地球现存老虎的数字。塞弗特教授是国际制订老虎谱系簿的主持人。他讲话不紧不慢，条理十分清楚。他说："截至目前，全球 8 个亚种虎中的 3 种已被认定灭绝。最后一只巴厘虎死于 1937 年的猎人枪下。1973 年，在土耳其的集市上，查到了最后一张新剥的波斯虎皮，而生活在印度尼西亚的爪哇虎，自 1979 年后再没有出现过……"

这些数字，对动物保护者来说，是极其令人痛心的，会议代表们在沉默中，内心弥漫着哀伤。

"剩余的 5 个亚种，生存在印度次大陆的孟加拉虎约 5000 只，状况令人鼓舞，栖息在东南亚的印支虎约 2000 只，印尼群岛上的苏门答腊虎还有 700 只，活动在西伯利亚、中国东北和朝鲜半岛的西伯利亚虎比较危急，尚余 300 只。"

塞弗特教授接下去的语调突然低沉："最让人触目惊心的是，最珍贵和最稀有的中国虎仅存不到 50 只，还都属人工饲养虎。就这区区 50 只，全是 20 世纪 50 年代一只福建虎和两只贵州虎的后代，生理退化严重。而野生的中国虎，已有二十多年没有发现过了。"

作为 WWF 稀有动物繁殖专家组主席的斯捷潘博士随后发言，他简单介绍了中国百山祖自然保护区发现野生虎的情况，并把那张图片放映在显示屏幕上。

果不出所料，那张野生中国虎的照片一出示，就跟谁按了抽水马桶一样，会场顿时哗然。

一名出产老虎国家的代表抢着发言，他列举中国作假的种种事例，什么西藏花牦牛剪了毛，当荷兰奶牛出售，什么老母猪割了乳头，用泥巴一糊扮公猪，据说连街上跑的奔驰轿车都有假的。

这名代表是个雄辩家，加上英语流利，滔滔不绝地挤兑中国，就差把"神舟五号"说成是风筝了。

一名中国代表在电话前摇头，中国是假的太多，但外国就没有假的吗？

欧洲国家不产老虎，欧洲人对老虎这种优雅美丽的大型食肉动物怀有情结，他们表现得也较为公正，或者说是宁信其有。

几名欧洲代表在发言中认可野生中国虎的存在，但同时，也都对中国这一珍贵虎种的挽救表示了悲观。

一名东欧国家代表说："我们承认中国在保护大熊猫、金丝猴、朱鹮、麋鹿、藏野驴、藏羚羊、扬子鳄和蒙古野马等物种上取得了成功。但我们大家都明白，老虎处于自然界食物链顶端，其保护难度是前者都不能比拟的。就像金字塔上的尖，你想保留这个尖，就得保护好整个金字塔，中国有这个可能吗？"

另一名产虎国家的代表附和道："我们也是发展中国家，都经历着经济高速发展，生态环境急剧恶化的阶段。据我所知，中国所谓的自然保护区内，仍住有大量的民众，老百姓靠山吃山，原始森林继续受到破坏，这样的形态下，就是有若干只中国虎侥幸逃过猎杀，也会因栖息地食物链的崩溃而饿死。"

这名代表强调说："所以我认为，一两只中国野生虎的出现，哪怕是真实的，也并不具有任何积极的意义。"

议题经他一说，立刻转为拨款问题，几位产虎国家的代表再次要求，把中国虎划为 EW 级，也就是野外绝灭动物的行列。这样，中国虎将不具备享有让·雷诺基金的资格。

关键时刻，杰克逊博士开口了。

"中国虎太珍贵了，"他说，"我没有偏袒中国，但我不否认我特别珍惜中国虎。这不是感情因素，是出于科学。"

老头子顿了一顿："中国虎是原始虎的后裔，是地球上所有老虎的祖先，骨骼结构保留着原始虎的特征，而且，它也是全球唯一在一个国家独自存在的虎种。无论是它的科学价值、观赏性，还是它对生态平衡的维护作用，都是地球上任何一种动物无法相比的。"

他接着说："我想，在座的诸位都知道，不久前WWF在全球范围做了一项调查，'什么是你最喜爱的动物'，结果老虎排第一位，和人类最亲近的狗只能屈居第二，大熊猫和海豚更远在其后。这说明了什么？说明老虎在人类精神世界中占有多么大的比重。

"多保护一只老虎的生存，就等于保护了数十甚至数百个物种的生存！坐看这一自然之王遭受灭顶之灾，是我们的良心和职责都无法接受的。难道真让中国虎成为第四个灭绝的虎种吗？中国有可能成为一个无虎国家，但世界不能成为一个没有中国虎的世界。"

杰克逊的语气开始显得激烈："欧洲人灭绝了自己土地上的狮子，以至多少代欧洲人都无法原谅自己的祖先。如果中国虎绝迹在我们这一代人手里，我们将愧对人类的子孙。"

杰克逊博士动情的演说打动了多数与会者，冷静的塞弗特教授抓住时机，做了一个补充发言。

他分析说："哪怕是只有一头野生中国虎的存在，对这一虎种的挽救都有着巨大作用，这正是让·雷诺伯爵的遗愿。"

他说："即便中国的自然保护区不能提供一个良好的环境，若能安全地捕获这只野虎，也能给人工饲养的中国虎带来新鲜血液，带来种群改良和延续的机会，毕竟中国动物园中还有四十多只中国虎，而且中国的专家很敬业，他们积累了人工繁殖这一虎种的经验。"

两位著名猫科动物专家的发言左右了会议形势，反对派退却了。

不过，他们并不甘心，作为妥协的条件，他们联合提出一项动议，要求拨用让·雷诺基金之前，再次委派罗·提尔森教授前往中国，以IUCN 和 WWF 联合代表的名义，调查和确定这只野生中国虎的真伪。

这个动议很聪明，等于是想重借提尔森之手，斩杀援助中国虎的计划。

代表们大都阅读过提尔森关于否定野生中国虎存在的报告，清楚这个美国人的立场，可面对这个貌似公正的提案，你无法反驳，甚至不能修正。

假如野生中国虎真的存在，就应该经得起最严格的核实，不是吗？

为节约时间和经费，旁听的布兰贝尔女士和曼顿博士小声商议了几句，宣布接受这项提议。这样，繁杂的表决程序就撤销了。

会议一结束，杰克逊就在电话中和远在北美的提尔森教授作了交谈。提尔森教授婉拒了委派，因为他坚信中国虎已经灭绝。

或许出于对 IUCN 和 WWF 的尊重，或者是面对让·雷诺基金的僵局，提尔森教授推荐了自己的得意门生昆特·斯蒂文博士。

这位猫科动物研究者，年龄不算大，对虎的热爱，堪称达到了骨灰级。

斯蒂文在肯尼亚时，曾因一头小猎豹和五个非洲盗猎者打架，四颗门牙弄真成假。他这几年都泡在印度的森林里，对孟加拉虎有着偏爱，这一经历确保他对中国没有倾向性和受到其他有虎国家的信任。

再一个，是他在台湾学习过汉语，能讲流利的中国话，提尔森对中国虎的调查，他是主要成员兼翻译，那份关于中国虎已经灭绝的报告，就有他的附署。

这么一个既熟悉中国又偏爱外国虎的倔巴头，而且还是美国人，那他要是说有野生中国虎，那就是真有，说没有——就是真的没有，谁再说有都没用了。

所以，对昆特·斯蒂文的任命，各国代表都无异议。

6. 调查开始

"来了，哥，他们又来了。"举望远镜的彭渊，向彭潭发出通告。

"还是他们几个人？"彭潭站起身，努力朝山下望。

"没错，四男一女，还有一条狗，今天是从山背后往上走的。"

"咱们从这边绕，当心一点，保持好距离，别让他们的狗发现了。"

这鬼鬼祟祟的两兄弟，隐身在草丛，一边用望远镜观察，一边暗暗地跟踪对面山坡中的人。

约海拔 700 米的山林中，一组人影出现了。这是一行五人。他们每人手持竹棍，在深达膝盖的阔叶灌木丛中跋涉。

为首的是个健壮的中年人，穿一件迷彩服，手里拎一把砍刀，肩上还挎一支半自动步枪。他就是赵冬生队长。

赵队长脚下跑着猎犬"欢欢"，这是一条当地土生土长的猎犬，四肢粗壮、嘴巴短而有力。

林教授紧跟在赵队长身后，这样安排，是为了照顾老人家的体力和安全，年轻人走在前面，他跟得就太吃力了。林教授来自中国科学院动物研究所，是咱们国家的老虎权威。老人家步子碎、频率高，脚下时常打滑，可就是不摔倒，有几回滑得像卓别林的步子，"唰唰唰"好几下，惊得崔嘉尔大叫，他还能站稳了。他手里那根棍子比第三条腿管用。

林教授后面是斯蒂文，他最显著的特征不是碧眼金发，而是那个大背囊，那里面全是绝对专业的野营用品，从罗盘、瓦斯炉到小型气垫船，应有尽有，看得龚吉好奇又眼红，可斯蒂文显得很小气，从不让龚吉翻自己的背囊。

斯蒂文天生一双大长腿，还长胳膊长脖子，可偏偏没有腰，腿像是直接长在胳肢窝下面，他还是桶状胸，成圆形，分开腿时，很像小学生用的圆规，一立正，更像收起来不用的圆规。他重心高，非常不适合爬山，适合画圆！所以看他走山路，能累得你喘不过气来。

排在第四位的是来自国家林业局野生动物保护司的一位女孩子，叫崔嘉尔。男式夹克给她添了几分英气，宽松的厚布裤腿反显得腿很直，一双登山鞋厚厚实实，让龚吉怎么看怎么舒服。

龚吉殿后，这是他自报的，跟这几块料进山打什么头？真碰上老虎，我先跑回家。

其实，他排第五，主要是因为女孩子排第四，一路上可以扯个没完，逗个不停，不是拿斯蒂文开涮，就是自己出丑。总之，他浑身的幽默细胞都用尽了。反正闲着也是闲着，有枣没枣抽两杆子再说。

就这样，他们这个小组进入森林，殊不知在踏入保护区的头一脚始，整个调查行动都处在别人秘密的监视和追踪之下！

赵队长一路上很能侃，说上一辈人有传说，这山里有一种怪蛇，脸盆粗，一米长，分不出头尾，在山里翻滚着走。

崔嘉尔问林教授："有没有这种蛇呀？"

教授微笑摇头，没有说话。显然，关于怪物的传说，他听得多了。

"听他瞎讲！"龚吉说。

"是真的，"赵队长坚持，"五十年代，有一个外地来的蛇王，专捉眼镜王蛇，那人走进这山口，朝里一望，说这山里有怪蛇，掉头就走了。"

怪蛇的传说，让林中的探险者汗毛直竖，不过，也给他们带来些刺激。

龚吉过去没机会结识赵队长这样的人，他不喜欢谈蛇，对传说中的怪物最感兴趣，有空就把赵队长朝这话题上引。

"怪物是真是假，我就不知道了。"赵队长说，"听我父亲说，盘龙坡有一个石洞，洞口很隐蔽，一般人都找不到。洞里面很深，在最里面有一个黑水潭，潭水边还有个白柱子，老人们相传。那里面有蛟龙。"

"蛟龙什么样？有人见过没有？"龚吉刨根问底。

"我父亲年轻的时候进去过，老人们说那蛟龙是粉红颜色的，跟剥了皮的鳄鱼很像。鼻子很古怪，活兽只要吃了一种毒草，进洞后怪物就会突然蹿出潭水，一口把活兽吞下。"赵冬生说，"很多年前，有两个外地来的猎人，不知天高地厚，采了毒草喂羊，然后牵进去打蛟龙，结果是有去无回，人和羊都没了影。老年人也都劝阻年轻人，说那蛟龙几百年，早成精怪，不要招惹它。"

龚吉追问那怪物长什么样，赵队长说他爹根本没看清，而且这故事还是听奶奶讲的，他父亲从不让他提这件事。

对怪物上瘾的龚吉要去那个洞，赵队长说他也找不到洞口，而且那毒草也越来越难采，没有毒草，进去也白搭。嘉尔更是不客气地骂龚吉："你是来找老虎的，还是找怪物的？"

龚吉罢了，不提蛟龙的事，自那后，两眼滴溜溜转，总想发现点什么。

怪物说归说，谁也没有见到，但他们却在几天后见到了让人意想不到，也让人大跌眼镜的场面。

说着闹着，好几天过去了，他们每天从营地出发，选择不同的路线进山。

在老虎沟清浅的溪流边，他们发现了一头豹子的足迹，从现场痕迹分析，那头豹子埋伏在茂密的假水晶兰丛中，准备伏击下树喝水的猕猴。

途经厚朴湾时，一处马尾松掩盖的油叶岩石下，他们还找到一个黑熊离开不久的洞穴，捡到了几撮赤狐的毛发。

数只珍贵的黄麂，在啃苔藓植物的时候，被他们拍下了照片。

他们还把一具被豺狗分食的毛冠鹿的骸骨捡回营地，准备做标本。

珍稀的禽类发现得最多，如国家一级保护动物金雕、黄腹角雉和白鹳，还有四声杜鹃、蚁鸟、星头啄木鸟、戴胜等，蛙类和昆虫粉蝶就更多了。

印象最深的，是"欢欢"从一片洒金珊瑚丛中趟出一只小黑麂，这只黑麂似乎还没有断奶，被母黑麂藏在这里，显然是母黑麂出了什么意外，让这只孤零零的小黑麂已经饿得跑不动了。

黑麂虽然只属于国家二级保护动物，却是中国独有的，所以让斯蒂文惊喜异常，连连拍照。

"你们看这小黑麂一跑三倒，肯定活不长。"龚吉说，"咱们把它逮住带回去吧，不是保护野生动物吗。"

嘉尔立刻表示赞成，斯蒂文却坚决反对。

"对生态最好的保护，就是拒绝任何人工干预，"斯蒂文说，"人类的任何插手，只能坏事。我看到动物园的饲养员把小老虎抱在怀里，就很生气，那会把老虎养成小猪崽。"

"斯蒂文先生带给我们的是最先进的保护理论，我们要学习，要尊重。"林教授望着瘦弱的小黑麂，不无惋惜地说。

"什么最先进，"龚吉窝火了，"见死不救，他缺乏起码的人道主义。"

"你把小黑麂带回去养成家畜，对保护这种珍贵动物没有任何意义。"斯蒂文毫不客气地反驳他。

他们俩吵得脸红脖子粗，龚吉最后还是拗不过斯蒂文。他们告别那只在风中摇晃的小家伙时，嘉尔流泪了。

一只雄性的叉尾太阳鸟被他们一行惊起，鼓翅跃入半空，五彩的羽毛在阳光下闪闪发光，漂亮如空中的火凤凰，龚吉立刻举起了相机。

跑在赵队长脚边的猎狗"欢欢"突然躁动不安，并呜呜地低吠着，赵队长本能地取下了肩上的半自动步枪。

"前面有情况！"他提醒道。

人们听到前面有情况，都紧张，也都兴奋，纷纷举起望远镜朝前面观望。

那儿有一片开阔地，生长着上百株粗大的沉水樟木，林中显然进行着什么搏斗，从望远镜中可以看出几株树猛烈地摇晃，和其他安静的树木形成明显对比。

一阵山风穿林度枝，隐约带来了野猪群的嘶叫声，像是有个屠宰场。

"快走，"林教授判断着，"野猪群受到攻击了！"

"很可能是老虎。"赵队长压低了声音。

斯蒂文迈开长腿，抢在前面，众人都加快步伐，几乎是在跑了，他们来不及砍开草藤，直接蹚了过去，什么旱蚂蟥、毒蚊子、大蜈蚣，这会儿就是踩在五步蛇身上，咬也给它咬了。

老虎，该是老虎出来了，人们梦寐以求的野生华南虎——也就是野生中国虎，终于现身了！

或许是他们迟了一步，或许是他们的奔跑惊走了攻守双方，当他们赶到的时候，一切都平息了。

林中的开阔地带，只见倒伏的和折断的草窠、趟起的泥巴以及斑斑血迹。

临近现场，他们很警觉，成梯队形，小心翼翼地靠拢过去。

这是专家们和赵队长传授的经验，他们必须提防草丛中有受伤的野兽，它一定会把痛苦和愤怒发泄到新的目标上。

灵敏的"欢欢"很快有了新发现，它蹿到一窝草丛前，又猛然刹住，躬下前肢，大声向里面狂叫着。人们都赶紧蹲下身，并躲在赵队长的枪后面，真怕——可又盼着里面藏只大老虎。

草丛里没有动静，赵队长从"欢欢"的叫声
和动作中判断，里面不是个凶险的动物，他回头说
道："可能是一头受伤的野猪。"

　　"我过去看看。"龚吉自告奋勇。

"不行！"斯蒂文反对说，"现在不是逞英雄的时候。"

龚吉有些恼怒："谁逞英雄了？那你过去！"

"不要争了，"嘉尔说，"现在听赵队长的。"

赵队长用口哨发出指令，"欢欢"箭一般冲进了草丛，只见草丛一阵猛摇，"欢欢"的叫声变成了"呼哧呼哧"的喘气声，草丛分开了，先露出"欢欢"的尾部，它努力朝后坐，像是拖着一个什么东西。

　　人们都立刻赶了过去，他们轻松而又沮丧地看到，那是一只断了气的野猪。

　　这只野猪约四十斤重，后腿和前肢上都伤痕累累，尾巴连着猪屁股上的一块肉都撕脱了，咽喉部位的伤口是致命的一击，还在向外喷着血泡，看得嘉尔连忙掉开了头。

　　"它是不是被老虎咬死的？"龚吉问道。

　　赵队长答道："可能吧，你看咬得多狠！"

林教授和斯蒂文仔细检查了野猪身上的伤口，用英文讨论了两句。嘉尔听懂了他们的讨论。

　　"你们的意思是，"她问着，"这是犬科动物留下的齿印，不是猫科

动物的？"

斯蒂文点头："这伤口是撕裂开的，猫科动物是圆洞型的伤口。"

"那它咬死了猎物，怎么不吃，丢下走了呢？"嘉尔又问。

这个问题是大家都感兴趣的，他们散开，认真勘察了现场，从草地上留下的混乱的蹄子印中，逐步分析和推断出刚才那激烈惊险的一幕。

当野猪群行进到这片樟木树下，它们遭到了狼群的奔袭。

狼群数量不大，约五只，它们按常规战术，企图驱散猪群，然后寻找弱小目标下口，但没料到这是一群不同往常的野猪。

那头凶猛的大母猪并不怯战，在它率领下，野猪没有逃散，而是缩成一个圈，将幼猪护在内层，母野猪领几头成年猪主动反击狼群，使捕猎变成混战。

狼毕竟是狼，它们是食肉动物，天生就善于格斗和捕杀，它们的颚骨极为坚固，脸部那块肌肉大如拳头，硬得像核桃，咬合力达五十千克，能造成可怕的杀伤，而且，它们灵活的身体和弹簧一般，几乎不知疲倦。

更厉害的是，狼与狼之间有着完美的战术配合，这种配合使它们的攻击力成几何数倍增。

从现场杂乱的蹄印看，在狼与野猪的周旋中，两只狼引开了疯狂反击的大野猪，一只矫健的公狼飞身跃上猪群的脊背，使猪群惊散，另外两只狼趁机锁定这只半大的猪，给予重创。

大母猪气咻咻地回身救援，驱逐野狼，将猪群稳定下来，狼群的第二轮攻击又开始了，办法和先前一样，让大母猪顾此失彼，然后一只狼跃上猪背，使猪群散开，剩下的狼再次向那只受伤的猪发起饱和攻击。

这是狼的聪明之处，也是它们必胜的法宝。野猪皮厚而且强壮，抗攻击力非常强，用人类的通俗话说，叫不善打，善挨！假如狼群不集中目标攻击，它们可能使多只野猪受创，最终拿不下一只。

所以，每只狼都非常清楚，那被咬上第一口的猎物，就是它们的终极目标。

　　这样的混战中，情景会非常奇特，穿梭于猪群中的野狼会放过身边更弱小的猪，轮流地、反复地、顽强地追杀着那只带伤的猪，直至它因流血过多和惊吓过度而倒下。

　　这就是考察组赶到之前的一场搏斗，大约是大母猪坚决不放弃伤猪，狼群也耗尽了精力，再或许是考察组的脚步声让它们感到了危险，它们只得放弃了猎物，匆匆撤走了。

　　草地因反复践踏及沉重躯体的滚翻，腐殖质层下的水分都被挤压上来，龚吉他们脚下都显得湿嗒嗒的。

　　正当他们全力凑对着各自现场的发现和分析时，扩大搜寻范围的"欢欢"突然发出了奇怪的叫声，它的叫声不高，但声音里充满了不安和紧张，人们都迅速赶了过去。

　　"欢欢"围着一棵樟树打转转，而且以樟树为圆心，保持着不变的半径，仿佛这棵树本身能伤害它。

　　人们都自然地朝树上望，只看到一只被惊吓的赤腹松鼠，正向树梢攀爬，它不应该是能让"欢欢"发出警告的生灵。

"瞎叫什么？"龚吉责骂猎狗，"一只小松鼠也值得这么大动静，我看你也是兴奋过度了。"

"不是瞎叫，一定有情况。"斯蒂文驳斥他。

"情况在哪？咱们五个人十只眼，都白长了？"

眼尖的赵队长第一个发现了秘密："树挂！这上面有树挂的印子！你们快过来看。"他兴奋地指着树干，大叫起来。

樟木树身上，在接近两米的高处，有着七八条痕迹，深浅不一，高低不等，深处朝外翻着纤维丝，浅的地方树皮也被抓脱了。

猎狗"欢欢"提示他们注意的，就是这些爪痕。

爪痕立刻引起了林教授和斯蒂文的兴趣，他们掏出放大镜，仔细观看着，又用小镊子从树皮捏下几根乳黄色毛发，对着穿过树枝的太阳光线审视。

"你说树挂是什么意思？"龚吉问赵队长。

赵队长用手比了比老虎抓树的架势，龚吉顿时明白了。

"是老虎在树上磨爪子的印！"

"一个是磨爪子，另一个是把虎掌上汗腺的气味留在树上，"嘉尔补充说，"以显示自己的领地范围。"

"听老人说，分红挂和白挂。"赵队长说，"白挂是做记号，红挂是清理爪子上的血和肉渣。"

龚吉也凑过去看爪印："这是白挂了，干净得很，没有血迹。"他又凑近闻了闻："好像有点味，不大。"

赵队长笑了："咱这鼻子不行，也不是留给咱们闻的，你看把'欢欢'都紧张成什么样子了。"

龚吉跳了起来，兴奋地说："可以证明有老虎了！总算没有白辛苦。"

他转过身，看林教授和斯蒂文还在用卷尺丈量树挂的高度，便叫道："喂，斯蒂文，没话说了吧？这可不是我拿刀划出来的喔。"

"猫科动物都有这种习性，"斯蒂文冷冷地回答他，"这也可能是云豹或者花豹留下的。"

林教授分析着："从高度来看，如果不是老虎，就是一只雄性金钱豹，云豹立起来达不到这个高度。"

"真可能是豹子啊？"龚吉又蔫儿了。

"刚才拣到的毛发上能区别出来吗？"嘉尔问道。

斯蒂文答说："这是前掌上的细毛，肉眼不能辨别，要送回去测DNA。我估计是豹子的可能性大一些。"

"为什么呢？"嘉尔的大眼睛直视斯蒂文，"你不是在和龚吉赌气吧？"

"绝对不是，"他摇头道，"如果这是老虎的活动范围，那几只狼不敢进来猎食。狼群不是很害怕豹子。"

"是这个理，"赵队长点头，"单个狼怕豹子，一群狼和豹子有一拼。"

嘉尔转向林教授："林教授，你认为呢？"

"正常情况下，斯蒂文的分析是对的，但也有另外一种可能，就是这个自然保护区的面积太小了，为了求生存，几种食肉动物的领地会相互重叠，所以，狼群也有可能偷入老虎的区域捕食。"

"我双手赞成林教授的意见。"龚吉叫道。

"我们今晚就可以验证它，"斯蒂文朝死野猪的方向瞥了一眼，

说道，"不管是老虎还是豹子，这血腥味会把它吸引过来的。"

嘉尔吃了一惊："你是说，咱们今晚守在这里？"

"老虎不是不吃死尸吗？"龚吉说。

"吃的，实际上吃的，"赵队长道，"山里老人们说，除了黑熊有时候不吃，大野兽都吃。不过你们不回去不行，这里晚上太危险了。营地那边的人还等着呢，手机又没有信号，怎么通知他们？"

林教授被斯蒂文的建议打动了，他决定留下来。

新鲜的死野猪是难得的诱饵，恰好在树挂的范围内，假如属于华南虎的领地，能见到老虎的机会可不小。当然，虎和豹的活动范围都很大，蹲守一晚不一定见效，但这是最后的机会，斯蒂文明日就要结束考察了。

他们经过讨论，让赵队长带着"欢欢"返回营地，一是报个信，二是带些食物，明天来接他们。

可赵队长担忧他们怎么隐蔽，几个人埋伏在这里，身上发出的气味能传出几里之外，野兽根本不会过来，再说，万一真过来，他们还面临着危险，黑夜的森林，比白天要可怕得多。

"爬到树上去，"斯蒂文说，"既方便观察，也安全，气味是朝上飘的，不会让野兽发现。"

崔嘉尔同意了这个建议。他们简单吃了些面包夹午餐肉，就打发赵队长下山走了，他临行前还不放心，把他的半自动步枪留了下来，龚吉立刻抢在了手里。斯蒂文担心他会走火，提出异议，龚吉告诉他，自己在大学受军训的时候，射击还拿过优秀呢。

多少年后，他们中不管谁回忆起来，都说多亏这一晚留在森林里，如果还是返回基地，结果可能截然不同。

或许，他们也痛恨这一晚，若没有这一晚的话，后来的一切都不会发生。

7. 等待中国虎的出现

天将晚的时候，他们选定了最利于观察的两棵树，分成两人一组。他们约定用手电光打信号，手电光不会吓跑野兽。

龚吉和嘉尔分在一棵能驱蚊的樟树上，这是他所期望的，哪怕是一夜见不着老虎，至少也没白待一晚上。

太阳一落山，森林就跟有大铺盖捂下来一样，迅速变黑，其实你抬头看看，天空倒比下面亮堂。

成群的蝙蝠在枝头无声地翻飞盘旋，形成一张乌黑的网络，不时会有一只林鸮猛然出击，凌空将蝙蝠网击散，然后抓着一只战利品，逍遥降落。

"我问你，"嘉尔含笑转向龚吉，"你说，是欧洲的生态环境好，还是中国的生态环境好？"

"你欺负我没出过国，是吧？"

"绝对没有那意思，我跟你说正经的，看你能不能答对。"

"你这算是问题吗？"龚吉气急败坏道，"我没吃过猪肉也知道猪是怎么走的，谁都知道欧洲生态比中国好得多，人家绿化面积是多少？中国沙化面积是多少？人家的森林覆盖率在40%以上，中国才18%，根本没法比。这问题一般中学生都答得出来。我看你是没安好心，给我下什么套……"

"你正好错了，中国的生态环境比欧洲好！"嘉尔的口气斩钉截铁，似乎就在这里等着他呢。

龚吉直愣愣地看着这个女孩子，都能数清她的眼睫毛了。

"欧洲的绿化是比中国好，"嘉尔缓缓说着，"森林覆盖率也比咱们高得多，你说得都没错。但你知道不知道，欧洲的绿化林大多是单一树种，是再生人工林。这样的生态环境不但不能说好，甚至可以说是另一场灾难。"

"这我还真没注意，"龚吉的好奇心来了，"绿化反而成了灾难了，我还是头一回听说。你接着讲。"

"你看看咱们周围，"嘉尔扫一眼密集的森林，说道，"原始森林是多少年才自我生长成的，生态系统复杂得很，它的特点就是生物的多样性，万物在这里相克相生，才建立了生态平衡。反过来，人工造的再生林，因为树种单一，根本不能养育起生物链，也就不能养育自己，一旦发生病虫害，就是大面积的死亡，没有任何抵御能力。这还不说，某一种树木过多，本身还能造成公害，或者是花粉症，或者是放射性元素，欧洲和日本，每年花粉期都会有大量的呼吸系统疾病出现，他们现在不是绿化的问题了，而是怎么尽快地伐树。"

龚吉这会儿可不是装的了，他真听傻了。

"斯蒂文的不干预理论，看上去残酷，其实是对的。咱们国家的森林覆盖率虽然低，但还保留着一些真正的原始生态林，咱们如果能吸取欧洲的教训，不单靠人工种树来绿化，而是完善和优化自然保护区，让原始森林自然扩张，增加覆盖面积，中国将来的生态环境就肯定比欧洲和日本要好。"

"你都知道了，咱们国家怎么还不知道？"龚吉叫道，"还不赶紧着？该干什么干什么，别再植树造林了。每年我都得搭好几天工夫，原来是在制造另一场生态灾难呀！作孽作孽……"

"什么事都像你说的那么容易！"嘉尔笑道，"我比你还着急，管什么用？这么大个国家，这么重要的战略性改变，需要论证，需要试点，还需要对试点的评估。我现在经手的'生物多样性行动计划，'就是一个开始。"

嘉尔说着，感慨地巡视着暮色中乌黑的针阔混交林，又道："没想到百山祖有这么完整的一片原始森林，简直棒极了，我以前还真没来过，我想把这个保护区列入国家的'生态多样性行动计划'内。就算没找到华南虎，也要把它变成华东地区恢复自然植被的起源地。"

碎银斑驳的草丛里窸窣一阵响，吸引了树上人的注意，一只硕大的田鼠奔跑过来，后面紧追着一条细长敏捷的身影。

那是一只凶猛嗜杀的青鼬。

这只青鼬对大田鼠紧追不舍。

鼬科动物是鼠类的天敌，它即使不饿，也绝不让任何一只老鼠逃生，老鼠遇上它，很少能逃过它果断而凶狠的追杀。

单从速度上看，老鼠是在草丛里跑，而青鼬似乎是在草尖上飞，不出十米远，便听到田鼠一声垂死的尖叫，接着便是它头骨碎裂的声响。

龚吉和嘉尔对视一眼，似乎对弱肉强食的森林法则有点感慨，他们还没来得及评论什么，远处一声狼嗥，吓得他俩都浑身一机灵。

那声音如同圆筒子里吹出来的，在美声唱法中属中性嗓子，高亢圆润，又凄凉悠远，这高腔一出，森林顿时安静了许多。

嘉尔一震，她发现了什么，赶紧悄悄地向龚吉示意。

龚吉顺势望过去，只见密林深处，几盏贼亮贼亮的灯飘浮晃动个不停，颜色荧绿，狼来了！

嘉尔紧张地抓紧了龚吉的手，龚吉则连吃豆腐的感觉都丢到爪哇国了，尽管都知道狼不会上树，可这么黑，又这么近地面对食肉动物，那点儿野生动物的知识似乎挡不住他的胆战！

几盏亮灯越来越近，已经能看清野狼黑乎乎的轮廓了，青鼬扔下吃剩一半的老鼠，无声地隐去。

为首的一只头狼走出树影，它警惕地向周围吸着鼻子，像是发现了什么。它不着急去野猪横卧的地方，反而在原地蹲下，看上去就像一个坐着的人影，它身后的狼也都停止了前进。

忽然，另一侧的矮林一阵响动，一个身影蹿出，直奔死野猪。这是一个比狼大的家伙，长长的黑毛，并拖着一个大尾巴，它根本不观察现场，像是长途奔袭而来，扑到野猪身边就撕咬起来。

"乖乖！这是什么家伙？"龚吉轻声惊问。

"好像是猪獾。"嘉尔轻答。

头狼立刻站了起来，在它率领下，几只狼成扇形包抄过去，甚至

有两只狼绕到了猪獾的背后。

獾属于凶残的鼬科，加上它罕见的大个头，又饥火中烧，面对群狼它毫不畏惧，它一边继续抢吃食物，一边向狼群发出难听的嘶叫。

头狼摆出进攻的架势，从尾部接近猪獾，猪獾原地一滚，张开血盆大口，咬向头狼的腹部，头狼及时地跳开了。猪獾翻身扑向包抄它的另外两只狼，那两只狼也躲开了。

五只狼把死野猪和猪獾包围起来，它们想驱走猪獾，抢回猎物，然而猪獾是极其好斗的，更何况在饥饿的情况下，它会不顾一切地拼命。

大猪獾是食腐动物，口腔唾液里含有大量致命的病菌，而狼是聪明的猎食者，也是机会主义者，它们把猪獾当疯子，也不愿意为一口肉负伤。它们在缠斗中十分谨慎，攻击快，躲闪得也快，只想消磨猪獾的斗志，让它放弃。

　　龚吉和嘉尔被这难得一见的场面吸引了，龚吉一个劲在心里感叹，如果手里有了带红外线的摄像机，录下的片段可以拿到中央电视台，在"动物世界"栏目播出，效果绝不比从境外买的差。

　　就在这时，对面树上突然连闪几下灯，提示他们有紧急情况。

　　他们两个立刻小心地观察周围，并没有发现什么，灯语再次传来，告诉他们，注意自己的树下。

　　他们赶紧低下头，都惊得几乎叫起来，朦胧破碎的月色中，半米深的鳞毛蕨草向两边轻轻分开，现出一只金黄毛色并带棕黑色圆斑的猛兽。

　　这头猛兽目光炯炯盯着狼獾争斗的方向，无声无息地匍匐前进，从上朝下看，它那蜿蜒游动的脊椎犹如一条蜿蜒流畅的花蛇。

　　对面树上的人显然早就发现了这只潜行的猛兽，因距离和光线的关系，他们无法确定它是什么。

"你们看清了吗？"他们用灯语发问，"是虎还是豹？"

不等和嘉尔商量，龚吉就用灯语答复了："看不太清，好像是一只老虎。"

嘉尔惊讶地瞪大了眼睛，你怎么睁眼说瞎话，这分明是一只金钱豹！龚吉冲她眨了眨眼，示意她保持冷静不要冲动。

"注意观察，仔细点，"对面树上的灯光急速闪烁着，"一定要搞清种类！"

"知道了。"

林间的灯光来回闪亮，并没有惊扰任何动物，在它们看来，这和天上的闪电没有区别。

金钱豹秘密潜行到开阔地边沿，距离野猪尸体的二十米处，在一个它可以瞬间发起攻击的距离，它舒舒服服伏下身子，旁观这场狼群与猪獾的缠斗，充分显示了猫科动物特有的智慧和耐心。

"看清楚了吗？就在你们脚下。"那边灯语越发急切。

龚吉可以想象，那棵树上一老一外两个专家，八成急成了两只大猴子。

"天太黑，还是看不清楚。"

"虎身上是条纹，豹身上是斑块……"那美国佬又忘了谁是谁，开始上课，竟然从 ABC 讲起来。

"草太密了，"龚吉好笑中揿着电门，"很像是华南虎。"

嘉尔借着月光，从龚吉轻松的笑意中明白了，这个坏家伙是故意的，或许他是在逗弄斯蒂文，或许是故意摆迷魂阵，拖住考察组。

明知道龚吉是从国家利益考虑，但这种做法让嘉尔不能接受，可眼前她一动也不敢动，任凭他把这个大谎继续扯下去。

野狼和猪獾的争夺持续了两个多小时，双方几乎都筋疲力尽了，一只狼的前肋处破了皮，猪獾的后肢也留下了两处伤口。双方斗的时间很长，但都没有使出全力，更多是相互试探和威慑，考验对方的决心和耐力。

处于劣势的猪獾在这场马拉松式的周旋中逐渐占了上风，因为它始终显示着决一死战的架势，还不显倦态。

狼群终于放弃了，它们的智商高于猪獾，其狩猎成功率也高于猪獾，没有必要因为一头死野猪和这个疯家伙死磕！

先是头狼跳出圈外，蹲下来休息，其他的再纠缠一两个回合后，也都脱离开来，它们互相舔了舔伤口和汗津津的毛发，撤向了森林，从轻松跑动的碎步看，似乎并不很沮丧。

猪獾赢得了食物，它满意地哼哼着，舔了舔身上的伤口，挪过身子，准备享用这顿来之不易的夜宵，这一会儿，它显露出疲惫了。

一声沉重的低吼压着地皮滚来，猪獾吃惊地抬起头，它还没来得及吃上一口，就看到了更厉害的对手。

草丛里的豹子出现了。它威风凛凛，低低吼叫。猫科动物又分为猎豹亚科、豹亚科和猫亚科，虎、狮、豹都是豹亚科中的豹属，它们的喉部构造与猫亚科中的猫属动物不同，舌骨悬器长而软，便于大块肉的吞食，怒吼起来，声音势大力沉，振聋发聩。

这只金钱豹的吼声虽然不高，却充满杀气和震慑力，足以使三百米内一些弱小的哺乳动物瘫痪在地上。

月色婆娑的密林内，这只金钱豹充满自信，它不会去和群狼争夺食物，但面对一只久战的猪獾，它志在必得。豹子一边慢慢走向猪獾，一边用前掌拍打着地面，它没有采用猫科动物的突然袭击方式，而是以罕见的示威行动，公开向对手发出警告，让它滚开。

坏脾气的猪獾气得嘴歪眼斜、打嗝放屁、大发雷霆，它嘶叫着扑了上来，争斗了半夜才到口的食物，怎能让豹子白白捡走！

看到猪獾公然挑战，豹子被激怒了，它弓下了身，在大吼一声的同时，凌厉的前爪兜头就是一把。

猪獾吃亏了，猫科动物绝对是天生的杀手，其武装配置和动作速率远非犬科和鼬科动物所能比拟，如果把狼群比作几艘鱼雷快艇的话，豹子就是一艘攻防兼备、综合作战能力极强的驱逐舰。

猫科动物的柔韧、敏捷和爆发力在自然界堪称一流，它前掌的攻击快如闪电，铁钩似的利爪一下就让猪獾额头上开了花。

　　狂怒中的猪獾暂时还不知道疼痛，它打了个滚，昂头张嘴再咬过来。豹子凌空剪起，这是猫科动物的独有本领，它落在猪獾背上。待它再弹开，猪獾身上几处血肉模糊了，淋漓的鲜血从额头上流下，甚至糊住了猪獾的视力。

猪獾终于感到疼了，也知道遇上了比自己更暴烈的对手，何况，与狼群的纠缠已经耗费了它大部分体力。懂得森林法则的猪獾不再恋战了，它爬起身，拖着尾巴就逃掉了。

　　金钱豹以胜利的姿态蹲在那里，坦坦的，它两只耳朵机警地转动不停，检索四周是否还隐藏有更凶悍的对手。

　　此时，天已蒙蒙亮，森林格外寂静，大型猎食动物的打斗已把所有的小生灵吓得不敢出声。豹子走到属于自己的战利品身旁，它低头嗅了嗅，又舔了两下，然后一口叼起后颈，将几十斤重的野猪拖走了。

　　他们四个几乎都从树上下不来了，野生世界惊心动魄的连环打斗，看得他们不但傻了眼，还几乎心肌梗死。龚吉真蜷缩成了一只公鸡，全身肌肉都发酸，仿佛跟豹子那一架是他打的。

　　"没见着老大，见着老二了，哎呀呀，"他夸张地呻吟着，"我咳嗽一下，连尾巴骨都发酸，我怎么给累成这样了呢？"

　　"龚，你的眼睛有问题了吧？什么老大老二？"斯蒂文对龚吉不依不饶，"那么明显的斑点，你一直还说不像豹子！"

　　"你还等着我呢？记这个倒记得真清楚！"

　　"为什么不记得？我问了你三遍，你都说是老虎。"

　　"我夜盲，行了吧？我瞎！还不行么？"龚吉理屈了，说话底气都不足了。

　　"你就不该这样，"嘉尔抱怨他道，"其他问题可以开玩笑，学术问题一定要实事求是。你这不是弄巧成拙吗？让他以为我们中国人爱撒谎！"

　　"我不就是想多拖他两天吗，万一明后天就能找到老虎了呢？再说，我一不代表官方，二不代表学术机构，我不就是我嘛，一个穷照相的……"

8. 真的有中国虎

十天艰苦又充满趣味的考察要结束了，他们的足迹已经越过百山祖区域，把凤阳山保护区也查了个大半。对野生华南虎一无所获，连根像样的毛也没有，最后现身的是头华南豹。

林教授最为遗憾，他清楚，山外多少期待者将再次失望，这很可能是最后一回了，中国人灭绝了与自己共生共存几十万年的老虎，他们是自然界激烈的革命者，剥夺老虎自然之王的位置，还狠命挤压这昔日统治者的生存空间。

中国虎当真绝迹了吗？还是剩有一个幽灵，在它昔日的栖息地徘徊？它或许已转换成最时尚的闪客，瞬间出现，呈现令人窒息的美丽，即刻又永远地消失了。

他们情绪不高地继续朝山下走，昨天在山林中穿行了一天，晚上又在树上待了一夜，汗水、露水、雾水，以及树胶等各种植物的分泌液弄了满身，难受死人啦，几个人都恨不得扒层皮下来。

他们顺路迈进山谷，因山形奇特，这一带被称为"锅冒尖"。几条溪流汇集过来，组成瓯江的源头，山势夹出一道河湾，巨石横卧拦截，水流被缓冲，没有任何杂质的水沉静下来，清澈到泛出幽幽的深蓝。如果你凝目注视，你会感觉这片水成了一块固体。

假如力气够使，你能将清净的潭水整块搬出来，搁到一边。

"不行、不行，我坚持不了啦，"龚吉叫道，"我要洗个澡，我胳膊和腿都黏到一块，分不开了。"

林教授警告说："这山泉水很凉，小心抽筋！"

"这水最深才不过肩膀，抽筋也淹不死。"龚吉说着就要脱衣服，"我豁出去了，宁愿抽一次筋，也比脏着舒服。"

嘉尔看他脱衣服，急忙叫道："喂喂，怎么说脱就脱，我还在这里呢！"

龚吉笑了："你放心，我穿着内裤呢，最多走点光。"他话语一转，"你是不是也想洗呀？一块下来吧，不洗白不洗，这一走，不定哪辈子才来呢。这几天净遭罪了，该滚蛋了，还不享一回福。"

"我没带游泳衣……"她迟疑地说着，显然是动心了。

"用不着，这深山老林，谁怕谁呀！"

嘉尔笑了："滚你一边去。水到底凉不凉？"

龚吉朝身上撩着水，痛快地享受着，说道："前五秒钟觉得凉，马上就好了，太舒服了。"

"瞧你美的样子！"嘉尔转脸问另外两个人，"你们也洗一下吗？"

斯蒂文试着水温，犹豫道："我还没想好，我可不想感冒。"

"我也洗一洗脚，洗一下脸吧。"林教授倒是也忍不住了。

嘉尔打量一下河边的地形，决定到巨石的另一侧去洗。她说道："那我到那边去洗了。"

"有什么情况喊一声，我立马过去。"龚吉冲着她背影喊着。

巨石的另一侧，这里水面较宽一些，溪流从岩石顶上漫下来，形成一个落差两米的瀑布和一团白色的水雾。

水雾前，嘉尔脱了外面的衣服和鞋袜，白皙纤细的脚掌像一片薄薄的年糕，踏在鹅卵石上。潭水大致膝盖深，有若干透明的小青虾，聚过来刺吻着嘉尔的腿肚子，轻微的刺痒，让她格外惬意。

这边，龚吉忽发奇想，过去给嘉尔拍张照，中国的夏娃！哈哈！她毕竟是在澳洲留学待过六年，也专门去见识过裸体海滩，不敢说多开放，肯定比国内的女孩子大方。再说，反正是要分手了，也得罪不到哪里去，大不了把胶卷一块给她。

他拿定主意，匆匆爬上岸，套上衣裤，抓起相机就朝石头后面跑去。

"小龚，你别乱来……"林教授想喊住他。

龚吉回身，把手指放在嘴唇上，冲他们"嘘"了一声。

林教授眯眼一乐，不再干预。有知识的人，都蛮开通的，何况是动物学家。龚吉这些小滑头经，他还不清楚吗？都是睾丸激素闹的。

斯蒂文在一边摇了摇头，用英语咕噜了一句："Dirty boy（坏孩子）！"他站起来，想制止龚吉。

"龚！你不可以这样做。"

"你洗你的，少管闲事。"龚吉根本不睬他。

"你这是侵犯她的隐私，是错误的。"斯蒂文要动手拦他。

"我早就和嘉尔商量好了，你管得着吗？"

斯蒂文傻了，他拿不准是龚吉撒谎还是确有其事，只得放他过去。

龚吉迂回到一片芦苇后面，从中悄悄穿插，他不想在按快门前惊动嘉尔，万一挨骂还没拍上，那样就不合算了。

一只锦鸡在树上发出一连串的鸣叫，这是森林里常有的警戒声，大多数动物都能品出其含意，可惜人还不够聪明，或者说是太高高在上了，压根解读不出动物传递的信息。

高度的兴奋控制着龚吉，让他忘乎所以，以至于在芦苇里弓腰穿行时，碰上半只獐子的后腿，还嫌它碍事地踢往一边。那会儿脑子真是进水了，不去想獐子腿咋会丢在这里。

獐子腿刚踢开，紧跟着是一股浓烈的血腥味，从右侧"忽"地扑面而来，差点没呛得他咳嗽。

啥家伙？他一惊，还没转过这根筋！他把相机换到左手，右手顺便伸过去一拨带血的芦苇丛，这些植物很密，他什么也没看到，只听到"呜"的一声，像是雷声从地面响起，震得芦苇那高粱似的脑袋乱摇晃。

你说龚吉这小子该死不该死，他还是没有醒悟过来，他朝右又拨了一把芦苇，而这一把进去深了，直接触到一个毛茸又粗糙的东西，感觉扎手。那东西又"呜"了一声，一甩头，站了起来。

龚吉直觉得手被数十根钢针划了一下，他缩回手，看到的是一座金黄的小山立了起来。

正对他的，是一个大花脸盆般的虎头，你说多大就有多大！几只绿头金背的大苍蝇盘旋着，那老虎圆瞪栗子般的眸子，直视着他，一圈眼睑呈现着爵士黑色，眼睛上几窝白毛反射着亮光，钢琴红色的鼻端和舌头，把血腥气直喷在他脸上，银针刷子一样的胡须前短后长，上面还粘有他手背上的血迹。

龚吉魂没了，这一瞬间，肾上腺素消耗了一半。

他想喊，却喊不出声，只感觉心"咯噔"一下卡在肋骨上，再也不跳了，还感觉得脑血栓了，血压少说有三四百。

他的照相机掉了，掉了也罢，砸了都应该！他想装死，又察觉晚了，他冲着老虎假笑、谄笑、奸笑、柔笑、媚笑、苦笑、皮笑肉不笑、带着眼泪地笑，发自内心地笑……他鞠躬、套磁，甚至想到了磕头，却被绊了个屁股蹲儿，这是最危险的，最容易遭受到猛兽的攻击。

那只老虎跟雕像似的，纹丝不动地看着他，白额下的三角吊睛透着威严。龚吉突然想起林教授的告诫，不能和老虎对视，会被它判为挑衅。

他低眉藏眼，谦卑地看着老虎的前胸，只有如此近的距离，只有在完全没有保护的状况下，人才会真切体察老虎的雄壮。

老虎蹲着比你站着都高，那前肢粗壮得不成圆形，明摆着是一个立方，强烈的虎臊味几乎凝成移动的城墙，平推着龚吉倒退。

老虎后腰一弓，站起了身，龚吉瞬间凉了，开始了，来了！最好

一掌把我打晕，然后把脖子咬断，千万别不咬脖子从脚趾头开嚼，那可受大罪了。

老虎一纵身，迈出了芦苇，庞大的身躯使草丛倒伏一片，却没有任何声响。它旋转过来的尾巴犹如武术中的扫堂腿，把龚吉扫翻在草丛里。他感觉是被谁狠狠打了一棍子。其实，那时候，就是一根柳条也能打倒他。

龚吉还没来得及感觉到疼，更没来得及庆幸，就听到河中的嘉尔短促地惊叫一声，他意识到，老虎下河冲嘉尔去了。

他不知哪里来的力气，弹簧般跳起来，直奔向自己放猎枪的地方。

嘉尔的叫声也惊动了斯蒂文和林教授，当他们奔过来时，正看到龚吉朝溪流举起猎枪。林教授敏捷得像个武术散打队员，一把按住了猎枪。斯蒂文往河里一看，顿时目瞪口呆。

碧水里，一头斑斓猛虎游向崔嘉尔，冲击出巨大的水纹，把潭水一劈两半。赤裸的嘉尔呆立在瀑布下，两手交叉，本能地捂着咽喉，盯着冲她而来的老虎，一动也不敢动。这几秒钟等于几年。

当老虎接近嘉尔时，林教授突然松开了手，龚吉再次举起了枪，他激动得全身发抖手心发凉，这会儿还无依托射击，子弹不飞到姥姥家才怪呢。

斯蒂文朝前跑了两步，可着嗓子大吼了几声，吃奶的力气都使出来了。

溪流两岸的树林间"劈劈啪啪"响起鸟的鼓翅声，他是想警告一下老虎，可美国人的吼声，只能吓唬吓唬中国鸟。

那头老虎没有回头，似乎是聋子，龚吉看得真切，它左边那只有点残缺的耳朵仅仅朝斯蒂文的方向转动了一下。它从嘉尔身边游过时，也没有看她。

老虎跳上对岸，一抖浑身的水花，水泡般炸开，一些水珠越河飞溅到几个男人脸上。然后，那老虎从容地迈进了对岸的森林。

而就在老虎游过嘉尔身边的瞬间，天赐良机，让林教授踩上了照相机，差点崴了脚，就是龚吉丢掉的那个宝贝。林教授比猴子还利索，举起相机对准老虎，一口气拍了十几张，直到连尾巴也看不见为止。

当赵队长带着"欢欢"来接他们，发现这四个人全都不对劲儿了。

林教授在河对岸撅着屁股量老虎爪印，嘉尔拱进芦苇丛里寻什么，

斯蒂文忙着用笔记本电脑画图，把老虎出草丛到下河、到游过嘉尔身边、再到隐进森林的过程，全部用电脑复原。

龚吉像中了魔，上蹿下跳闲不住。他一会儿跑过去看斯蒂文画图，指手画脚纠正人家，还非要把他自己的位置也画进去，弄得两人几乎打起来。一会儿又不停地对着山林大叫，弄得崔嘉尔不得不几度制止他。

"喂，龚吉，你乱喊什么？别瞎抽风好不好？"

"我就要喊！现在还不喊的人才叫抽风呢！"龚吉蹦得摁不住。

赵队长不消问，单从"欢欢"那极度紧张又兴奋的反应，他就猜中了。

"碰上老虎了，是吧？"

"赵队长，咱们差点就见不着了，我几乎跟老虎亲一个嘴，就差这么远。"龚吉撒娇般地比画，"脑袋这么大个儿！就是你老爹救过的那只老虎，左前腿上有一道伤疤，清楚得很。"

"真的？"赵队长也吃惊了，"那只老虎真还活着？"

9. 中国虎的传说

龚吉看到这头老虎前肢有伤疤，那是听队长赵冬生讲的故事。

赵队长的父亲是有名的老猎户，禁猎前，他主要打野猪、梅花鹿、山鸡和黄麂，从不打老虎、豹子。

他说，1988年冬天，他父亲套野猪，没想到套住一只半大的老虎，他父亲赶到的时候，那头半大野虎已经挣扎得筋疲力尽，前肢几乎被钢丝勒断。

赵队长说，当时他父亲有些慌，他想放走老虎，可又不敢走近，怕受伤的老虎再突然发狠，对他抓咬。赵队长说，他父亲愣了好一阵

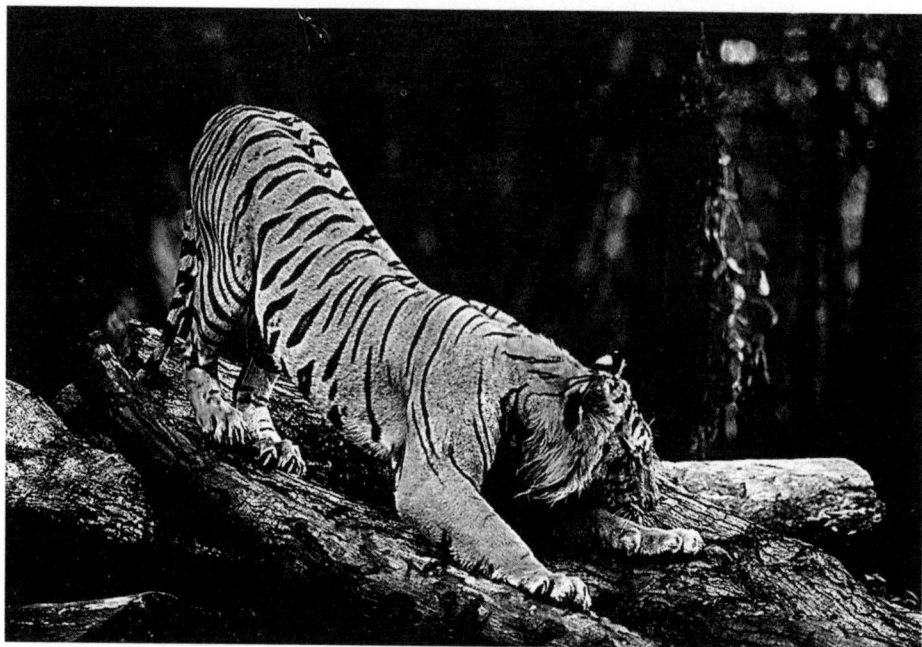

子，看老虎太可怜，就硬着头皮慢慢接近，同时嘴里不停地哄着老虎，声音很轻，就像哄孩子。

真是奇怪了，赵队长说，那老虎就像是听懂了他父亲的话，一下也没有挣扎，安静卧在那里，一直看着他父亲，直到钢丝被剪断。

赵队长说，他父亲还看见了老虎眼里隐约有泪，他父亲以前从没听说过老虎还会流泪，一下子就被打动，他估计这只受伤的老虎很难逮着吃食，就把两只死野兔留给老虎，返身下了山。

赵队长说，后来百山祖成立了保护区，他父亲把猎枪和兽夹上缴，不再打猎也很少进山，慢慢也把老虎的事忘了。有一天进山挖春笋，遭遇上一头受伤的公野猪。老山民最怕这种野猪，刚因打斗失败，被赶出猪群，身上有伤，心理变态，见什么活物都想拼命。

他父亲手上没枪，跑也来不及，那头重两百多斤的野猪一股脑撞过来，连连发起凶猛的攻击。

他父亲砍刀也掉了，口袋掉了，满地打滚，从山坡上滚下来，滚落在一洼沼泽地里。那野猪却不罢休，从山坡上追了下来，伸着大獠

牙来挑他。他父亲当时以为逃不过这一劫了，闭上眼等死，却忽然听到一声震天动地的虎吼，一只老虎从齐腰深的水草中跳出来，一掌将野猪打翻。

老虎的前肢聚集着虎百分之七十的力量，再加上爆发力产生的速度，一掌能拍断马的脊椎骨。

野猪被打得翻了个跟头，一根獠牙折断了。不待这野猪起身，那只老虎迅疾扑上去，一口便死死咬住野猪的咽喉。

一般来说，动物到这当口，只剩下惨叫等死的份了，可这头野猪处于疯狂状态，力气大得惊人，竟然拖带老虎在水坑里翻了几个来回。虎口逃生是不可能的，野猪挣扎到最后，还是没挣出虎口，蹬腿咽了气。

他父亲虽说是老猎人，可这阵势也是头一回经历，他吓坏了，忍着痛装死，躺在水洼里不敢动，只将头枕着胳膊，好让鼻子露在水外。

他父亲后来说，装死是骗不过老虎的。他感觉中，老虎走近了，热烘烘的虎腥直冲他鼻子，他甚至还听得见老虎微微的呼哧声。他感觉老虎垂下了头，脑门儿上忽然一热，粗楞楞，麻喳喳的感觉，是老虎舔了他两下。他想着，完了，该咬我了，老虎吃东西前，都是先舔几舔。

那老虎一嘴叼住了他的肩膀，将他拖到干燥的地上，然后过去又把野猪从水洼里拖过来。然后就静静地卧在那里，纹丝不动。

伤口的疼痛让他父亲忍不住了，他猜不透这头老虎想干什么，不吃他，也不动那头野猪。他父亲微微睁开眼，正巧和老虎的眼光对上，原来那老虎一直目光炯炯地盯着他。

他父亲说，老虎那俩眼跟黄琉璃球似的，看他睁开了眼，老虎突然起身，掉头走了，连那头死野猪也不要。

就在老虎转身的瞬间，他父亲在老虎的前腿上看到了钢丝勒出的伤疤。

野兽都通人性，虎豹也知道报恩，这是山里人相传多少年的说法，赵队长的父亲亲身体验到了。

　　赵队长说，他父亲的故事传得很远，而且越传越神，百山祖一带的山民都把这头老虎当神灵，逢过年，不少老人还对着大山烧几炷香。

　　这么多年了，赵队长跟龚吉他们讲，直到他父亲去世，谁也没有再见过那头老虎，有人说死了，有人说跑了，只有他父亲说老虎还在。他父亲生前说，只要他进山，那只老虎都会知道，也总会到一个山头守望他一会儿，不知道为什么，那老虎不想显身，但他父亲虽然看不见，却能感觉出老虎的位置。

　　难道这真是同一只虎？这只虎真的通人性或者是神灵吗？

10. 彭潭的心结

树梢上斑斑驳驳的碎月亮，根本起不到照明作用，反衬得原始森林更加黑暗和幽深，让人产生恐惧感。

一个人影在树丛中缓慢移动，很像一个幽灵。

这是彭潭，个子不算高的他，因黑夜作用，体积显得大很多，他手里端着一杆乌黑的双筒猎枪，枪的阴影也是十分粗大。

彭潭腰里别着一只死公鸡，他弓着腰，头来回转动，走得很小心，可还是惊动一只鼯鼠，匆匆躲进了草丛。

他紧握着猎枪，勾在扳机的食指微微发颤，枪口随着警觉的目光巡视四周。尽管他看不透森林的夜幕，他却深信，老虎就在附近。

西伯利亚森林那几年，彭潭没少听当地的猎人说老虎，他内心对这个自然界的终极杀手充满敬畏。

猎人们说，老虎的耳朵、鼻子和视力都棒极了，蝙蝠在夜空无声地飞翔，让虎听来，像打鼓一样震天动地。虎甚至能听到雪花跌进湖水的响动。

彭潭也知道，人在夜里两眼一抹黑，老虎却能清晰地看见他。虎的视网膜有着极好的感光能力，眼周围的条纹及斑块也对光线起着吸收作用，漆黑的夜森林，对它来说和白昼没两样。

彭潭和这只老虎周旋好多天了，实际上，他早在龚吉之前就寻到了虎窝，那是在千冈坑附近，顺溪流边矮小的玉竹林朝上攀，有一大片灌木丛和矮林，间杂着绣球花和金银花，虎窝就在灌木丛中。

灌木丛两端，各有一个明显的圆通道，直径一米多，森林里这么大体积的野兽不多，黑熊的窝都建在树上，野猪窝都是一头堵死的，它要的是安全感。不像机警的老虎，草地做窝，至少要两路能够出击。

刚发现虎窝的时候，彭潭一阵狂喜，他领着弟弟在附近埋伏，架着枪伏击归窝的老虎，结果空守了一天一夜，连个影子都没看到。后来，他们在玉竹林里发现了虎掌印，原来老虎刚到那里，就察觉到了他们，掉头走了。

对彭潭来说，这头老虎才像幽灵，他每次进山林，都很快能感觉到它的暗自跟踪，犹如一道巨大的阴影，始终尾随和笼罩着他，尽管他出了名的心黑手狠，也止不住心惊肉跳。

经常有这样的情况，当他在密林中毛骨悚然地紧张四顾，他弄不清自己是老虎的盗猎者还是老虎伏击的目标。

西伯利亚森林里的两年，他们兄弟和老虎有一次刻骨铭心的遭遇，那遭遇什么时候想起来，都让他脊梁骨直冒冷汗。

那是个春天，西伯利亚森林的春天，是个饥肠辘辘的季节，饿了一冬的有蹄类动物，都抓紧时间大嚼刚长出的细草和嫩叶，它们成群结队地出现，自然会引发食肉动物的觊觎。

所以，春天的森林是最危险的，到处都是流口水的猎食者，这些猎食者的背后，又可能跟踪着更饥饿、更强悍的猎食者。

　　那天，兄弟俩走累了，宰杀了两只打来的榛鸡，扯掉了毛，拿到溪水旁清洗，准备架起火烧烤。

　　他们犯了大错，虽然贼胆包天，显然还称不上是有经验的猎人，猎人不会在春天随便散发血腥味，更不会把枪靠在树旁，跑到河边去。

　　溪水很凉，边上尚未融化的残雪足能证明。洗野鸡的彭潭，手指头冻成了红萝卜，不得不又是搓手又是哈气。彭渊将匕首绑在树枝上，沿溪流察看，想扎一条鱼做汤。

　　突然，河对面"呼哧、呼哧"的呼吸声传过来，兄弟俩一个抬头一个转身，全都惊呆了。

　　一头庞大的棕熊从丛林里摇摇摆摆出来，眼光恶狠狠地盯着他们。

　　棕熊是森林里的霸主之一，它们的个头比黑熊大得多，也凶猛得多，能一口咬断公牛的脖子。

　　这头棕熊显然是冬眠醒来不久，正在脱毛，身上乱蓬蓬的，像穿了件破棉袄的叫花子，十分丑陋和凶恶。数月的冬眠，让它的脂肪消耗了大半，显得有些瘦，就是这样，少说也有七百斤重，别说搏斗了，就地打个滚，都能把他哥俩压成肉饼。

棕熊虽然凶猛，但并不把人当它的点心，那天这头熊的神态有些怪，似乎盯牢他们哥俩了。估计，它要么是饿狠了，打算冒险，要么是曾受到过人类的攻击，此刻决心报复。

这头棕熊眼如钢刀，鼻子上挂着黏液，晃着沉重的头颅，走向河边。熊的视觉不好，看不清百米之外的物体，但绝不要就此把它当作残疾，熊的嗅觉好得惊人，能在几里外闻出一滴血的气味。

这一会儿，溪流宽不过十米，什么都算上，他们离这头巨无霸也不超过三十米了，回身去拿枪？没门儿了！跑？就是短跑冠军也别指望跑过它，俗话说，打鹰的人，迟早要给鹰啄了眼。

他们那会儿也意识到自己作恶太多，终遭报应，死期到了。

兄弟两个都矮了半截子，人手里没有了枪，对棕熊来说，就是桌子上的一道肉菜。他们用发抖的手攥着刀子，等着拼命，或者说是等着被吃掉。

他们准备的搏斗不是求生，只是求速死，指望能刺疼它，激怒它，让它一口了断自己，别像女孩子吃雪糕那样慢悠悠地消遣。

棕熊走到河边，猛然站立起来，简直像一座黑塔，它大吼了一声，这是它发动攻击前的准备行为。

然而，就在棕熊前肢落地，就要扑过来的时候，一侧的树林里传出一声虎啸，紧跟着是一阵山摇地动，一只西伯利亚虎从草丛里蹿了出来，直扑棕熊。

速度形成力量，老虎这迅疾的一击，力重数千斤，能击倒一所木屋。

毫无防范的棕熊

一下被虎扑倒，湿地砸出一个大坑。当棕熊快速翻身，一侧前爪来抓老虎时，那虎已经凌空剪起，横着身子跳开去，并迅速蹿到熊的背后，匍匐下身子，准备第二波的攻势。

棕熊轰鸣着，翻身爬起来，看上去笨重的它，动起来非常麻利。

它的小眼睛通红，透着惊讶和愤怒，它左后腿明显已被虎击断，耷拉下来，身子站立不稳。这头熊甚至还未看清袭击自己的敌人，虎再次起跳，由它身后前扑，伴随雷鸣般的大吼，在棕熊的脖子后狠狠咬了一口，并抓得熊毛连皮带肉飞溅，然后迅速腾往一旁。

棕熊又被虎的冲击力撞倒了，但它以更快的速度爬起来，这是猛兽的本能，越是遇到强大的攻击，它们的反应越激烈和敏捷。

棕熊吃了大亏，半边脸被抓得稀烂，一排牙凸现皮外，格外狰狞。

猫科动物的爪子是攻击的利器，前掌五趾，后掌四趾，平时缩入掌鞘内，用时快速伸出，最长可达十厘米，坚硬无比，曾有抓裂钢筋混凝土的纪录，由此可知棕熊付出的代价有多大。

瘸拐着的棕熊，原地打了个圈，这才看清了在一边伏卧休息，对它虎视眈眈的敌人。棕熊目光闪过一丝恐惧后，立刻转为狂怒！它号叫着，泰山压顶一般扑向地上的老虎。

这头棕熊的体重是老虎的一倍半，咬合力和撕扯力绝不在老虎之下，但它缺少的是猫科动物的柔韧灵巧和运动速度。

老虎横着一跳，躲开棕熊的正面攻击，再次由左侧面纵身一跃，又一次把熊击倒在地上，凌厉的虎掌，把棕熊抓得血流披面，阻挡了视线。

棕熊咆哮如雷，跃起后疯狂俯冲，瞎打瞎撞，一棵海碗口粗的白桦树被它撞得"咔嚓"断裂，尖利的树茬给熊腹部添了一道长长的伤口。

在森林里，老虎攻击黑熊时有发生，但老虎很少攻击棕熊，棕熊的体积大、异常凶猛，若拼死与老虎搏斗，定是两败俱伤，个头再小一些的母虎，甚至斗不过成年棕熊。

而且，一般来说，棕熊也怕老虎，一旦闻出老虎的气味，都会主动避开。正常情况下，老虎发现棕熊误入自己的伏击圈，也都会隐身不动，放它过去。

这只西伯利亚雄虎主动攻击棕熊的原因很难分析，要么是因为春天食物的匮乏，它饿急了，要么是这头棕熊曾偷走过它的食物，或者是在它的领地内滋事，老虎才决意狠狠惩罚它。

棕熊虽然吃了亏，但因体积庞大、皮肉厚实，还没有受到致命的伤害，它完全有潜力与老虎战斗，只要让它抓住一次反击的机会，足以使老虎受到重创而放弃攻击。

但熊和老虎的差异就在这里，老虎顽强的进攻意志和决战必胜的决心，与棕熊被动的抵抗以及伺机逃跑的行为形成了反差，棕熊力大却不能尽用，老虎则有着超常的发挥。

那只西伯利亚虎非常聪明，每次进攻都选在熊的左侧，使左腿折断的棕熊不能反击。老虎的进攻一次比一次坚决和见效，棕熊的抵抗越来越无力，虎在击倒棕熊后的短暂时间，能为自己赢得休息，而熊爬起来，总是疯狂般地打转转，待它站立未稳，老虎的新一轮攻击又开始了。

　　当浑身创伤的棕熊逐步丧失抵抗意志，一心想逃跑时，真正的屠杀才开始了。老虎不断地由后面或左侧扑过去，反复攻击棕熊的颈椎，使那个地方肉烂如鲜花，血涌若喷泉。

　　老虎每次攻击前，总伴随着能使风起叶落的长啸，这吼声足以摧垮棕熊的最后一点胆量。

　　当棕熊被老虎咬住颈椎扑倒，在地上挣扎喘息时，老虎总是跳开，静卧一边，紧盯着棕熊的一举一动，自己则抓紧时间休息，丝毫不着急，甚至还有空用舌头清理前掌上的血迹。

　　棕熊起身间隔的时间越长，它休息的时间也越多，直到棕熊筋疲力尽再加失血过多，完全爬不起来，它才最后一个虎跳，扑上棕熊的脊背，那"咔嚓"的颈椎咬断声，响彻林间，等同一根大树枝的断裂。

　　这场西伯利亚虎与棕熊的搏斗持续了两个多小时，对旁边的人来说，几乎是一个世纪。

　　老虎就地喘息一阵，似乎对愣在水边的彭氏兄弟不屑一顾。这只西伯利亚虎休息够了，起身衔住棕熊脖子，倒退行走，轻松地把七百斤重的大熊拖进密林。

那一会儿，彭潭还没把魂找回来，他弟弟裤子都尿湿了。这天生冷血的两兄弟，可算知道自然界里谁是爷了。

自那以后，虎成为彭潭的心结，也是他终极的挑战目标。

百山祖的这头华南虎没有西伯利亚虎个头大，但更聪明和机警，这些天的周旋中，他似乎没有占到丁点便宜。

他把猎枪攥得都变了形，眼皮都不敢眨一下。这种紧张太熬人，几乎榨干了他的脑汁和血液。他真恨不得老虎扑出来，他情愿拼个你死我活，可周围永远是窒息一样的安静，安静中又潜伏着巨大的危机，随时可能爆发。

为了尽快得手，彭潭兄弟想尽了办法，把几年来学的招数都用上了，可老虎就是不上套。今晚彭潭连夜进山，就是想抢在武警封山前，赶紧再检查一遍先前布置的捕虎机关。

他又跑了一个空，一路看过来，无论是虎夹、虎套还是陷阱，都是他们摆什么样，现在还是什么样。

关键的问题是，这头老虎不是躲过去就算了，它聪明地在机关附近撒尿，留下浓重的虎味，让其他动物闻见就避开，这不是存心气人嘛。

在一片杜仲树林前，彭潭停下了，这一带有考察队安装的红外摄像机，他警觉地避开了，从死角绕到树林中。

他瞪着杜仲树和灌木丛，一个恶毒的主意生上来，一计不成，就施连环计，一招不中，招中再多套几招，我就不信老虎能聪明过人，这一回老子让你上天无路，入地无门！

彭潭蹲下身子，一边警惕地注意四周的变化，一边悄悄改变树丛中的机关，他把腰带上别的公鸡取下，公鸡还没死，侧别在腰带上，爪翅都不带扑腾，这是打小就偷鸡的彭渊教会哥哥的。彭潭把一息尚存的公鸡挂上树，朝鸡脖子拉一刀，让血汩汩洒出，然后在旁边做了许多极为隐秘的手脚。

他冷笑了，这些凶险的机关不要说老虎，就真是活神仙，也难防范！

11. 这只中国虎叫"祖祖"

发现野生虎的第三天，林教授和斯蒂文接到通知，要求他们两个提前一天，带着所有采集到虎的资料和实物到杭州开会。会议将决定这头野生华南虎的命运。林业局的领导还特意叮嘱留下崔嘉尔，要切实保证当地的工作不中断。

临行前，林教授认为要给这只虎起个名字，以便于讨论。

龚吉说："那叫吉吉吧，好听还好记。"

这小子开始塞私货了，把自己的名字和华南虎挂上，那就是挂在历史的功劳柱上了，何愁不成腕！

斯蒂文大力摇头："不好听，说吉不要带"吧"，这是中国人的忌讳。"

嘿！这家伙是美国中央情报局的吧，怎么连中国人最土的粗话都明白？

龚吉看嘉尔低头强忍笑的样子，知道自己有点口误，但没想到是给斯蒂文抓住辫子，"吉吉"横竖是真叫不响了。

"要不，叫雄雄，"嘉尔说，"突出虎的雄壮。"

林教授不赞成："从图片看，应该是头雌虎，叫雄雄不太合适。"

"叫莎莎吧，很美丽的名字。"斯蒂文建议道，"非洲有一只著名的母狮叫莎莎，前些年才死去。它的死让许多人伤心，我们这只虎正好接替它，容易获得国际社会更多的赞助。"

"我反对。"龚吉开始报复了，"这是中国虎，不管别人给多少钱，它只能叫一个中国的名字。"

这句话很有力量，驳得斯蒂文哑口无言，甚至没有给嘉尔留下斡旋的余地，龚吉暗自感到解恨。

"我看这样，"林教授发话了，"这是一只年老的母虎，又是栖息在百山祖，我们就叫它祖祖吧，希望它还有后代存活，也期盼它子孙兴旺。"

教授的提议被一致通过，他们两个就带着关于"祖祖"的一切上路了。

杭州会议的第一阶段，先由林中原教授介绍这头野生中国虎的情况。

林教授通过幻灯片和实物，出示了考察组搜集到的主要资料和证据，这包括分辨后的红外图片、毛发检测和粪便化验报告、牙印鉴定、足印模型推断等。

"经过我们一系列的判定和讨论，可以基本认证'祖祖'是一头雌性华南虎，或者说是母中国虎。"林教授介绍说，"这只虎身长两米二到两米五，体重在一百二到一百四十千克之间，在雌性华南虎中属于大个头，它没有生育过，年龄在二十至二十二岁之间，已临界野生虎

平均寿命的上限。"

"二十岁对老虎是个什么概念？"座中有名官员发问。

"约相当于人类的六十岁。"林教授回答，"野生虎的平均年龄是二十七岁，人工饲养的条件下，能活到三十多岁，但比较罕见。"

"这只母虎已经不能再生育了吧？"又有人问。

"已经过了生育年龄。"斯蒂文补充，"她现在是奶奶的辈分了。"

席间"唏嘘"一片。林教授和斯蒂文都理解与会者的感叹，这也是考察队的大遗憾，这只珍贵的野生雌虎已过了生育年龄，它对改善和延续华南虎种群究竟还有多少意义呢？

一位林业官员当场建议，捕捉这只虎，声音一出，顿时引发会场的议论。

这位官员说："因为它是真正的中国国宝，是近三十年来，第一次寻找到的野生华南虎，而且很可能就是最后一只了。既然人工饲养能延长野生虎的寿命，就不应该让它在野外自生自灭。"

官员的建议得到一位动物园专家的附议，专家站起身强调："百山祖的森林面积太小，很难保障'祖祖'的继续生存，它能活到今天已经是个奇迹，我们应该尽快制订计划，将'祖祖'弄到动物园，确保它的安全和长寿。"

他们的意见有人赞成有人反对，会议陷入激烈的争论，莫衷一是。

讨论到最后，一条折中的提法出现了，那就是把"祖祖"转移到一个更大的、条件更优越的自然保护区，比如福建龙岩梅花山的华南虎驯养基地，那里有半野化的条件，也有更专业的养护。

在这个争论中，林中原教授和斯蒂文是一致的。因为斯蒂文是联合国 IUCN 和 WWF 的联合代表，他的意见特别受到关注。

斯蒂文说："我认为，必须保留'祖祖'的野生状态，可以对它的生存情况、状态和环境进行研究，以为将来的中国虎野化方案提供支持，这些研究所得到的数据和资料，才是最宝贵的。"

说到这里，他的语调尖刻："中国当前急需要做的，不仅仅是让这只国宝级的老虎多活几年，还要尽快地恢复有利于野生中国虎生存的自然环境。"

他说道："如果环境被破坏到不可逆转的程度，就是再从天上掉下来一百只中国虎，也不能挽救这一物种的灭绝。"

这个青年美国专家的话很重，尽管很多人听着不大舒服，但不得不承认他说的都在理。

"'祖祖'能在人口稠密、工业发达的华东存活下来，的确是个奇迹。"看会议有些冷场，林教授开口了，"既然奇迹已经出现，我们就应当让奇迹保持和继续下去，何况这奇迹本身就是重要的课题。

"我的看法是，一头已经适应了这里生存环境的年迈老虎，很可能适应不了环境的突然变化，哪怕是再优越的人工饲养条件，都可能让我们好心办坏事，过去这方面的教训太多了，百山祖冷杉就是一个活生生的先例！"

提到百山祖冷杉，与会者有的知道，有的不知道，在下面交头接耳。

一名百山祖自然保护区的管理干部起身做解释："在座的很多不是植物学家，对这件事可能不了解，我来做个简单的介绍。

"百山祖冷杉是 1965 年发现的，一共七棵。这种树生长在第四冰川期，已被国内外植物学界公认灭绝，却在我们那里发现了。"这位管理干部说，"1987 年，国际物种保护委员会把百山祖冷杉定为世界最珍稀濒危的十二种植物之一，属于植物界的

活化石。"

说到这里，那个管理干部的语调变低沉了："在那个年代，我们国家对自然生态的认识水平很低，当时为了报喜，把其中三棵移栽往首都，结果全部死亡。后来又因传花授粉问题解决得不好，又死了一棵，目前仅剩下三棵，也是全球唯有的三棵了。"

听他讲到这里，会场鸦雀无声，人们个个脸色沉重。

"亡羊补牢，时犹未晚。"林教授及时接上话头，"百山祖冷杉的悲剧不能重演在华南虎身上，我们已经付不起这笔学费了。"

这会儿，龚吉一个人钻在屋里摆弄那些图片。这都是林教授拍下的"祖祖"涉水过河的飒爽英姿。

就在龚吉陶醉于图片时，冷不防嘉尔推门进来了。

"你在看什么？看老虎？墙上不都贴的有吗？"

"我在——研究河对岸树林里的一片亮光……"龚吉答道。

"什么亮光？"

龚吉来了精神，翻出一张照片，点着对岸森林的一处亮点，说道："你看，在这儿，像是什么玩意？好像是反光的镜头。"

嘉尔睁大了眼睛，仔细地看照片，她突然惊叫起来："这不是镜头，有两个亮点呢，旁边这个稍暗一点，你来看……"

"这是一架军用望远镜！有人在山里监视我们！"龚吉的语气，刹那间变得惊讶和沉重了。

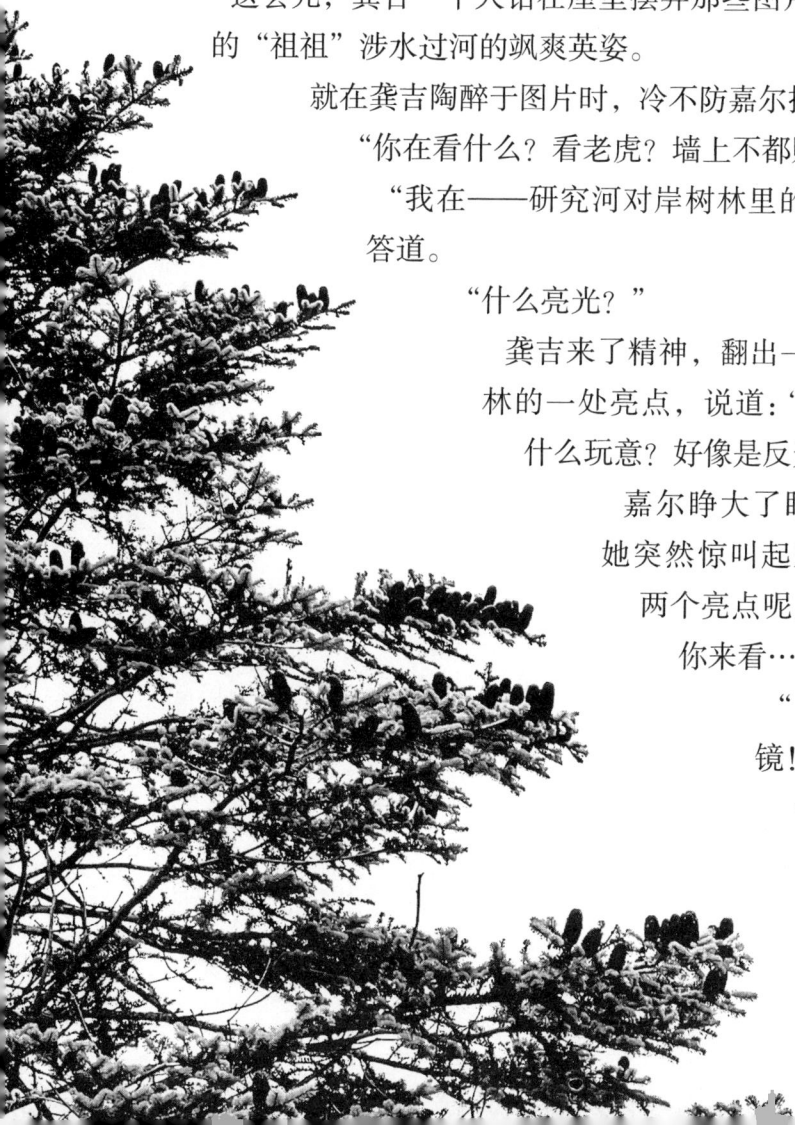

12. "祖祖"危险

什么人在监视考察组？什么人敢擅自进入保护区，并追踪考察组？他们想干什么？他们是不是已经干了什么？一连串的疑问让崔嘉尔坐不住了。

为了查证这些问题，先要到那个地方看看，能不能找出点蛛丝马迹。崔嘉尔和龚吉略加商量，叫上赵队长并带着"欢欢"进山了。

他们抄近路，直奔那个潭水湾，蹚过了河，就攀上了山坡，那上面有大片的针叶山地矮林。

这一回，赵队长侦察兵的常识派上了用场，他在"欢欢"的引导下，连续发现了几处人留下的痕迹。三株华东卷柏之间的一块空地，是用来过夜的，虽然那些人在离开前刻意复原了现场，但赵队长还是准确地指出了哪是扎帐篷的地方，哪是架锅的地方。

根据地上脚印推断，赵队长认定是两个人，一个身高一米七五左右，一个一米八以上。

龚吉也忙得跟狗一样，可什么也没找着。

"怪了，我怎么什么也找不着呢？"他叫道，"就算他们爱干净，把擦屁股纸都埋了，可总不能饿肚子呀！包装纸、塑胶袋、罐头盒、啤酒瓶，一样没有！都扔哪儿了？全吃了？"

"他们自己收拾掉了，要么深埋，要么就带下山去了。"赵队长拧着眉毛回答，似乎有什么心事。

"那就是说，这俩家伙是环保主义者。"龚吉道，"是不是哪个民间华南虎保护协会的人，得不到批准，就偷偷进来考察？"

赵队长摇头："我看像是来偷猎的。"

嘉尔顿时紧张了："你怎么看出来的？"

"要是保护环境，他们把垃圾带走就行了，你看这——把痕迹都抹得一干二净。这不是保护环境，这是反侦查的做法，还蛮专业呢。"

一边的龚吉骂起来了："老虎还刚找着，这些王八蛋就闻见味了！"他焦急地对嘉尔说："要赶紧报告呀，让政府立即采取行动，这比什么盗墓、贩毒的后果都严重多了，给他们抢在前面，'祖祖'就完了！"

"他们都怎样偷猎？用猎枪打吗？"嘉尔问着赵队长，面色严峻。

"用陷阱和夹套的多，他们肯定也带有枪，不过那很危险，再说，他们也不容易找着老虎，都是在老虎经常出没的地方下夹套。"

"什么样的夹套？老虎能不能避开？"嘉尔又问。

"避不了，人还是比它聪明。"赵队长蹲下身子连讲带比画："你们看，虎夹一般这么大个儿，弹簧钢做的，老虎绝对咬不断。他们在这里挖一个浅坑，虎夹放进去，上面盖一块跟黄土颜色差不多的塑料布，上面压一层土，两边插上树枝，再朝树叶上洒鹿或者是野猪的尿和血，引老虎过来。老虎一般会避开树枝，朝中间走，就踩上虎夹了。"

"真歹毒！"龚吉诅咒着，"抓住枪毙这些孙子。"

"那这么多天，他们可能已经下了不少夹套了？"嘉尔紧张道。

"有可能。"

"咱们得把它们拆了，"龚吉大叫，"不然，'祖祖'随时可能中招。"

"你可得小心！"赵队长警告说，"要是夹住了你，能把你的腿夹断。"

他们下山的时候，龚吉特意拣了一根大树枝，沿途在树丛里敲敲打打，企图找到给老虎设的埋伏。他很小心，叫谁也会小心，那是夹老虎的夹子，能把人腿夹成粉碎性骨折。

不知是因为他太小心了，还是运气不好，一路上什么也没有发现。

"可能那俩混蛋是先进山侦查来了，没带夹子，没准这会儿赶回家取夹子去了，咱们还来得及。"龚吉松了口气，说道。

嘉尔说："但愿是吧，那'祖祖'现在还是安全的。"

赵队长摇头不信："这些玩意，他们都是不离身的，哪里会忘带。"

"这回说不定。"龚吉说，"他们也跟斯蒂文一样，不相信真有老虎。咱们赶紧下山报告，多弄点儿警察把山一封，让他们猫咬尿泡空欢喜，玩去……"

他话没落音，在树丛中一脚踢着了什么东西，只听"腾"一声响，一根小腿粗的树枝从隐蔽处弹起，树枝上拴着几厘米粗的钢丝绳，绳头是个活结，正好套住龚吉的脚腕子，倒吊他离地三尺。

竟然有不法分子企图偷猎华南虎！龚吉这一脚，把整个百山祖踩炸了窝。

13. "祖祖"是福建雌虎的后代

主峰一侧约海拔 1300 米的半坡上，浓密树林间有一个直径五十多厘米的自然坑，也有专家把它叫作天坑。这个坑四周溜溜圆，呈放射形，就像一个胖孩子在沙滩上坐出的屁股蹲儿。

没有人知道它是怎么形成的，反正，任何动物都挖不出这模样。考察组上来的时候，龚吉曾对这个坑提出疑问，林教授估计是一个陨石坑，斯蒂文和嘉尔都对此表示了赞同。

哪一年的天外来客，把百山祖的背上砸出这么大一个坑，已无从考证了。当年一定是吓死人的山摇地动、雷火四起，可对大森林来说，是小意思，就跟壮汉被邻家淘气鬼用弹弓打了一下似的。

你看，顽强的野生植被早已覆盖了大山创口，高大的落叶乔木从坑底拔起，中间较矮的是常绿和阔叶混交林，树身上攀满了藤蔓。再

往下，是各种蕨类组成的灌木丛。

在这样的黑夜，你即使都快栽进去了，都未必察觉脚下会有一个大坑。

原始森林不怕火山地震，也不怕天火烧、陨石砸，它就怕人类手里小小的锯子和斧头，就是这两件玩意，让地球上百分之八十的森林消失了。

坑底，密布的大吴风草的叶子足有小脸盆那么大，伸出的花茎上，排列着小蝌蚪一样的花蕾。小脸盆忽然一阵剧烈摇晃，一只穿山甲笨拙地跑出来，紧跟着是一道黑影掠过它，并截断了去路。

穿山甲是食蚁兽，看上去很笨，一夜能翻几座山头，吞吃上万只山蚂蚁。但今晚它不走运，遇上了天敌。

这是一只赤狐，它灵巧地跳跃着，嘴角挂着戏弄的微笑，正在游刃有余地对付着猎物。披着盔甲的穿山甲如同一辆微型坦克，很难下

口，能让豹子瞎摆弄半天，吃不到嘴里，狼也是舔舔嘴唇，乖乖走开。俗话说一物降一物，对它的天敌狐狸来说，简单得就像杭州人吃东坡肉。

森林中的捕杀与顽抗，尽管随时随地都有发生，但似乎越是深夜，这种场面就越多。这一对攻守者都十分专注，以至于竟然忽略了身处的险境。

大吴风草的深处，月影斑驳，几乎没有动物能看见俯卧的一只老虎，虎身上华贵的帝王黄，已被夜幕遮盖，呈现爵士黑色的条纹，恰恰模糊了轮廓，和墨绿的草窠融为一体。

有蹄类动物中，很多都是色盲，它们对轮廓清楚并移动的物体敏感，而老虎的花纹无论在日光还是月光下，都给它们造成错觉，如果虎再纹丝不动的话，偌大的鹿眼牛眼，也甭想发现它。

这只老虎，就是牵动着大半个地球、让山下几百人忙得跟鳖翻潭似的野生中国虎"祖祖"。

穿山甲和赤狐的攻防惊动了"祖祖"，凭着胡须对气流的测量，它知道不是什么大不了的家伙，所以微微睁开一只眼，看清那两只忙碌不停的小兽，便又闭上眼假寐，这是猫科动物的习惯，等于人类的养神。

老虎不像狮子那样好斗和好显示自己的权威，好奇心也没有豹子重，在大多数不关它事的情况下，它都能宽容，或者说是懒得搭理。

穿山甲左冲右突，无法逃脱狐狸的攻击，它不得不使出看家本领，将身子一蜷，缩成一团，用坚硬的盔甲来消磨敌人的斗志。

赤狐围着这团铁甲转了几圈，尝试的牙口都被盔甲碰了回来，它也使出自己的看家本领，坐下身去，翘起尾巴，对准穿山甲的头部放了一个屁。

狐狸的肛门附近生有臭腺，发出的气味，能熏人一个跟头，让追踪它的猎犬晕头转向，也能让豹子倒胃口，从它装死的身旁躲开。穿山甲体积小，更扛不过这臭味，对着鼻子来一个，不消两分钟，它就被熏得失去知觉，从而展开身子，把柔软的腹部暴露给等着消夜的狐狸。

浓烈的味道在湿漉漉的草丛里扩散开来，"祖祖"喷了个响鼻。这一声把狐狸的魂都吓飞了，它惊得原地弹起，箭一般跑掉了，那穿山甲——爱谁谁吧。

"祖祖"不满意地站了起来，连续喷着鼻子，林中突然格外寂静。

所有地下、树身间以及树枝上的动物都在万分紧张之中，打开全部爹娘传给它们的搜索功能，评估森林之王的动向和自己与它的距离。

对绝大多数森林动物来说，这只无影无踪的老虎实际上是无处不在，只有人这种睁眼瞎才找不着它。

那只可怜的穿山甲，赶这个时候晕菜了，它的身体在抽搐中缓慢展开，将无毛无甲的肚皮亮了出来。万幸的是，"祖祖"根本没有看它一眼，从它身上迈了过去，虎掌还特意避免踩伤它。

黑森林中行走的斑斓猛虎，几乎像流星，照亮了夜森林。虎的躯干比例正符合黄金分割比，它姿态优雅、步伐流畅，肩和背上的花纹形成流动的曲线，在树木间产生出强烈的视觉效果，乍看犹如梦幻。

龚吉认为，斯蒂文说过一句人话，美国佬在闲聊中，评价地球上生存的动物，说有三种是最美丽的，老虎、天鹅、骏马。一旁的龚吉，头点得像鸡啄米。

此刻，无论谁有幸目睹夜森林中老虎巡游的场面，都会赞同斯蒂文的论调，这个百兽之王集美丽、威猛、优雅于一身，具有天籁之美、无极之美。

和虎相比，雄狮的鬣毛虽然威风，但色彩单调，脸部太长，后半身和头也不相称。豹子花纹漂亮，动作轻盈，可惜脑袋过小，面上肉不掩骨，苦命型的，也不够上镜。美洲狮身形偏削薄，略嫌脂粉气和

娘娘腔。美洲虎的花斑神气，可惜腿偏短，走路肚皮几乎贴地，有些窝窝囊囊。

非猫科动物就更没法比了。牛嫌笨、羊太木、驴脸太长；狗熊站不直走不正，随时都像要摔倒；河马丑得漫画家都画不出来；鲨鱼嘴大吃四方，凶恶有余华美不足；鲸鱼根本就看不出眉目；狼倒是四肢协调，步伐灵巧，遗憾的是它贼头贼脑的气质，欠缺不怒而威的霸气。

更让人惊讶和难为情的是，这只猛虎身上的书卷气，比当今中国许多明星大腕体现得还多。

"祖祖"沿坑地移动，它眼睛盯着前方，前掌凭着感觉，能准确避开地上任何会踏响的东西，哪怕是一片干树叶，而后掌则准确地落进前掌的位置，虎掌上还有着厚厚的肉垫，数百斤重的老虎，走起来无声无息。

老虎走到崖石上的一个制高点，静立不动，双目炯炯，两耳直耸，呼吸紧凑，观测着属于它的世界。

"祖祖"的一举一动，都被一架带红外线仪器的摄像头记录了下来。

这记录将送到基地去，由专家们研究分析，通过这些录像资料，林教授他们已对"祖祖"熟悉透了，每一根条纹都背得下来。

老虎的花纹各自不同，就像人的指纹，也是终生不变。考察组为"祖祖"设立了档案，详尽记载了它身上的所有特征。他们还挖老坟查几代，想建立起这头野生虎的谱系。他们只恨资料少，像这样的摄像头，百山祖装了有十几个，多少管点用，又远远不够使。

红外线拍摄的影像没有色彩，只能分出黑白灰几个层次，这很像老虎的视网膜，它们眼中的世界，花一点也不鲜艳，人血是黑的。

红外摄像头紧盯"祖祖"，无声地在工作，取景框内，五花的老虎呈青灰色，这是北京城的基本色调，如果不是"祖祖"的耳朵还轻轻转动，敦敦实实的它，就像是混凝土浇筑的塑像了。

取景框里，"祖祖"明显表现出不安，它后腹紧缩，高昂起头，鼻子不断地抽动，好像从空气中嗅出了什么，是什么引起了它的警觉

呢？

"祖祖"是一只福建雌虎的后代，它的母亲非常强壮，野性十足。

20世纪70年代后期，这只游荡的雌虎跨越闽浙交界的山区，进入了百山祖。当时，这一带属于一头从江西迁移过来的雄虎的领地。

"祖祖"的母亲刚迁入百山祖时，一再受到那头江西雄虎的驱赶，老虎的领地意识很强，百山祖的面积不大，食物链只能供得起一头老虎。

巧的是，正当那只福建母虎走投无路的时候，虎不留地留，地不留天留，母虎凑巧发情了！

动物一旦进入发情期，寻求交配便成了第一紧要，甚至可以不吃不喝不睡觉。这只福建母虎坦然求爱，把求偶气息随尿液散发出去，一直对它虎视眈眈、誓不两立的雄虎闻到骚味，顿时化为一只乖乖猫。

它们相依相亲了好几天，期间还共同捕食。两只老虎合作捕猎是极难见到的，它们的成功率远远超过一群狮子。

当它们锁定目标，一群野猪或者是一群鹿以后，首先会用胡须测定风向，若是西风，雄虎就会迂回到东面的下风口，潜伏起来。而母虎在上风头的其他三个方向来回奔跑，并发出吼声和拍打着地面。

母虎的吼声和动静使那些有蹄类动物惊恐万分，它们在确定危险来自西边、南边和北边后，开始成群结队地向东边转移，恰巧就落入了虎口。它们匆匆忙忙打雄虎的鼻子底下通过，却无觉察，雄虎只需一扑而就。

福建雌虎受孕之后，交配期结束，那只雄虎主动离它而去，它把这块盘踞多年的风水宝地，留给了妻子和未来的孩子。

雄虎重新跨越浙赣山区，返回了自己的出生地，试图以自己无敌的威力，开辟新领地。然而，星移斗转、物不是人更非，那里包产到户，毁林开荒，正搞得热火朝天，茫茫群山犹在，却无一处具备野生虎生存的条件。

1981年12月7日，江西上饶地区武夷山脉的主峰上，这只身长近三米，最重时达两百三十千克的雄性中国虎，被人发现了。它饿死在一座悬崖旁，体重不到四十千克。

俗话说虎死不倒，这只雄虎饿得只剩下一张皮和一副骨架，死的时候，它依然蹲坐在岩石的最高处，双眼圆睁，俯瞰着因岩石裸露、水土流失而显得光秃秃的千山万壑，空落的目光，承载着它对厄运的困惑。

后来在解剖时，从江西雄虎的胃里，只发现了青蛙和昆虫的残骸。

江西雄虎离去的三个月后，"祖祖"在一个山洞里诞生了，和它一同来到世间的，还有一个小弟弟。虎在野生的环境中，幼崽中的三分之二都将夭折，更不要说现今的原始森林了。

食物匮乏引起的奶水不足，使"祖祖"和弟弟产生了严酷的竞争。

先出生的"祖祖"先得到哺乳，力气比弟弟大，从而一直占着上风，随时间推移，差距也越拉越大。

目睹这一切，母虎无可奈何。它不能干预，虽然它未必清楚物竞天择的法则，可代代遗传的基因，已渗透它的每一个细胞。如果它将有限的奶水平均分配，两个孩子都会因营养不良而丧生。

四个月后，那个畸形、瘦弱、步履蹒跚的小家伙，终因跟不上母

亲和姐姐的步伐，在掉队后，被一只路过的雄豺杀死叼了去。

当福建雌虎返回来寻找孩子，它从那一摊血迹上得到了答案，而同时，也嗅出了雄豺赖不掉的气味。

母虎顺着气味继续追踪，最后找到了地上散落的几颗虎牙，小雄虎连皮带骨，被豺全部吞食了。

豺是中国南方森林中最凶残的动物，所以中国的俚语"豺狼虎豹"，把豺放在第一位，你可想而知。豺狗毛色或红或棕，尾巴偏黑，个头不大，面宽嘴短，前掌宽大有力，它们极善于猎杀，也富有诡计。

在山里人的嘴中，流传着豺狗欺骗水牛的说法，因人工饲养的水牛没见过豺，也就不知道躲避和防范，几只豺蹦跳打闹，使水牛放松警惕，其中一只豺狗有意无意跳上水牛背再下来，反复玩耍。

待这些水牛完全放松以后，一只豺上去用爪轻挠水牛的屁股，牛感到惬意，就翘起尾巴享受，豺就突然痛下杀手，用铁钩般的前掌，掏向水牛的肛门，水牛惊痛而奔跑，大小肠全被拖了出来，豺狗们一边追，一边吞食着热肠，直到水牛倒毙在地。

豺狗在集体的攻击中，其战术配合、地形利用、梯队组织，可以说胜过狼群。由二十只以上的豺组成的群体，战斗力已超过一只华南虎。

正因为如此，老虎一般不去攻击大的豺群，它不愿受伤。而豺群也有意避开老虎，它们更不想以半数死亡的代价去挑战森林之王。

多少年来的相安无事，被贪吃的雄豺破坏了，它触犯了老虎的尊严和底线。

那只雄豺是个头领，统率一支将近二十名成员的队伍，这是百山祖地区最大的一伙豺群，它们横行在森林中，对有蹄类动物构成的威胁，远大过华南虎。

由于领地的重叠，江西雄虎曾驱逐过它们，也从它们的口中掠夺过战利品，几次兵不血刃的试探性较量后，雄虎体会到这些家伙的灵活凶狠和纪律严明，也不得不默许它们的存在了。

欺生是动物的天性，雄豺似乎没把新来的母虎放在眼里，再或许，是它经历有限，不知道猎杀幼虎的代价。

14. 福建母虎的复仇

那是两个月后，江南正逢梅雨季节。

一个傍晚，天空乌云咕咕嘟嘟，厚重得要跌落下来，云块的间隙中，不时闪着灰青灰青的哑电，鬼脸似的，预示着不祥。

林中风力等于零，能见度极低，湿度又达百分之百，这是除了龟蛇和大鲵以外，所有动物都难受的日子，也是甘于吃苦的食肉动物行猎的最佳时机。

福建母虎带着半岁大的"祖祖"，攀上了海拔一千八百米的百山祖峰顶。

那是"祖祖"第一次上到主峰最高点，成年虎也很少上来，这里

几乎闻不到虎留下的气味。从山下朝上看，眼中是一块峭壁，直插云端，上来才知道，竟有一块很大的平坡，可以驾驶汽车玩耍。

坡顶上不长什么树，大小树都没有，全是矮矮的芒草，叶阔枝粗，状如喷泉，布满了山头，草中间冒出几朵不知名的野花，红得像团血肉。

因为海拔太高的缘故，谁上来都吃力，有蹄类动物来得少，食肉动物就更少来，这里相对比较太平，只有一些华南兔和刺猬出没。

例外总是有的，梅雨季节巨闷，森林中气压低，几乎难以呼吸。这时候，会有一些有蹄类动物攀上高峰，以求吃草时得点风，就像浙江人好说的——爽！

不在江南过梅雨的人，不知道爽字的含义，可兴你爽，也兴人家爽，精明的豺知道这一点，每年这个时候，它们会不顾劳累地爬上来。

只要猎物在，数百平方米的草地，毫无障碍，利于豺的合围，鹿的奔跑速度还发挥不出来，只要豺封锁下山的路口，这个平坡就是它们的天然屠宰场了。

螳螂捕蝉，黄雀在后，一直伺机报复的福建母虎，也选这时候，提前进入伏击圈。

一角的深草丛里，卧着"祖祖"和福建母虎，母虎安静不动，"祖祖"也不动，哪怕是一只老鼠从眼前溜过。它正处在学艺时期，母虎的一举一动，对它都有着示范作用。

草地中央，几只梅花鹿悠闲地嚼着草叶。尽管它们的大耳朵始终战备值班，本能地也隔半分钟一抬头，却发现不了老虎。

虎的潜入无声无息，空气的凝滞，让气味不挥发也不传递，更要命的是，因为四周没有树，那些有蹄类动物的义务报警员，如猴子和鸟类，也都不在场了。

对凶险无察觉的梅花鹿游荡着，多次进入母虎的攻击范围内，最近的只差十米，但母虎没有出击，依旧耐心守候，它今晚的目标不是鹿。

突然间，小"祖祖"感到母亲的身体微微一紧缩，虎须轻轻颤动，它一定是察觉到了什么，但母虎没有动，伏卧得更低了。

很快，鹿群也觉察到了异常，几乎是同时抬起了头，紧张地朝一个方向看，那是山下通上来的唯一入口。

空中闪出一片弧光，映出一只雄豺，它喘着气，嘴角挂着白沫，当看到鹿群，眼睛一亮，闪出几丝得意及残忍的笑意，哥儿几个来对了。

雄豺的身后，涌动着土黄色的队伍，一只接一只的豺，流着口水、哼哼唧唧地跟了上来。

惊慌的鹿群迅速聚拢，朝最远角奔去，它们能跑多远呢？山峰上，四面都是百丈悬崖。

假如梅花鹿有足够的智慧和勇气，它们首先要做的，是趁豺立足未稳、爬山爬得气喘吁吁时，集体发起反击，用它们钢叉一般的鹿角，杀开一条血路。

当时，这群豺都拥挤在狭窄的入口处，还个个腰酸腿软血压高，根本不堪一击，鹿群是绝对有希望重创它们，并且冲下山去的。

可是，食草动物，到底是食草动物，千百万年来，它们满足于此，

饿了低头就吃、有危险撒腿就跑。如此简单生活，大脑怎能发达？智商当然低下了，也就注定了被宰割的命运。

占据了要津的豺群，并不急于进攻，而是散卧成一片，恢复体力。

它们很守纪律，不过度紧张，也不兴奋，相互间也没有打闹，保持着短暂及可怕的宁静，这是大战前夜常有的。

对角的鹿群就可怜了，它们处于高度紧张状态，挤作一堆，几只较小的幼鹿，腿不停地发抖。为首的一头雄鹿叉开前腿，头略低，随时准备自卫的架势。

天落雨了，*丝丝*的凉意，让豺群顿感精神，随着雄豺的起立，所有豺都起身了，它们打哈欠、伸懒腰、抖毛发、活血运气、拉开韧带、放松筋骨，好一通热身和准备工作。

单看这些杀手们动作的舒展和轻松，就知道那些鹿是在劫难逃了。

雄豺估量差不多了，就带头出发，豺群展开散兵线的队形，迈着轻松的小碎步，拉网式地，向鹿群包抄过去。

乍看过去，草丛里的豺像一群小偷，面对的是队列整齐的巨人，你很难想象，前者竟然是后者的天敌。

无路可退的雄鹿，这时候才想起来反击，它低头冲向雄豺，后者灵巧一闪，躲了开去。豺群没有发起正面进攻，而是分成一个大圈，把鹿群包围，然后以逆时针方向小跑。

豺跑大圈，鹿群被迫原地转小圈，旋转中，队伍难免出现混乱，豺抓住战机，由后面扑上去，扒拉和撕咬鹿的肛门。一次不行，再来一次，只要有一只鹿的肛门脱落，它们就会咬住不放，直到扯出鹿的全部肠子。

逆时针方向的运动在继续，外围奔跑的豺群，脚步轻快，犹如幼儿园过家家，它们这样小跑，一点也不累，能从北京跑到天津。

内圈的鹿群上当了，转得头晕眼花，再加上高度紧张，破绽越来越多。一头小公鹿在拥挤中摔倒了，两只豺箭一般扑上去，一个咬住了鹿的睾丸，另一只的前爪扒住肛门。疼痛使小鹿纵身跳起，这一扯拉，它不但失去了睾丸，肠子也被扯了出来。小公鹿痛叫着，一头栽进鹿群，这下炸了窝，鹿群惊得四散逃跑。

豺群得手了，它们期待的就是这个，于是迅速分开，三四个为一组，分头追击溃散的梅花鹿。

雨下得更大了，平坦的草场上，鹿群变成跑大圈了，沿坡顶拼命奔跑。豺群换到里面，从内线切入，走捷径，直跃上鹿背。

当然，这也有风险，它们半数会扑空，或被颠簸下来，让后面的鹿踩死踩伤，一旦哪头豺在脊背上待住了，这头鹿的死期就到了。

爬在鹿背上的豺，会用钢钩一样的前爪去掏鹿的肛门，鹿坐不下去，它只会跑，疼狠了就狂跳，跳到跌倒，就会有更多的豺上来咬它的后部，扯它的肠子。

这场面惨不忍睹，几只中招的梅花鹿，用自己的肠子和豺做拔河比赛，它们拖着肠子奋力奔跑，肠子的另一头，已被几只豺撕扯吞食。喷涌的鲜血，把草叶染成红的了，天上的雨水都冲刷不净。

那头强壮的雄鹿也不能幸免（豺可不是光欺负弱小，它们逮着谁是谁），它树杈般粗大的鹿角，能穿透豹子的胸膛，仍保护不了自己的屁股。当它感觉到自己的内脏流出，这只充满血性的失败者发出一声长鸣，直奔悬崖，纵身跃下。

一只刚衔住热肠子的母豺，被血腥味刺激得兴奋过度，竟来不及松口，被雄鹿拖下了百丈悬崖。

或许是猎获物足够了，或许是雄鹿的自杀太惨烈了，雄豺头领发出胜利的叫声，听到指令，两只守卫要津的豺让开了路口，赶来会餐。幸存的梅花鹿蜂拥而下，中间也有慌不择路的，失蹄滚下山峰。

雨夜中，平坡相对安静了，几头卧在血泊中的鹿都还没有死，有的勉强弹动着蹄子，有的已挣扎不动，有哀鸣的，有不能哀鸣的，它们无助地回过头来，眼睁睁看身后那些贪婪的豺，津津有味地咀嚼自己被扯出的内脏。

该这些豺乐极生悲了，一声雷鸣，山峰抖颤，紧跟着是一阵狂风，所有的豺都惊得跳了起来，直觉中，它们感到这雷声不是来自天上，待它们定下神，只见它们的头领，那头最强壮的雄豺，在暴雨中被一头猛虎按倒。

单是这一按，雄豺的脊梁骨已碎成几段，唧唧呻吟的它，来不及回头看清敌人是谁，其头盖骨便"咔嚓"一声响，被虎咬穿了。

话说回来，老虎攻击猎物时，多以咽喉和颈椎为主，那是老虎的必杀技，你哪怕比老虎重几倍，脖子给它咬住，还有什么戏唱？只有等死了。

像这样直接下嘴咬碎对方的头盖骨，除美洲虎以外，在其他虎种里面是比较罕见的，这只福建母虎反常的暴烈，表露了它对这只雄豺的愤恨。

豺群乱了套，它们在瞬间失去了领袖，刚刚完成一场屠杀，转眼又面临杀戮，你说这叫什么事。它们唧唧咕咕地叫着，不知是商量还是相互鼓励，本能地合围上来，企图为头领复仇。

然而，刚经历一场大战的豺群，体力和精力都透支了，它们的状态已从巅峰上回落，没有状态，福建母虎等待的，就是这个时刻。

处于豺群包围的母虎，毫不怯战，它知道面对的，不过是一群有气无力的吃货。它张牙舞爪、咆哮如雷，每一声都令豺群心惊胆战，每一个威慑动作，都让靠近的豺急速后撤。

两番试探后，母虎果断发起进攻，它先做了一个假动作，朝右大幅度一晃，豺群自然是右边的后退，左边的跟上，它们上当了，母虎使出猫科动物的看家本领，突然往左横身一剪，身子在空中来个一百八十度的掉转，落在左侧的豺群里。这动作只有猫科动物才做得出来，舒展流畅，太漂亮了！

就在母虎落下的同时，它一口咬断了一只豺的脊梁，前后爪同时出击，四五只躲闪不及的豺被抓得血肉模糊，白骨凸现，它们惨叫着，在雨水中翻滚。

母虎凌厉的攻势，让其他豺魂飞胆丧，它们不知所措了，开始向一堆畏缩。这节骨眼上，另一只雄豺快速绕到母虎身后。

它在豺群中属于老二，老大一死，就轮到它坐庄，接班前要有点儿战功呀，省得有谁说闲话，"官"迷心窍的它，就突施阴招，纵身扑向母虎的屁股。

这只豺显然没有和老虎打斗过，缺少经验。老虎是什么，老虎屁股和猪屁股一样吗？老虎是最完美的杀手，战列舰级别的，武装到牙

齿，也武装到屁股，足以对付任何方向的来犯者。

母虎无需回头，就能判断出身后的袭击，它后腰一闪，看似躲避，却暗藏杀机，虎尾紧跟着横扫过来。豺收不住身子，铁棍似的虎尾拦腰一击，打得它两头喷血，飞出数米开外，到收拾战场的鹰鹫飞来之前，它休想再爬起来了。

母虎在用尾巴打击后面敌人的同时，伸左前掌拍向前头的另一只豺，那只豺机敏地一闪，张口咬向虎掌。它上当了，右侧暴露给了对手。虎掌只是佯攻，母虎的动作速率远高过豺，它前掌一收，扑过去从右侧一口咬穿豺的脖子。

豺群失去了斗志，向下山口溃退，母虎不给它们喘息的机会，继续追击。

草丛不利于豺的奔跑，它们太矮了，再说，高速运行的猫科动物，能翻起前掌，拨对方的后腿，一个倒霉蛋失去了平衡，滚了几滚，便在母虎嘴里领略到被咀嚼的滋味。

另一只惊慌的豺跑得太拼命，母虎一拨，它凌空飞起，翻了一个空心跟头，直落悬崖。

不甘寂寞的小"祖祖"也开始添乱，它突然伸出掌，绊倒了一个带伤的小豺，并摁住它，一口咬住脖子，这是虎的典型杀技，"祖祖"毕业了。

草丛里的"祖祖"看不出大小，半露的花纹足以使豺群彻底崩溃，山头埋伏两只老虎！豺狗崩溃了，各个只恨爹妈少生一对翅膀，一窝蜂朝山下逃。

经过这一番打击的豺群，元气大伤，多少年都没有恢复出足够强大的种群数量。

15. "祖祖"差一点落入陷阱

影影绰绰的自然坑边，"祖祖"感到不安，它从流动的空气中，嗅出有不怀好意的气味。它仰起头，努力辨别气味的来源。

味源似乎不远，就从那一片杜仲树下飘散出来，那是"祖祖"出入自然坑的必经之路，也留有它的强烈信息，其他动物闻到虎味就避之不及，怎么会有浓重怪味留下呢？

"祖祖"小心翼翼地走了过去，前掌的每一步，都是试探性的，它非常谨慎，也必须弄清楚这个秘密。

百山祖峰头那一场恶斗，填补了江西雄虎留下的真空，福建母虎的凶猛和机智，也给其他食肉动物留下警示，这头带崽的母虎，比雄虎更不好惹。

后来的岁月里，福建母虎带着"祖祖"，踏遍百山祖的每一寸地，并把它的求生本领，一点一滴地传授给女儿，这内容的丰富和传授的到位，是现今人工野化训练老虎绝对做不到的。

这里面，不光是如何追踪、伏击和突袭猎物，还包括种种生存技巧，比如如何划分领地、如何选址造窝、如何对付寄生虫等。还有，被毒蛇咬伤后，要知道去哪里寻找蜂斗菜，小叶的紫茎芹可以消炎止痛，南天竹能治腹泻等。

更重要的是，母虎教会了幼虎怎样提防人类对它们的伤害，所有功课中，这是最难掌握也最为关键的。

"祖祖"不但绝顶聪明，还充满智慧，它不但胜过所有的中国虎，还超越了母亲，所以，它能跨越 20 世纪，顽强生存到今天。

野生虎一般长到十八个月后独立，这时候，母虎会无情地把子女逐离身边，福建母虎当然也不能例外。

大型猫科动物除非洲狮外，都是独居，它们注定一生孤独，它们的食量和捕猎方式也不允许群居，这是自然法则。

"祖祖"刚刚独立生活时，生存相当困难，百山祖森林面积小，很难养活两头老虎。若不是重亲情的福建母虎默许双方领地的重叠，它早就饿死了。

半年后的春季，饥饿的福建母虎冒险出山巡猎，被人窥到了踪影。

这头一向机智警觉的母虎，或许是爱女心切，想把森林让给瘦弱的"祖祖"，自己才不惜冒险，开辟新领地，结果葬送了自己。

那是在核心区外的杜鹃谷，当时杜鹃花盛开，花瓣大如笑脸，花茎状似喷泉，漫山遍野的花丛，红、白、粉、紫，喷火织云，灿烂如锦缎，垂直覆盖山峦，景色壮丽之极。

也就是万紫千红的杜鹃花丛中，准备突击一头毛冠鹿的福建母虎，匍匐前进时，被一支预先设置的土箭射中了。

箭头扎在母虎的右前腿，它感到疼痛，就习惯性地用嘴去咬箭，那箭头是经混合的马钱子、蜂毒、蘑菇毒和牵机花的毒浸泡过，这种合成的毒药十分厉害，一入口就发作，能造成全身神经系统的剧痛和痉挛。

痛苦的福建母虎，在鲜艳的花丛中猛烈翻滚，半亩多面积的杜鹃树被压成平地，母虎的死状极恐怖，它四肢僵直，脊椎朝反方向弯曲成弓形。

咽气前的母虎，从喉间发出低频的呼声，短促的重低音穿越峡谷，在岩壁上反复激荡，最终传递给密林中的"祖祖"。这是报死亡，也是报险情。

"祖祖"还接到了母虎的化学通讯，一种特殊的死亡气味，随风扩散。

这只年轻的虎没有躲避，而是趁着黑夜，沿母亲留下的气味赶来。

它先看到的是火把，把半山照得透亮。它从杜鹃矮林中潜伏过去，看到母亲的皮已被剥下，血淋淋地摊在花草上，亲情的气味到处弥漫。

猫科动物是半色盲，它们的视觉世界，只有黑白和紫灰几种颜色，或许这样，让鲜血在它们眼里不那么惊心动魄。

可这一会儿，"祖祖"看到的是母亲的躯体和血肉。

它还看到，几个人正用刀斧将母亲的头、尾和四肢卸下，并把身

躯砍作几大块，分别装进背篓，同时，也把虎皮卷起，塞了进去。

"祖祖"一直跟踪这几个人，时而是隐秘尾随，时而绕到前面拦截。有好几次，那些人距离它藏身的草丛不到十米，它只要纵身而出，就能扑倒恶人，并用铁爪钢牙狠狠惩罚他们。

当人的脚步从它脸前经过时，年轻的母虎血脉偾张，虎爪深深抓进草根。肌肉抽搐痉挛的它，腰弓收缩至极限，就差猛烈一弹，就能飞身出去！可是，它却一而再，再而三地放弃了，直到眼睁睁看着他们走进山庄。

"祖祖"强忍仇恨，没有报复，它不是怕那几个人手中的武器，而是母亲生前的一再教诲，这些直立行走的两足动物，比老虎强大，比老虎残忍，比老虎狡猾，也比老虎更具复仇心。

自那以后，"祖祖"知道了人类的凶险和暗器的威力，它像一个隐侠，躲进深山，时刻提防人类，以至二十年来，很少有人发现它的行踪。

"祖祖"能活到今天，仰仗的不是捕食技巧，是与人类的成功周旋。无论百山祖划为自然保护区之前，还是以后，针对它的偷猎活动从没有中断过。"祖祖"可能不懂保护区对它的意味，它清楚的是，那些以它为目标的手段，越来越隐蔽，也越来越险恶。

这么多年来，有多少针对它的阴谋和机关，都一一被它识破，哪怕是饿得前胸贴后背，它都不去碰下了毒的羊腿，那拴在铁夹附近的活兔，它远远地看一眼，掉转头离去。

猫科动物感觉器官的灵敏度是人的数千倍，我们每个人的气味与生俱来，和指纹一样，永远不变。这气味中还包含有你个人的密码。彭氏兄弟的气味夹杂有多种动物的血腥味，这当然让"祖祖"警觉了。

实际上，考察组一进山，就被"祖祖"觉察到。头几天，它刻意保持距离，在猎犬的警戒范围外尾随，一直暗中观察他们。最终，它从他们身上解读出非侵害性，才放松了警惕。

"祖祖"越接近杜仲树林，气味越发强烈。它很快看到了来源，那是一只死公鸡，挂在树枝上，公鸡身上淋满了血。鸡血味是"祖祖"

熟悉的，但让它警惕的是，周围留有彭潭的体味。

　　"祖祖"决定放弃试探，准备从旁边的树林中穿过，就在它转头并抬腿时，动作突然停止了，抬起的前掌久久不下落，它怎么了？

　　数天后，考察组赶到现场，经过小心的勘察，他们吓了一跳，原来这是一个品字形的布局。正中挂公鸡的树枝上，藏有虎套，左右两边又各挖一个陷阱，阱内放置能夹断野猪腿的铁夹。

狡猾的设局者号准了"祖祖"的脉，冲它有识破诱饵的能力，特意设计针对性的连环套。他把正中那个圈套布置得很拙劣，故意让"祖祖"觉察，但老虎想避开的时候，无论往左还是往右，都会落入更隐蔽的陷阱！

　　录像资料记录中，困局中的"祖祖"，犹豫了很长时间，才放下了前掌，它既没有左转也没有右转，而是踩着自己的脚印，由来路倒退回去。

16. 彭氏兄弟遭人暗算

　　山脚下开阔的盆地中，蜿蜒着一条溪流，溪流两岸，坐落着一个叫留下的山村。村东头的山梁上，隐蔽着一间小趴趴屋。那不是谁家，是村人看庄稼时的临时窝棚，不到玉米结穗时节，没有人住。

　　屋子很矮，土坯打的墙，草顶还漏雨。派出所的人顺道过来两拨，都没有发现里面有人住的迹象，所以也没在意它。

　　偏偏这里就住有人。其中一个就是彭潭，他从山里溜出来，避开已经够狭窄的主路，拐弯抹角地绕行，躲开了巡查的民警。

　　彭潭绕到小屋子后面，环顾一下四周，有节奏地敲窗子。

　　窗子没有玻璃，是一捆玉蜀黍秆堵住的，玉蜀黍秆一拨开，露出一张和外面很相像的脸，就是头发秃点儿，三角眼略微不等腰。

　　这就是彭渊，两人目光一接，二话不说，当哥的把旅行袋朝里一扔，一纵身跳进屋子，里面的弟弟接了袋子，迅速再堵上窗子。

　　屋子里，彭渊打开旅行袋，看看里面都是一些蘑菇和木耳等样品，这是用来对付盘查的。他丢旅行袋到一边，然后问着："咋样了，哥？"

　　"先整口吃的！"

　　这屋子里可真算是坚壁清野了，一点人气没有。弟弟递过来一个

瓢，里面是两包方便面，直接用外面溪水泡的，因不敢起火，他们全吃凉的。为防止肠胃不适，里面放了很多生姜大蒜，还有辣椒油。

当哥的稀里哗啦，连吃带喝，一气吞个底朝天，然后把瓢朝弟弟怀里一扔，抹嘴道："那老虎神了，它能踩着脚印从陷阱中心退出去。"

"真的？"彭渊有些吃惊，"这套中套都逮不住它，咱是没戏唱了。"

彭潭脸色铁青，沉思着什么，没有搭腔。

"要依着我，放一把火，看它往哪儿藏，不出来就烧焦它。"

"你放狗屁！"彭潭瞪弟弟一眼，"烧了森林，来救火的人更多，老虎撞你怀里，也不是你的。"

"那你说怎么办？就这么跟老虎耗下去？"

"耗都难耗了，"彭潭咬着牙关，"已经封山了，到处都是武警和雷子。"

"你被他们发现了？"弟弟又一惊，眼睛不由自主地朝门外看。这间屋子居高临下，可俯瞰整座村子，只要有人上来，他们隔三掉弯的盘山小路就能看见，有足够的时间从后窗跳出，藏进密林。

"躲过初一，躲不过十五，发现，还不是早晚的事。"

"那咱们往下咋整？你得拿个主意。"

"收拾东西，撤吧。"

彭渊大惊："撤？老虎不打了？"

"再打下去，不是把命搭进虎口里，就是让警察逮住送局子里。这里不管是人还是老虎，都比西伯利亚的难整，拉倒吧"。

"想打老虎的是你，说不打老虎的也是你。"彭渊嘟嘟哝哝，"拍屁股走人容易，可定金咱可花了不少，怎么办？"

"出去想办法还他们，活人总不能让尿憋死！"

彭渊一向知道当哥的是说一不二，他不再犟了，当下收拾东西，能带的带走，不能带的就掩埋。这是彭潭的习惯，任何地方，不许留痕迹。

"是连夜就走，还是先睡一觉？"他边整理，边问哥哥。

"趁黑动身吧，查户口的人太多，天一亮还麻烦。"

"那两支枪不要了？猎枪就算了，那杆狙击步枪可是宝贝，拿美金都买不来。"彭渊很有些心疼。

"别为芝麻丢西瓜了！"彭潭教训弟弟，"空手出去都不容易，还想带枪，那不是朝脸上贴标签嘛！"他顿了一下，口气略缓和，"那玩意埋在那里坏不了，等风声不紧了，早晚还是咱的。"

就这样，这一对杀手顶着满天繁星，匆匆出山去了。

留下村出百山祖保护区只有一条路，那是沿山脚劈出来的。他们估计路口有武警和民兵把守，没有敢走这条路。

彭潭领着弟弟下到河谷，顺着溪流朝外走。溪流边没有路，他们只能在大小不一的石头上跳来跳去，十分辛苦。星光下看不清石头上的青苔，一脚踏不稳，就能摔一个狠的。彭渊走夜路的经验差，摔的也就比哥哥多。

彭潭前面走着，不理睬弟弟的牢骚。他刚进来时，就跟当地人聊过，知道过去没修那条山路的时候，百山祖的山民都是沿溪流朝外担柴换稻米，只要不发山洪，溪流间裸露的石块能送他们走出百山祖。

脚下的这点辛苦不算什么，真让彭潭郁闷的是进退两难的困境。他当初进山，凭的是一股豪气，没想到华南虎这么难对付，更没料到政府保护的力度这样大。他不知道华南虎要比西伯利亚虎更珍贵，三十年才发现这么一只野生的，能轻易给他们兄弟猎走吗？

或许，他们现在退出是明智的，但命运偏偏给了他另外的安排。

东山脉蒙蒙发亮时，谷底雾气聚集，凑出龙卷风或云水形状，沿石壁上升，到了山头，雾散开了，均匀地遮盖住森林。

彭潭兄弟借雾气掩护，通过了最后一道关卡，那是著名的兰溪廊桥，如一口大棺材，横搁在缩窄的峡谷间。他们顺溪流穿过廊桥时，能听到上面廊屋里的扑克牌声。

彭潭领彭渊过桥后，就转上了岸，从理论上说，他们算是过关了，前面不会再有武装封锁线。

山路突然一个转弯，近乎九十度，他们随弯转过去，看到一辆破

旧的面包车靠在路边，车司机位的车窗摇下，伸出一条腿，并传来均匀的鼾声。

山外路口，经常有拉客的黑车，彭潭他们来的时候，也是搭的这类车。

彭潭过去，敲了敲那条腿，鼾声停止了。"去丽水多少钱？"他问。

那条腿缩进窗子，换出一张睡意未消的脸："嗯，丽水……你给两百吧。"

"太贵了，你抢钱哪？一百五，不拉就算！"

"好吧、好吧，上车吧，你们是头一单生意，不讲价了。"

那司机回身，扒起车门的锁，彭潭拉开门，进到车里，在前排坐下。彭渊随后上车，他还有一条腿没踏上来，就看见哥哥脸色突然一变。后排扑出两个人，一个用胳膊勒住彭潭的脖子，另一个勾身扑过来，按住他的双手。

彭渊见势不好，刚要缩身，被前面的司机一把锁住喉咙，车外也有人蹿过来，拦腰连胳膊一起抱住了他。

"不要反抗！"彭潭喉咙深处挤出了一句话，他担心彭渊莽撞，伤了警察，那罪就严重了。

他哥俩服服帖帖，被四个人摁在车椅子上。彭潭等着他们给自己上铐，心里盘算怎么应付未来的审问。他们身上没有武器，也没留下盗猎的证据，只要口紧，大不了关几天，审几轮，早晚得放他们走人。

他们的手腕仍被人反切不放，没有什么手铐出现，却有冰冷锋利的刀刃，分别切住他们的咽喉。

不好！彭潭只觉"嗡"的一下，全身的血都涌往头顶。遭人暗算了，这帮家伙不是公安！

17. "祖祖"这是怎么了

"老虎的怀孕期为三个月，幼虎出生后不睁眼，全靠母乳哺育，这个时候的幼虎最容易受到攻击。一般来讲，野生虎的幼崽有百分之三十到五十的夭折率，这是相当高的。"会议室里，斯蒂文在讲授虎的知识。

屋子里坐有二十几个人，都听得很认真，并不时做笔记。

为了切实保护好"祖祖"，保护区管理处做出新决定，全系统六个管理站的所有干部职工都必须参加轮训，由考察组的专家授课。学习后，还要进行统一考核，成绩不及格者，不能上岗。所以，人们的学习积极性很高。

"老虎的哺乳期是3到6个月，5到6个月后，幼虎可随母虎外出。11个月左右，母虎开始教幼虎捕食并吃活食。18个月到2岁间独立，性成熟是3到4岁之间。"斯蒂文边说边在黑板上写下数字："老虎四季都会发情，母虎每20天发情一次，但是，母虎多选冬末春初或夏末秋初产子，这两个季节的猎物活跃，母虎容易捕食，小虎也容易生存。"

这时候，崔嘉尔匆匆由屋子后走过来，先敲了两下窗子，然后一把推开。

"课先中断一下吧，"嘉尔说，"你赶快到办公室去，'祖祖'有了意外情况。"

办公室的正中，是一个五米长、两米宽的保护区地形沙盘，这个沙盘制作不久，还散发着木头和塑料的混合味。

"祖祖"的主要活动区域，以及其他动物的种群数量和活动范围，都已被考察人员做了标定。逐步增加的观测点、野外自动摄像机和食物投放处也都一一标明在沙盘上。

当斯蒂文和崔嘉尔赶进来，考察组和管理处的人都到了。

"出什么事了？"斯蒂文进来就追问赵队长，"又发现盗猎者了？"

"我说不清楚老虎是怎么回事，录像带回来了。"赵队长说着，取出带回的录像带，嘉尔赶紧插上电源，龚吉开机。

画面中显示的是百山祖的另一座山峰，一处朝阳的半坡上，野菊花和野三七间杂的草丛，遮掩着一块巨石。

这块石头的位置不顺眼，显然是生客，哪一年从山头上滚落此地，它的妙处在于，恰好从正面遮住了一个山洞，这是"祖祖"的一处隐秘的行宫。它追踪猎物到此山，都会留宿在这里。

考察组的摄像机，就装在洞外一株木兰科的鹅掌楸上，镜头正对洞口。

画面里，巨石边的野菊花不住摇摆，并传来阵阵低吼。"祖祖"显然在里面，可显得焦躁不安，它似乎在打滚，大花蛇般的尾巴不时蹿出草丛。

考察组的人都吃惊了，不约而同站起了身子，似乎都想钻进屏幕中去。

老虎在自己洞里是极安静的，它只在离洞很远的地方使性子，更别说幽灵般的"祖祖"了，怎么会这样子呢？

"它这是怎么了？"嘉尔惊问道。

办公室里死一般的沉寂，人们都紧盯着画面，谁也回答不上来。

龚吉说："绝对反常，肯定有问题！"

林教授问赵队长："你去的时候，它还在里面吗？"

"在里面，我听得见它在叫，声音压得很低，以前没听它这样叫过。"

"可能是受了伤，要么就是中毒了！"斯蒂文断言道。

嘉尔的脸色一下子苍白如纸："当真的呀？"

"那还不赶紧走？"龚吉跳起来，"再晚就来不及了！你们不去，我一个人去。"他说着就朝外跑。

嘉尔："你干什么去？"

"回房间拿东西。"他话没落音，人影已经不见了。

"现在就去，"斯蒂文说，"不能再等了。"

嘉尔对林教授说："那我们连夜进山，您在家值班吧！"

"我要去！"一向稳重的林教授也急了："走、走、走，快走，带上麻醉枪和药物，叫上医生，赶紧走。"

18. "祖祖"要进入发情期

这一行十数人，背着各种急需品，还包括一副担架，连夜进了百山祖保护区。

距离老虎洞二百米，赵队长做了一个手势，他们都熄灭了手电光，

放轻了脚步，慢慢接近巨石。所有人都蹲下了身子。

在原始森林里，谁也趴不下去，只能蹲，就这还遭山蚂蚁咬呢。

大气不敢出的人们，仔细聆听里面的动静，什么也听不到，巨石后面，山洞悄无声息，野山菊和野三七都安静地竖立着，纹丝不动。

龚吉耐不住了，焦急道："会不会已经死了？"

嘉尔斥责他："别瞎说！"她转问林教授和斯蒂文，"也可能是不在洞里，出去捕猎了吧。"

"打开手电筒，朝里照一照。"林教授说道。

"万一还在里面，会不会惊了它？"龚吉担心道。

斯蒂文举起手电筒，答："老虎不怕光。"

第一束光切开黑暗，把亮光投送过去，跟着是第二和第三束，几道强烈的手电光束交叉晃动，想找缝隙射进去，还是被草丛挡在外面。

刺眼的光线下，几只受惊的花豆娘展翅欲飞，因露水太重，它们坠进了草丛。白色的野菊花和绛黄色的野三七花朵在光束照射下都失了真，像是蜡做的。

"把那只兔子扔过去。"林教授吩咐说。

这是一只活兔，特意带进山的。赵队长一扬手，把兔子扔往洞口的野草丛里，兔子四肢被捆，站不起身，凭着腰弓弹动不已，野草随之晃动，人们眼珠子都要弹出眼眶了，老虎洞里还是没有反应。

"要是'欢欢'在就好了。"嘉尔遗憾道。

"那我过去看一眼？"赵队长说道，把子弹推上膛，"也可能到外面荡去了，让咱们在这里干等。"

"不要轻易去虎窝，危险！"林教授警告道。

赵队长一拍枪身："我有这个……"

"不能带枪，任何情况下都不能开枪。"斯蒂文口吻严厉。

赵队长有些犹豫了，老外有道理，老虎就这么一头，上无老下无小，是不能开枪，可这是入虎穴啊，得有保命的家伙，麻醉枪弹要五分钟才起作用，五分钟！有八个脖子也给咬断了。

"你们都别动，我过去。"龚吉突然来了胆量，很大程度上，他是做给嘉尔看的，关键时刻，看谁是爷们儿。

"你——"嘉尔吃了一惊。

龚吉乜斜嘉尔一眼，她那双大眼睛里充满真挚的关切和钦佩。

"我和'祖祖'有缘，"他说，"上回撞它嘴边都没咬我，这回咬的可能性也不大。你们把麻醉枪准备好就是了。"

"如果老虎攻击你，千万不要跑，把胳膊往它嘴里插。"斯蒂文叮嘱他。

这是人话吗？不跑？那是跑不动，能跑，龟儿子才不跑。我胳膊不是肉长的，不姓龚啊？主动朝老虎肚子里送！舍身饲虎，拿我当老佛爷呀！你先给老子磕八个头再说。

龚吉心里没好气，当时没顾上搭理斯蒂文，只以为他在挖苦自己，说风凉话。后来，他才知道，斯蒂文给他的是保命的诀窍。

当你被猛兽扑倒，要尽快把胳膊插进它嘴里，还尽可能地朝深处插，只要到了咽喉部位，会刺激猛兽的恶心和干呕，它就要拼命摆脱你而不是撕咬你了。

龚吉揿亮手电筒，小步朝鬼门关挪，他全身肌肉绷得紧紧的，随时准备大步往后跑。

他越接近洞口，虎臊味就越浓烈，老虎洞都这味，不能证明洞里

有老虎。

他壮胆继续走，虎味浓得他要窒息了。老虎真是天生的杀手，连气味都有震慑功能，足能吓晕一头半大猪，也熏得龚吉脚后跟发软，尾巴骨发凉。

龚吉拨开野三七草丛，朝洞里一照，迎面是两个刺眼的大灯泡，反照着他！这是"祖祖"，它就卧在洞口，昂起大花脑袋，瞳孔反射出手电光，又圆又亮，眼睛上面那两大块白斑，犹如玻璃纤维般亮森森的。

我们的龚吉又崩溃了，他和老虎对峙着，老虎不动，他也不敢动，连手电筒也不敢熄灭，谁知道哪个动作算是挑衅呢！他脑子全乱了。

"喂！怎么样了？看见什么了吗？"身后的森林里，人们看他发呆的背影，觉得奇怪，就传来嘉尔压低声音的问询。

这一会儿，龚吉连大气都不敢出，哪敢答话？

龚吉傻立不动，摆一个追悼会的姿势，后面人没想到是和老虎对峙，反以为他看到了"祖祖"的尸体，伤感不已，嘉尔和斯蒂文急切地站起身，跑着过来。他们刚要接近洞口，"祖祖"忽然站起来，一偏脑袋，朝外"噢呜"一声，好家伙，这声音粗深洪亮，极有爆破力，像从千年老洞、万年深潭里冒出来。

这一声，吼得叶落花枯，林木摇撼，雨点般的露水"沙沙"落下，

嘉尔和斯蒂文都冷不防，竟然吓得坐在了地上。

"祖祖"抬起粗大厚实的前掌，搭在龚吉肩上。

乖乖！巴掌比半扇猪还沉！要按倒吃我了，龚吉心里说挺住，让后面人开枪，可他一句话也说不出来，身子像一堆烂泥朝下出溜，没等他屁股着地，虎掌突然发力一推，龚吉踉踉跄跄倒退出草丛，正好倒栽进嘉尔怀里。

再往后，更是马尾掖豆腐，提不得了，英雄转眼变狗熊，直到嘉尔和斯蒂文把龚吉拖回人群里，擦汗灌水并做人工呼吸，好半天他都不省人事。

"祖祖"在洞里，还活着，不等龚吉醒过来，人们已经放心了。它刚才突然的安静，显然是感觉到他们来，在判断这帮不速之客的意图。可它为什么连活兔子都不理睬呢？

这让人纳闷。龚吉醒过来，斯蒂文问他，"祖祖"身上有没有伤，他不知道，问有没有看到呕吐物，他也答不上来，除了那俩白灯笼一样的眼和死沉的前掌，龚吉啥也记不起来，白吓一半死。

洞内，"祖祖"终于耐不住了，它不再介意外面的人群，又恢复了焦躁不安的状态。它来回走动，不吃不睡，时不时低声吼叫着，在草地上打滚并摩擦身子和头部。外面的人们都能清楚地感觉到它的一举一动。

斯蒂文拿出了他的法宝，这是一个微型探头，连接着一个书本大小的监视器，探头线附有一根半软的金属线，可以较长距离操控，还能转弯。

这是西方国家反恐的警用器材，能悄没声地沿走廊钻进门缝，让外面的警察知道屋子里有几个匪徒，都在什么位置。

斯蒂文一厘米一厘米地推动着金属线，探头悄悄穿过野草，伸进洞口。人们都盯着监视器看，大气都不敢出。

最先露脸的不是老虎，而是一只绿头蚱蜢，在探头前一蹦，不见了。"祖祖"的花纹出现了，探头太小，看到的是局部，显得毛发粗

硬，根根都能当针使。

探头运动不停，检视老虎的周围，它不时被"祖祖"压住，还被拨拉了一把，"祖祖"或许把探头误作一条大蚯蚓，没当回事。

从监视器中看，"祖祖"没有受伤，周围也没有呕吐物，人们越发奇怪了，老虎到底怎么了？不吃不喝不睡，也不出洞，"非典"或禽流感了吗？

探头移动到"祖祖"尾部，斯蒂文突然呆住了，有红外线功能的探头，探出"祖祖"的生殖器官异常发热，监视器的屏幕上，亮着一团粉红色的光源。

斯蒂文和林教授惊讶地交换了一下目光，不仅是惊讶，还充满着疑问和不可思议。嘉尔看他们两个发愣，关切地询问他们。

"怎么了，这说明什么？"

"我不能相信，这太不可能了。"斯蒂文嘟哝着，没有回答嘉尔。

"到底怎么了呀？你们发现什么了？"嘉尔的问话代表着所有人的疑问，连龚吉也爬起来，凑近看监视器，他什么名堂也看不出来。

林教授低低地回答了一句话，对在场的众人来说，那简直是一声炸雷，让人东倒西歪。

"'祖祖'好像是要进入发情期了！"

19. 给"祖祖"配种

这个惊人的发现，让考察组的人都跟发情没两样了。

兴奋的他们，冒险采集了"祖祖"的尿样，并立刻送往县医院化验。还迅速借来一套遥感测试仪，那是"非典"时期在公路上测量司机体温的。对"祖祖"一测，温度果然偏高半度。

化验结果也很快由电话传回来，"祖祖"确实处于排卵期的前夜。

从北京到杭州，再从丽水到庆元，热线上心急如焚等坏消息的人，等来一个天大的喜讯，这喜讯也棘手得很，紧跟着就是难以解决的问题。想给野生老虎配种，可不是闹着玩的。

人工授精的方案刚被提出，就被斯蒂文否决。

斯蒂文的态度得到了林教授的有力支持，"祖祖"年岁已高，深度麻醉的风险太大，不能人工授精。那别无选择，只有从动物园选择雄性华南虎了，问题是，有合适的华南虎当新郎官吗？

说起来，中国还有好几十头华南虎，瘸子里挑将军，也该有一个。可除去老弱病残，成年的雄性还有几头？

由林业局统筹的筛选工作连夜进行，考察组守着电话，从各动物园提供的档案里，把三岁到十岁的雄性华南虎拨拉一个遍。不是年龄够就行，就跟挑飞行员似的，必须身体强壮、头脑聪明、心理正常、不带残疾，政审更严格，除了不能有海外关系外，还要上查五代（必须百分之百的中国虎血统）。

这样挑下来，一共五只雄虎入围。

斯蒂文对其中一只有异议，认为动物园提供的谱系不清楚，有和孟加拉虎杂交的嫌疑。可惜呀，那倒是五只虎中最活泼强壮的一只，偏偏出身不好。

这没得辩论，华南虎的纯正血统头等重要，林教授和嘉尔经过请示，依了斯蒂文。去掉一个杂种，只剩下四只虎了，电话联系的时候，又得知福建动物园那只三岁雄虎没有艳福，刚中了暑，正在紧急抢救，活不活先不说，到百山祖当夫婿是没指望了。

三只候选雄虎敲定，中国再次显示了关键时刻的惊人效率，北京一声令下，空军即刻派出三架专机，把老虎从三个省紧急空运到杭州。

尽管有种种反对之声，什么老虎搬家非同儿戏，什么老虎要给几天准备期等等。意见保留，先执行命令吧！你们有一万个理由，"祖祖"那边不等人了。

嘉尔带着兽医赶到杭州军用机场，迎接三只老虎落地。为给老虎腾出跑道，空军一个歼11中队的飞行训练也中止了。

机场上，没有片刻的停留，货舱里推出的铁笼子，直接抬上三辆带空调的货柜车。这可不是摆谱，一辆大货柜车，五头老虎也装下了，是饲养员怕它们互相认生，使本来就紧张的心情更加焦躁。

三辆老虎乘坐的大货车，浩浩荡荡，经高速公路拉往庆元。前有警车闪灯开道，后有武装警察持枪押运，再加上各公路段的交通管制，沿途老百姓都看直了眼，有说是国家级的领导人来视察，有说是打航空母舰的尖端武器，越传越邪乎！几家公路收费站看这架势，连钱都不要了。

六小时的高速公路，再加三小时的山路，到百山祖基地时，已经是午夜了。

三头老虎都显得焦灼不安，跟来的饲养员守着笼子，不停地安慰着，劝着，说着好听的，哄小孩似的。

最紧张的还有猎狗"欢欢"，三只大老虎的到来震惊了它，它先是依着赵队长的腿狂吠，几经安慰后，仍然围着老虎笼子转圈，龚吉摸了它一把，发现它全身的毛都被汗湿透了。

三只虎虽然紧张，倒都不大在意"欢欢"的存在，估计它们在动物园里见惯了看家狗。

发电机轰鸣、发动机轰鸣、发疯人轰鸣，整得彻夜不宁，山里的狼虫虎豹都不安生，百山祖的"女王"选夫婿，得了吗？

三只中国雄虎都是各动物园的心肝尖子、眼睛珠子、大肠头子，各自拥有一大堆认养人，为来百山祖，各自都特意上了高额保险。

据说，这几头老虎的喂食都有严格规定，喂鸡肉要把骨头剔出来（怕卡住食道），喂牛肉不能连着一根筋（不好消化），每天还要加各种维生素、鱼肝油，以及钙片，就这还老闹肠胃病呢。

它们的名字也都是大范围征集的，分别叫"圆圆""晶晶""宝宝"，听听，都像是大观园中的少爷！好使唤吗？

三个饲养员也奇了，都姓李，中国到底有多少李姓人？不小心撒泡尿，都能淹着两个。于是龚吉就根据年龄，叫他们大李、小李和老李。

根据计划，先放一头雄虎进山，一块放出去怕它们争风吃醋，再打起来。虽说争夺交配权符合森林法则，但谁也不想冒这个险，中国虎没几头了，别弄得儿子还没影，先把老子赔进去一个半个。

况且，如果是人为操作的失误，保险索赔都是大难题。

考察组决定现场观察老虎的状况，谁状态好谁就去。

他们围三个老虎笼转了一圈，大李强调"圆圆"有点晕机，一天没吃东西，最喜欢吃的新鲜牛肝，送到鼻子底下都不闻。

说到"圆圆"的吃，大李简直拦不住自己的舌头。他说"圆圆"吃鸡只吃进口的，国内鸡有禽流感，牛肉必须吃国产的，外国牛有疯牛症，羊肉它嫌膻，基本不吃，猪身上光吃里脊和耳朵。

大李说，"圆圆"胆固醇偏高，平时不敢给它吃肝脏，牛奶只能喝脱脂的，所以它最欠肝脏吃，这会儿要是连肝脏都不感兴趣，怕是没精神想歪门邪道了。

大家看着也是，个头蛮大的"圆圆"，一副没精打采的样子，用凤

姐的话说，就是个美人灯，风吹吹就坏了。

"晶晶"呢，倒是有精神，瞪着三角眼冲人吼叫，一脸的不开心。

小李说它有神经衰弱的毛病，经常要吃安定才能深度睡眠，还老做噩梦，有时候还起来梦游。如果两天睡不好觉，就会上火。

"晶晶"的火走两端，牙疼和便秘一块来，够人伺候的。这一路连飞机带坐车，它更是没合一眼，眼睛都发红了，今晚必须保证它的睡眠，把生物钟调整过来，估计非加大安定的剂量不可了。

那就只剩下"宝宝"了，它倒是能吃能睡，可老李介绍说它怕冷又怕热，也有点怕天黑，就喜欢在18到20摄氏度的空调房间里看电视，还不让关灯。比较喜欢的，是日本卡通片，什么"樱桃小丸子""蜡笔小新"之类的。

一边的龚吉都听崩溃了，悄悄对嘉尔嘀咕："我说领导，你们研究了大半天，折腾了半个中国，挑了三个什么东西来？"

"你说是三个什么东西？老虎呗。"嘉尔的感觉和龚吉差不多，但她此刻不想再听他的风凉话。

"老虎？怎么听上

去像是三个家长送独生子女来上幼儿园！"

嘉尔苦笑了，怎么办呢？这已经是反复筛选才挑出的，其他的就别提了。

她抓紧时间和林教授及斯蒂文磋商，一致同意，"宝宝"的状态最好，不管老李怎样花言巧语，先把"宝宝"送进百山祖打头炮，就算它真有住空调房间看电视的恶习，也得等建功立业回来，再视情况论功行赏了。

一辆拉木材的平板车开过来，工人把"宝宝"的笼子抬上去，哭丧着脸的老李紧跟着，明明是大喜的红事，让他当成了出丧的白事。

车拉到离"祖祖"最近的山脚下，工人们又用长棍和吊绳抬了几里山路，真跟抬花轿嫁闺女似的，只是，花轿里的公老虎比仨新娘都沉得慌。

走了个把小时，往前没路了，别说花轿，单人都难走，工人们这才放下笼子，然后躲得远远的，只留下考察组成员和老李。这可是真正的放虎归山呀，谁心里不打点小鼓，可别野性大发，回头一口喔！

采集到的"祖祖"尿液，已事先涂抹在笼子外的树身上，隔不远涂一点，一直延伸至"祖祖"的洞口。

这是一条雄虎的指引线，就像月下老人给人牵姻缘的红线，让两只华南虎成为情侣。其实吸引青年男女恋爱和老虎配对的因素没什么区别，就是名字不同，老虎叫尿液，人叫爱情。

老李把笼子门打开，快速闪到一边，考察组的人也再次都爬到树上，充满期待地观看"宝宝"出笼。"欢欢"不能上树，由赵队长搂着脖子藏身草丛。

"宝宝"缩在笼子一角，疑惑地朝外看了看，然后又不满地向老李低吼不止。它是在水泥地板和铁笼子里长大的，从没有见过这么高的山、这么多的树和这么深的草，陌生的一切，让它蜷缩得更紧了。

老李再次走过去劝它，无意趄起一只青蛙，蹦上笼子，竟然吓得"宝宝"一愣，全身发抖。

"'宝宝',出来,你看外面多好。"老李苦口婆心地开导它,"你自由了,你的女朋友等着你呢,快出来吧……"

"宝宝"看着老李,眼神充满委屈和愤懑,它以为是在惩罚它,我犯错了吗?它似乎在愤愤地发出质问。

考察组的人看没什么危险,都下树围了过来,龚吉用一块新鲜牛肉引诱"宝宝",它根本不睬。老李好说歹说,嘴皮子都磨薄了,它根本不听,还时不时朝老李瞪眼吼一声。一边的斯蒂文,光摇头不说话,他根本就不赞成这种方式,知道行不通。

"它冲你叫个不停,是什么意思?"嘉尔问老李。

"它想回家,不要待在这里。"

"家有什么好?跟这能比嘛,真跟它说不清楚。"龚吉感叹。

"你告诉它,这里才是它的家,它的老家。"林教授说,"多好的地方,一点危险也没有。你给它做点示范。"

没办法,老李只得依了教授。他在笼子前的草丛里打滚、撒欢、嚼草叶,一副欢快的样子,可"宝宝"就是不上钩,还愤怒地挥过去一掌,险些打到老李。

人们耐不住性子了,天下哪有这样的老虎?太不像话了,赶它出去!

嘉尔一声令下,他们几个人合力抬笼子的一头,喊着一二三,想把"宝宝"倒出笼子,哪知道"宝宝"紧抓着铁笼子,都撬起快九十度了,还是倒不出来,几个人累得直吐白沫子,胳膊还被抓出血痕。

"宝宝"者,宝宝也,热炕头上养大的,你让它到森林里去,它怎么能依你!

"天就不下雨,娘偏不嫁人,"龚吉摊着胳膊,泄气地反用着俗话,"咱们有什么办法。"

天都快亮了,人们没有办法把老虎弄出笼子,原来放老虎出笼比捉老虎进笼还要艰难。

他们把"宝宝"连笼子留在山上,想让它适应一下,再说入洞房

的事。笼子外，留几个人倒班看守它，主要是怕偷猎者趁机下手，活老虎在山里，如果没有偷猎者，还有谁敢来招惹它。

他们回去，稍事休息，就起来吃了午饭，赶着又把"晶晶"运进了山。

"晶晶"睡了一大觉，中午吃了二十千克精牛肉和一盆加复合维生素的牛奶，吃得肚子沉甸甸。

喂食前，有人送来腊肉，它不屑一顾，扔给它的香肠，闻闻就扒出了笼子外，甚至连盒装牛奶都不喝，什么都只吃新鲜的。

"晶晶"吃饱喝足睡够，小李也没什么借口阻拦它成大婚了。

山里，"晶晶"的笼子放在"宝宝"旁边，人们也想让它给那个没出息的家伙做个榜样。

据警卫讲，"宝宝"一夜没睡，一有风吹草动，它就低叫，要老李拍着铁笼子唱摇篮曲，才平静下来。

这边，笼子门一开，"晶晶"就探头探脑地走出来，很有那么一点儿虎气，龚吉高兴得直叫有门儿！

"晶晶"有别于"宝宝"，它生长的环境较好，虎园中有半亩大的草地，所以没有水泥地情结。

笼子里的"宝宝"懒洋洋地注视着"晶晶"的行为，丝毫不为所动，眼神里甚至有些幸灾乐祸的成分，直到"晶晶"走近它，这才龇牙吼

了一声，警告它别碰自己的笼子。

"晶晶"也不想挑衅，看到警告，自觉退了回来，它很谨慎，以自己的笼子为圆心，慢慢扩大活动半径，探索着一切，不时迎风使劲吸鼻子，显然是嗅到了许多新鲜气味。

突然，"晶晶"径直朝一株化香树走去，它伸长脖子，肩胛骨高耸着，标准的虎步加虎视的组合姿态。人们顿时狂爽，兴奋得嘉尔把斯蒂文的手都攥粘连了，看得龚吉直冒醋火。

化香树上，是斯蒂文涂的"祖祖"的尿液，里面饱含异性的气味。

"晶晶"对着化香树一嗅再嗅，并把视线投向"祖祖"洞穴的方向，它显然清楚地嗅出了线路图。

奇怪的是，"晶晶"突然失去了兴趣，它没有照线路图上山，而是避开"祖祖"的气味，朝另一个方向探索。人们着急了，你往哪去呀？

人们把涂"祖祖"尿液的刷子扔过去，企图用更强烈的气味再度提醒"晶晶"，谁知道它竟然跳开了，避得更远。

"你们家'晶晶'别是个太监？"龚吉质问小李。

"你怎么讲话的？你没看见它的生殖器官吗？没有一件是假冒的。"小李年轻，说话也不客气。

"不假冒，会不会是伪劣呀？它躲什么呀？"

"这你得问它自己，我又不是它肚子里的蛔虫。"

看着他们就要掐起来，林教授开口了，他看着优哉游哉的"晶晶"，一脸的困惑："小李，'晶晶'有没有交配过？"

"没有。"

"为什么呢？"

小李迟疑地："说不上，它对我们园里所有的母虎不感兴趣。"

"有发情的时候吗？"

"经常有，情绪烦躁，睡眠更差，可还是不理睬母虎，撮合了好几次都失败了，我们也弄不清楚怎么回事情。兽医给它检查过，发育很正常。"

斯蒂文突然开口了："这个'晶晶'，从小就是你喂养的？"

"对呀，一直是我。"

"它小的时候，有没有和母虎打过架？"

"没有啊，"小李答得干脆，"我们园里没有和它一个年龄段的华南虎，想给它找玩伴都找不着。"

"你再仔细想一想，类似的情况有没有？"

小李抓耳挠腮，忽然眼睛一亮："真有过一次，它六个月的时候，被隔壁的一只成年母豹咬伤过……"

"母豹当时处于发情期？"

"好像是……"

斯蒂文意味深长地对林教授说道："这应该是答案，'晶晶'幼年时被发情的母豹袭击，心理的创伤没有治愈，所以它躲避发情的猫科动物。"

看着"晶晶"不务正业地朝别处转悠，小李急了，他担心"晶晶"跑野了，找不回来。

斯蒂文摇着头，冷笑说，人工喂养的老虎，野化是非常困难的。

小李不信斯蒂文的，"晶晶"出任何问题，他都要担责任的，所以他坚持要把"晶晶"圈回笼子。

他们这边还没争论完，那边老虎出了状况。巡游的"晶晶"运气极佳，无意中从草里赶出了一只小野猪。

这只野猪不过板凳大小，身上的黄毛还没有褪尽，四条细腿不停打晃，显然是因为缺乏奔跑能力，跟不上猪群，才被母野猪藏进草丛。它看上去吓坏了，猛跑几步，紧张得栽倒了。

"晶晶"快步赶了过去，好奇心使它想近距离观察小家伙。小野猪再次跳起逃跑，"晶晶"好在是虎园中长大的，能跑两步，它蹿了两下，便堵住了野猪的去路。受惊的小野猪掉头朝回跑，"晶晶"也返身追回来，再次堵截了它。

小野猪似乎跑不动了，摇晃着身子，直盯着对面的大老虎。

"晶晶"一个匍匐动作，前低后高，小步快走，逼向小野猪。它那漂亮而又专业的捕食姿势吸引了所有人的注意，人们都暂时把"祖祖"的事搁一边去了。

　　花拳绣腿的"晶晶"接近小野猪后，却没招了，它不知道该干什么，犹豫了一会儿，伸鼻子过去闻野猪。那小野猪也邪门儿了，噘起嘴一顶，"晶晶"立刻缩回脑袋。

　　小野猪察觉到老虎是个怂包，就也扎起架势，不退反进，朝"晶晶"走了两步，没想到真把"晶晶"逼得倒退。就这样，大老虎和小野猪，你进我退，我进你退，也就两三步的余地，来回地拉锯，看得人们目瞪口呆。

　　后来是小野猪没耐性了，转身想离开，"晶晶"赶前两步，轻微挠了它一爪，小野猪被推翻了，它起来后大怒，干脆豁出去了，只见它头一低，像一颗小炮弹，猛射向"晶晶"。

　　乖乖，要玩命！这个从没有打过架的老虎少爷吓坏了，它躲开小野猪的攻击，掉头就跑。那小野猪不依不饶，紧追不放。

　　这场面简直滑天下之大稽，小野猪追一头大老虎！

　　"晶晶"边跑边回头看，这样影响了速度，连续被小野猪撞击后退，身子趔趄好几下，它只得加快速度跑回来，一头扎进铁笼子里，并躲在笼子的远角向外张大嘴发威，一副你敢进来，我就和你同归于尽的恐吓表情。

　　小野猪没有朝里追，逮着铁笼子狠撞了几下，头骨撞得"砰砰"有声。

　　每撞一下，"晶晶"朝外咆哮一声，可就是缩着身子不出来。另一边笼子里的"宝宝"吓坏了，大呼小叫、蹦跳不止，把笼子抓得"嘎喇嘎喇"作响。

　　得胜的小野猪决定饶老虎一回，它掉转身重入草丛，故意走得不紧不慢，小蛇似的猪尾巴舞蹈般卷动，慢跑的小碎步犹如踩着鼓点，你甚至还能听到它得意的哼唧之声。

草丛里，倒是把"欢欢"激动得浑身发抖，不是赵队长紧抓项圈，它早就扑了出去。它也许不明白老虎为什么窝囊，它可不想放过那个小猎物。

　　老李和小李赶紧跑向笼子，又是软声细语，又是挠下巴、抓肋骨，使尽浑身解数，各自安慰受惊吓的老虎乖乖，人们也都围拢来，交换着啼笑皆非的眼神，这算什么事嘛！

　　"我这回可开了眼了！"龚吉惊愕道，"这老虎还不如老绵羊！那小不点野猪没板凳高，我这么笨，一脚也踩它个筋断骨头折。嘿！人家能把大老虎打成缩头乌龟，真稀罕！"

　　小李脸上也很有些过不去，辩解道："'晶晶'是独生子，从小没有玩伴，不知道怎么打架。我们也没有喂过它活食，连一只鸡都没有咬过。"

　　"这也叫老虎，"龚吉感叹道，"这老虎只能当画看了。"

　　"是呀，将来即便克隆技术成熟了，也只能克隆出这样的乖乖虎，

克隆不出老虎的野性。"嘉尔也发愁地说着。

"你们的饲养方法有严重的问题，非常严重。"斯蒂文像是偷吃了摇头丸，话说完了，还摇个不停。

这一番检验，"晶晶"和"宝宝"都没戏了，别说当虎爸爸，当老虎本身都不够格。考察组商量一下，决定送它们下山，再把"圆圆"换上来。

老虎重，都有两百多斤，一次只能抬一个。工人们先抬"宝宝"回基地看电视，它不吃不睡三十多个小时了，老李说，再不设法让它安静下来，一准病倒了。

乱哄哄的人们抬走了"宝宝"，只剩下考察组和小李，还有赵队长和"欢欢"，森林中顿时安静了许多。

"晶晶"郁闷了一阵子，又溜达出来，在草丛里拍蚂蚱、撵石龙子、逗两只箭环蝴蝶玩。它不再招惹大动物，一只凤头麦鸡小心地过来，它看一眼，就拐到一边玩去了，惹不起还躲不起，老虎也有这一手。

这一回，小李也不担心了，有危险知道朝笼子里钻，这么乖的老虎哪找去，干吗不放心。

"欢欢"对"晶晶"的恐惧和敌意减轻了，或许是刚才那一幕让它吃了定心丸，或许是它也看到人们对这只老虎的关照，猎犬明白得很，它知道这不是它的敌人了，就老是想过去和"晶晶"照个面，倒是谨慎的赵队长怕有意外，始终不许"欢欢"骚扰"晶晶"。

斯蒂文从背囊里取出一块塑胶布，平铺在地，大家背靠背挤着坐下。

无际的森林之中，到处囤积着千年的阴凉，一阵山风徐徐吹来，经万木过滤，清新中又挟带多种植物的幽香，附近的几株响叶杨发出金属碰撞的声音，人们顿时感到一阵大惬意、巨轻松，全身松弛下来，都昏昏欲睡了。

"你们看'欢欢'怎么了？"嘉尔突然开口。

不等龚吉说什么，赵队长已经被惊醒了，"欢欢"面向山头黑压压的森林，尾巴紧夹，发出"呜呜"的警报，身体不住地向他身下退缩。

人们都醒了过来，惊异地看着猎犬的样子。

"怎么了？"林教授惊问道。

"搞不好有什么大家伙过来。"赵队长目光炯炯，巡视着山林，同时抓起了枪，打开保险："'欢欢'很少吓成这样！"

人们不约而同地转脸关注"晶晶"，猎犬能感觉到的迹象，老虎一定也能感觉得到。果然，草丛里的"晶晶"保持着一个奇怪的半蹲半行姿势，显然是在运动中突然静止的，它也向同一方向望着，耳朵笔直，神态极为专注。

"有什么大家伙敢过来，咱们有人有枪有老虎？"

龚吉这句话讲得有道理，地球上最厉害的东西和家伙凑成一堆儿，谁还敢来侵犯？再说了，就算"晶晶"不济事，身上的虎纹一条不少，虎味风闻好几里，哪种动物有这样高的智慧，知道它中看不中用呢？

人们都全神贯注地望着山坡，龚吉甚至爬到树上去了望。

虽然他们什么也看不到，神秘来犯的动物却似乎越来越近了，因为"欢欢"和"晶晶"的警觉度不断升高，空气中都能嗅出紧张的气味。"欢欢"不时刨着泥土，身上颤抖不止。"晶晶"大腿弯处的后腹部，小风箱似的一鼓一瘪，说明它呼吸很急促。

黑压压的山坡上，忽然传来什么鸟"嘎嘎嘎"的惊叫声，听上去很像备战演习的防空警报，人们的心收得更紧了，紧得心脏都跳不动了。

"咱们还是上到树上去吧？"龚吉先有些扛不住了。其实大家都紧张，但谁也不想先说出口，我才不管三七二十一呢。

"你真当怕了？"嘉尔嘲笑他，"这么多人在这里，什么东西能吃了你。"

小李担心他的宝贝了："咱们都上树，'晶晶'怎么办？得先把它锁回笼子里去才行呀！"

"'晶晶'是头大老虎，大老虎在森林里是爷！它还怕什么？"龚吉不以为然。

"你们刚才都看到了，它连小野猪都打不过呀。"

"它打不过，它知道，咱们看见了，咱们也知道，可不是森林里的动物都知道，专门过来欺负它玩！没那么聪明吧。"

"不要把'晶晶'锁回笼子。"斯蒂文忽然开口了，"我认为，来的可能是'祖祖'，'晶晶'和'宝宝'的气味和吼叫惊动了它。"

老美这么一点，人们恍然大悟，除了森林"一哥"（或者叫"一姐"），还能有什么家伙敢朝散发老虎味的地方来。

"完全有可能。"林教授赞成道，"无论是情欲还是好奇心，都会促使'祖祖'过来看一看。"

"那更得上树了，"龚吉慌张道，"发情的母老虎，可是六亲不认。"

人们再次爬上了树，"欢欢"也吊了上去，搂在赵队长怀里。树杈上，人们搂狗的、端枪的、架望远镜的，个个都屏神静气，睁大双眼，仔细捕捉着密林中的任何变化。

没错，显然是有什么大家伙要过来了，森林中的动静非常奇怪和罕见，忽然间会极为喧嚣，鸟鸣、猴子叫、小哺乳动物来回乱窜，忽然又万籁俱寂，连风都止了，那些跑了一半的小哺乳动物都雕塑似的凝固在原地，就这样周而复始，忽静忽动。

显然所有动物都感觉到巨大危险的来临，但都还判断不出会突然出现在何时或何地。

"晶晶"依然立在笼子不远处，突然的骚动会让它也一紧张，突然的平静则让它更不安。

随着密林中骚动和寂静的间歇越来越短，人们都感觉到了什么东西在暗暗逼近，尽管你还看不见，但所有的神经系统告诉你，它就在附近。

距他们三十米远处，数棵福建柏下，长着密实的金银花草丛，草丛一晃，闪出一团蟹黄色，龚吉差点喊出声，是"祖祖"，没错！

"祖祖"现身了，人们闭上眼，都能背出它身上花纹的路数。它露出大半个身子，似乎消瘦了不少。它对树上的人视而不见，不知是把他们当成树的一部分，还是不在意他们的旁观了。

它炯炯的目光，紧盯着"晶晶"，眼神严厉紧张，也带有探询，这可能是它有生以来见过的，除福建母虎外的第一只老虎。

"祖祖"的出现，让"晶晶"后腿轻轻一软，总算是没坐地上。它也高度紧张地盯着"祖祖"，身上微微发抖。

它们相互虎视眈眈，"祖祖"走走停停，"晶晶"退一退，又站住。

"祖祖"那略带杀气的瞳孔逐渐变得温和了，距离三四米处，它卧下了，打了两个滚，肚子朝天。通常，食肉动物亮出自己的下腹部，等于人类的缴枪不杀，自觉解除武装，这是绝对友好的表示。

"晶晶"面对这样的友爱和接纳，没有任何反应，真让人替它

着急。

"祖祖"起来了，走近"晶晶"，喉咙里发出温柔的吼声，似乎是在新浪网的聊天室内，"悄悄地说"。

像个木头架子的"晶晶"，白披一张虎皮，对母虎的调情无动于衷。

"祖祖"拐过头，跟"晶晶"蹭一蹭脖子，这是老虎亲热的表示，也是互相交换体腺味道的行为。

"晶晶"一哆嗦，它躲开了。"祖祖"用前掌拨拉一下它的脑袋，它不乐意地龇出牙齿，把脑袋掉开。"祖祖"再次四爪朝天地卧倒，它却从"祖祖"身上跨过去，向一边走。

"祖祖"爬起来赶到"晶晶"前面，用后臀挡它，它受惊似的避开了。

"'晶晶'嫌弃咱们的'祖祖'老了，"龚吉对嘉尔耳语道，"这真叫热脸贴凉屁股。"

嘉尔微微摇头："还是'晶晶'自身的问题。"

经过三番五次的纠缠，"晶晶"始终是那个不冷不热的死样子，"祖祖"终于耐不住性子了，它咆哮一声，一掌打了过去，"晶晶"被打了个趔趄，吃惊而又委屈地哼了一声，一溜烟地蹿回了铁笼子。这是它的绝招！

未见过铁笼子的"祖祖"，紧跟着过来，它先朝笼子里探了一下头，里面的"晶晶"张牙舞爪地向它发威。

笼子内外的"晶晶"判若两虎，凶得多了，这似乎是它的底线，谁敢进来它就跟谁玩命。其实，"祖祖"压根没有流露出要进去的意思，野生动物最忌讳的就是这限制自由的玩意。

"祖祖"围着笼子打了两个转，纵身跃到上面，等于骑在"晶晶"头上，两只老虎一上一下，一里一外，隔着铁笼子，互相吵架似的低吼个不停，还抓得铁笼子"呼啦呼啦"响。

但不一会儿，"祖祖"忽然终止了吵闹，它昂起头，鼻子嗅了一下，两只耳朵像劈去一半的竹笋，立得笔直，并一百八十度地转着向。

它跳下笼子，从容地抖了抖身子，漫步走进了金银花的灌木丛。

龚吉和嘉尔交换了一下眼色，都有些纳闷。

"怎么走了？"嘉尔问。

"不知道啊，怎么突然说不玩就不玩了？"

嘉尔扭头去看林教授和斯蒂文他们，他们正从树身上下来，斯蒂文冲着嘉尔指了指山下，那是抬老虎上山的路。

龚吉和嘉尔顿时明白了，是抬"圆圆"上山的人快到了，"祖祖"才有意避开。

他们又足足等了一个小时，第三位"新郎"才被抬上来。

"圆圆"脾气很大，它对旅游没兴趣，黄金周从来不出门，都是人家大老远地来看它。

它更不喜欢老换环境。一路上，它在笼子里闹个不休，累得"轿夫"们东倒西歪。"圆圆"住惯了带空调的房子，也习惯了带漂白粉味的自来水，对陌生的山林充满敌意和恐惧。

把它从笼子里放出后，它不断地吼叫和发怒，连大李也不敢靠近它。逐渐晚了的天色，让它的吼声显得更雄壮和有虎气。

大李很是心疼"圆圆"，说从来没听他这么叫过，怕把喉咙喊哑了，

这次没带那么多"金嗓子"喉片。

林教授不着急，笑眯眯地说，这几声叫得好，可以把"祖祖"再招回来。

到了晚上，月黑风高，"祖祖"当真又返回了。

但它这次似乎不是求爱来的，而是被"圆圆"的吵闹惹烦了，毕竟，这是它的地盘。"祖祖"一露面，就不客气地向"圆圆"发出怒吼，警告它闭嘴和滚蛋。被惯坏了的"圆圆"哪里吃这一套，它曾把动物园主任的鞋抓掉过，都没人敢把它怎么样，何况这只面生的同类！

如今人类是爷，其他都是孙子，"圆圆"是爷字辈的人捧大的，还能怕谁？

不知天高地厚的"圆圆"，学着"祖祖"的样子，还以咆哮的颜色，它知道大李就在附近，所以什么也不怕。

这下，"祖祖"被激怒了，它沉沉地"呜"了一声，前半身一伏，后腿撑起，摆出预备攻击的架势。树上的人们见状，心里都是"咯噔"一沉，感觉不好，可没等他们做出反应，只听一声震碎黑暗的巨吼，"祖祖"已经扑倒了"圆圆"，让它在地上滚了几个滚。

好在，老虎之间的第一波攻击都是试探性的，只发几分力，不会真下嘴咬，利爪也都收在掌鞘内，要不然，"圆圆"就吃大亏了。

"圆圆"哪里见识过这个，它完全给吓蒙了，或者是给打傻了，它一骨碌起来，竟然不知道朝笼子里钻，反而是向森林中逃去。

人们慌了神，赶紧鸣枪，驱走"祖祖"，然后下树救援"圆圆"。可它跑得太快了，大李喊都喊不住，而且慌不择路，结果被一根树藤挂倒，摔下数米高的山坡，后腿骨折了。

20. 彭氏兄弟又回来了

彭潭兄弟出现了。他们显然是在森林内夜行了很久，身上不光湿漉漉的，还被各种花粉、虫尿和植物黏液染得七荤八素、五颜六色，等同天然的迷彩服。不过，这两兄弟身上最惹人注目的，是彭渊那黑眼罩斜遮的左眼。

那天在廊桥外，他们兄弟被四个人摁在车里，匕首切住了喉管。

"姓彭的，想溜，没那么便宜！"为首的操着广东口音，"老虎在哪里？"

那一会儿，彭潭才豁然明白，他们是南方订货大佬的马仔。他万万没想到，这些人会在百山祖外围督守他。

"你们是森哥的人，大家有话好说，"他说，"何必动手呢？"

"你不要跟我玩嘢，老虎在哪里？快说！"那人口气凶得很。

"在山里。兄弟，你也看见了，里面都是武警，老虎打不了。"

"江湖上说话，一个唾沫一个钉，你想反悔，晚了！"

"森哥的钱，我彭潭一分不少，都会还他。你转告森哥，我彭潭不是赖账的人，大家来日方长，没必要吊死在老虎身上，合作机会有的是。"

"你放屁！到这会儿了，还搞什么搞！森哥那边只要老虎，不要钱！"

"要老虎，你们怎么不进去打？"被按在前座的彭渊抢白他，"别光在我们身上使绊子。"

"这小子倒敢嘴硬，看来不给点颜色，你们不知道森哥的厉害！"为首的胖子吩咐道："让他长点记性。"

当时，彭潭还不知道他们要干什么，只见他们掏出胶布，封住他们两个的嘴，其中一个黑瘦子取出一个小竹筒，三寸长半寸粗，往彭渊左眼上一放，"啪"的一敲，再一拧，彭渊闷叫一声，眼球由竹筒弹

出来。

彭潭震惊之极，他万没想到这帮家伙下手这么狠！他奋力挣扎，却被死死摁住，压在喉咙上的刀锋切入皮层，血汩汩流出。

"你还没够，是不是？想和你老弟一样吗？"为首的胖子说着，那个黑瘦子转过身，把带血的竹筒架在彭潭右眼上。

"森哥说了，你要是不听招呼，今天就埋单，取你们兄弟四颗眼珠，咱们两清。"为首的顿了一下，"你要是识相，就乖乖地进山！"

那胖子看彭潭不反抗了，示意黑瘦子揭掉他嘴上的胶布。

"我兄弟怎么样了？"彭潭大口喘气，急切问道。

"死不了他，我们带着外伤药呢。"胖子冷冷地回答。

前座的两个人"哧楞哧楞"地扯绷带，在给彭渊包扎。彭渊大约是疼昏过去了，没有任何声响。

"你们心太黑了！"彭潭咬牙切齿。

"别废话了。"胖子把手机递到彭潭耳朵边，"听森哥给你讲话。"

"先放开我们兄弟，不然就随你们的便！"彭潭的话，斩钉截铁。

"放开他们！"手机里传出声音。

那几个人都松了手，彭潭一骨碌爬起来，去看弟弟。彭渊刚睁开眼，剧痛扭歪了他的嘴，半边脸都是血，已经发黑和凝固了。

"你怎么样了？疼吗？"彭潭看上去面无表情，身子却微微发抖，身上各处的骨关节"嘎巴嘎巴"响，这是力量在暗中聚集。

"哥，我这只眼瞎了，他们手太狠了……"彭渊呻吟道。

"有屁等会儿再放，森哥在电话里等着呢。"胖子催促。

彭潭接过了手机，那一会儿觉得格外沉重："是我，彭潭，你说吧。"

"对不住了，兄弟，我也是迫不得已呀，"森哥的声音很和气，"我还有大哥在后面，人在江湖，身不由己，我不搞你，人家就搞我……"

"就为一头老虎，值得吗？把人朝死里整？"彭潭怒问。

"这里面水有多深，你不知道，我也不和你理论这个，你上了我这条船，就没得下去。"手机里的声音慢条斯理，"我劝你认命吧，胳膊拧不过大腿。"

"你们硬来，就不怕老子硬来！你堵我们一回，能堵第二回？惹急了，老子自首去，咱们一锅端！"

"你不会的，兄弟，"对方在手机里笑了，"你是孝子，你老妈还等着你送终呢，你不想让她活受罪吧？"

彭潭愣住了，这帮家伙，真是歹毒到了极点，这一刹那，这个铁汉子感到了自己的弱小和无奈。

"掉头回去吧，好好干！你老妈由我们照顾，能活一百岁。"

彭潭身边的胖子也听到了手机里的这句话，笑了起来，朝身后的百山祖翘翘大拇指，示意彭潭向后转。

"好吧，我认命了，"彭潭瞥一眼胖子，牙缝挤出一句。

彭潭说完，把手机装进自己的衣兜，一手揽住彭渊，返身走向百山祖。

21. 奇遇第二只老虎

山坡上，到处都看得见人影，他们间距一致，佩戴统一的袖标，朝树身上涂抹和喷洒什么液体。

三只人工饲养的华南虎，怎么来又怎么回去，"圆圆"断腿引起的纠纷还在扯皮，百山祖这边可是时间不等人了。

于是，前脚刚将"圆圆""晶晶""宝宝"三位"虎大少爷"送走，后脚就启动了第二应急预案。

这纯粹是龚吉的心血来潮，所谓第二应急预案也是他自己的说法，刚开始没人当真，照国际专家看，这根本就是个扯淡的事。龚吉和斯蒂文因此大吵一架，斯蒂文拍桌子，茶杯盖子都掉地上。龚吉不示弱，

更使劲拍桌子，茶杯纹丝不动，却拍在圆珠笔上，疼得他边吵架边龇牙咧嘴地露恶相。

嘉尔在一边吓坏了，她没猜出是手硌着了，还以为他要发狠打架呢。

斯蒂文没心没肺，不会记仇，第二天见着面，就跟没事一样，冲龚吉说哈罗打招呼。哈罗什么哈罗？龚吉脸上没好气给他，倒不是狭隘和小气量什么的，一是落实方案忙的，二是——老子的手指头还疼着呐。

绝对荒唐的方案，荒唐到了非外行人说不出口。

把"祖祖"的尿和沾了尿的东西偷来，遍山漫野地抹和丢撒。这当然不够，那就把附近城市动物园里所有母虎的尿（不管发情不发情）统统收集过来，还不够，就人工合成。

用龚吉的话说，这是赌百山祖外围还有野生雄虎，人工扩大"祖祖"的性感，把那只万分之一存在可能的雄虎吸引过来。这可能是臭棋，也是险招，科学中的神话章回，可龚吉管它叫剑走偏锋，他武侠小说读多了。

几乎来不及层层报批和专家论证，第二应急预案连夜报上去，由一个部级领导人电话中拍板，紧急启动了。

下午的时候，值班的赵队长接到紧急电话通知，说"云娜"台风已在象山一带登陆，最大风力十二级，正以每小时三十千米的速度朝这个方向移动，上面要求做好防灾救灾的准备。

赵队长放下电话，赶紧跑到门口，朝天上观望，上空很清朗，但天际已扯出几条薄云，白中带灰，灰中有黄，似乎孕育着不祥。

这可真是多事之秋啊，赵队长感叹，又是老虎，又是盗猎，老天还嫌这里不够乱，再用大雨狠狠搅一把。

管理处负责人得到强台风通知，赶紧和考察组的人商量，决定第一时间把上山的人全部紧急撤回，岗哨和警卫人员也暂时退守各个观察站内。

管理站内，人们忙着加固房屋和通电线路，一些旗帜和标语牌都暂时取下，收回仓库内。

负责清点人数的赵队长，这才发现嘉尔不在房间内，他到处找了个遍，女厕所都进去三回，就是没踪影。打她手机，铃声响在她卧室枕头边，原来她没有随身携带。

人们有些发毛了，嘉尔一向是最守纪律的，很少单独行动，更莫说不辞而别了，她不至于顶不住压力寻短见吧？

强台风前，最惹人注目的女领导、也是最有人缘的女孩子没了影，双重的分量，让基地炸窝了。

斯蒂文和林教授、龚吉等人紧急碰头，商定兵分几路，带足救生设备，进百山祖寻找崔嘉尔。

后来才知道，嘉尔是在人们救助受伤的"圆圆"时掉了队，当时一片忙乱，人们一时忘了她。

其实嘉尔走得并不远，但也不近，她没有朝百山祖的主峰走，而是相反，顺着一条山溪，朝外走。

嘉尔不是出来享受清风的，她需要排遣内心的烦闷。野生华南虎绝迹二十五年了，按国际组织规定，五十年不见踪迹的动物，就可宣布其灭绝。单从数字上看，似乎还有一半时间，可明白人都明白，若前二十五年找不到，后二十五年更别指望了。

嘉尔有预感，在多山的南中国，尤其是浙、闽、湘、赣地区，还保留着连不成片的原始森林，肯定会有若干只华南虎，它们有着跟中国人一样的韧性，决不会轻易退出生命的舞台。

可问题是，这些独行侠似的华南虎，面临着日益缩小的栖息地和被分割的森林，它们不能穿越千里农田，更飞不过星罗棋布的城镇，那它们怎样见面？怎样繁衍后代和延续生命？

按最乐观的估计，中国还有二十只野生华南虎，如果都像"祖祖"这样孤独，十到十五年间，它们就会全部灭绝。也就是说，与中华民族息息相关的中国虎，将结束在这一代人手里。

不知是心情过于郁闷，还是台风驱来的湿热，漫步的嘉尔这会儿

走得汗涔涔了。她原想歇歇脚，低头就瞥见了一个天然的浴盆。

眼前，几块大青石自然围起，溪流直灌进来，再从石头缝中慢慢渗出，形成一个圆饭桌大小的水潭，潭壁上长有薄薄的绿苔藓，衬得半米深的水微微发蓝，水下清晰可见两个火柴盒大小的红螃蟹轻轻移动。

崔嘉尔禁不住诱惑，她坐下脱了鞋，挽起裤腿，把脚浸泡在潭水里面。水底的两只螃蟹受到惊吓，快速躲了起来。潭流来自山泉，尽管淌了十几里，依旧冰凉可人，腿乍一伸进去，犹如无数绣花针，轻疼微痒地触抵皮肤。

城里人都知道泡温泉是享受，有几个体验过夏天泡冷泉的滋味？

嘉尔用雪白的脚丫搅动绿水，她的郁闷、疲劳都被由下肢传感上来的清凉化解了。她抬眼看了看四周，都是莽莽大山，蝉声一片，不见人影。

她顽皮地一笑，索性脱去了衣服，把文胸和内裤就水搓了两把，然后搭往水烛草尖，压得水烛草驼背弓腰，微微摇晃。

她牙缝吸着冷气，一点一点，把身子朝潭水下，像片玉兰花瓣，浸入碧水。苍莽的森林，深绿的潭水，衬得她皮肤发亮，线条风流妙曼，如一匹银缎、似一股白泉，不是躺入潭水，而像是流进去的。

嘉尔头枕在青石上，摘一片荷叶盖脸，以遮挡正顶那薄云中的日光。嘉尔陶醉了，那渗透到骨髓的凉意，带给人前所未有的快感和轻松，她忘乎所以，几乎要睡着了。

一声炸雷，让嘉尔差点呛了口水。

她揭掉遮眼的荷叶，这才发现，半边天空聚集着大块乌云，狼群

一般飞奔而来。与乌云接近的山头，蒸腾的湿气已变成黑烟，一把接一把撒向乌云。

嘉尔急忙跳出水潭，青石上还滑了一跤。她还没有来得及弄清是怎么回事，一阵大风挟着暴雨，劈头盖脸地来了，雨中还噼里啪啦，夹杂着冰雹。

嘉尔慌了，她匆忙穿上衣服，抱着头，一眼瞥见旁边的山崖有块凸出的岩石，就三步并作两步，躲到了下面。

这块石头长得真是地方，天然一个屋檐子，不是它，嘉尔可惨了，数百米内，都是细长的水烛和趴在地上的鹿角柏，挡不了冰雹。

雨越发大了，看去白蒙蒙的，对面大山都遮住了。

山里人过去不知道台风，现在也不知道"云娜"是啥玩意，农村话管这叫白帐子猛雨。雨中的冰雹数量还在增加，冰雹打在嘉尔身边的石头上，活蹦乱跳，碎点晶亮如钻石。

嘉尔佝偻起身子，抵抗着寒意，狂风中，草木剧烈摆动，全部向一边倒，刚要直起来，又狠狠地弯下去，就像被"云娜"按住了头。草木是生命，也有知觉，它们一定会觉得腰疼了。

就在嘉尔对雨发呆的时候，又是一道极亮的闪电，惨白得像死神露了半边脸，嘉尔本能地去捂耳朵，这么亮的闪电，雷一定很近。

可她手还没抬起来，就僵掉了，闪电的弧光，把一头庞大雄伟的老虎映照进她视觉中，它在风雨中昂着头，眼圈上大块白毛倒吊，金黄的瞳孔喷着凶光，伸展前肢，直奔她来。

嘉尔没来得及判断是不是幻觉，雷声追到了，这雷也怪，不是往常的轰轰隆隆，而是响亮的像婴儿的哇哇叫，声音发脆带尖音，真出妖怪了。

随着婴儿雷的哭喊声，那头老虎纵身跃到了"屋檐"下，似乎真能挟雷裹电。老虎庞大的身躯和强烈的色彩胀满你的视觉，如排山倒海，惊得你头晕，落地竟然绵软无声，只递来一股刀锋般的寒意。

这头老虎没有看嘉尔，理也不理，不知是早看见了，还是无所谓

她的存在。

　　它大力一抖身上的雨水，嘉尔就多洗了个淋浴，它扭头摆身，舔背上的毛，又带起一场腥风，虎尾"扑扑嗒嗒"，打得岩壁上沙石俱下，翘起的后腿，也让嘉尔清楚认出是只雄虎。

　　整日等它盼它念它找它，这回可好，撞老虎嘴里了！嘉尔真不知道是该哭还是该笑！

　　嘉尔的心脏直上直下跳，顶得下巴朝上撅，她早被告知，万不可露出害怕的样子，也不可与猛兽对视。她尽力装轻松，欣赏落雨的样子，脖子歪歪，抖两下腿，赶紧打住，妈呀，这不是找咬嘛！可以哼首歌，以前在"钱柜"或"麦乐迪"，她也是"麦霸"，一晚抱麦克风不撒手，这会儿，一句也想不起来。再一转念，老虎不懂歌，错当成你呻吟，反而糟糕。

　　她装得极悠闲，眼角的余光，却一刻也没有离开老虎，都快看成斜眼了。

　　"屋檐"下的地方，五六平方米大，嘉尔缩在一角，占去四分之一不到，老虎居中间位置，另一边还空着一块。

　　其实，如果老虎靠那边一点，双方之间的距离还宽敞一点，可这头老虎偏在中间，让嘉尔和它几乎挨着，连发抖都怕碰着它。事后，赵队长评价说，那叫猛虎不处卑势，雄鹰不立垂枝，老虎啥时候都不会靠边站。

忽然间，一个声音在山峦间回荡，好像是斯蒂文，他呼唤着嘉尔的名字。

你若在山里待过，会有这样的体验，正午时分，山谷寂静空荡，真是"千山鸟飞绝，万径人踪灭"，你寂寞中正感慨，忽听有人在背后咳嗽，近得像从你鞋后跟里飘出来，吓得你心惊肉跳，头皮发麻。你转头找去吧，哪个孤魂野鬼？满眼都是紫巍巍的高峰，那个嗓子眼发痒的人可能还隔着几架山呢。

大山峡谷深切、峭壁林立、褶皱多变，声音受到不规则的折射，能传得很远也很乱，当你听到声音响起时，一下很难判断它来自哪里。

老虎就常常利用这一点，用声音迷惑猎物，然后悄悄进入攻击的位置。

嘉尔听到了斯蒂文的声音，一阵狂喜，可她不敢应答，她看到老虎昂起了头，耳朵雷达似的转动，它应该能测出声音的源头和距离。

声音不断从雨中来，老虎动弹了，它没有搭理嘉尔，也不像小鹿那样闪电般行动，而是勾头仔细看了看"屋檐"外，溪流之外，也几乎是一片汪洋。

它小心地伸出一只前爪，试了试水的深浅和温度，放心后，才慢条斯理地迈出去，蹚水走向溪流边的水烛草。

它走到草丛边，突然站住，回头看了一眼嘉尔，这是嘉尔第一次和它对视，分明感觉到老虎眼神的深长意味，从那一刻起，她坚信老虎是有思维的。

老虎头一低，水烛草两边分开，老虎钻进去不见了。蒙蒙雨中，草丛犹如水面，一路晃出波浪和涟漪，那浪尖的去向，正朝着百山祖主峰。

嘉尔软软坐下了，飞散的魂魄逐步回归团聚，身上的每一丝肌肉都明显酸痛，她大哭起来，眼泪是放松，也是喜悦。

斯蒂文和龚吉找来了，他们沿着河床走来，拄着棍子，一瘸一拐，不知摔了多少跟头。斯蒂文把手卷成筒状，大声喊着嘉尔的名字。

嘉尔回应了，清亮的女声，穿透迅速降落的夜幕，如同流星一闪，斯蒂文和龚吉都几乎蹦起来，那边搭腔的要是林老头子，他俩可没这么兴奋。

他们相遇了，嘉尔冒雨跑出"屋檐"，两个男人不要命了，毅然蹚过洪流，河岸边，斯蒂文迈开长腿，抢先几步，朝嘉尔伸开双臂。

嘉尔一头扑进了他的怀里，就像得了金牌的运动员扑向教练，激动流泪。

龚吉险些气昏厥了，顺溪流下游找嘉尔是我的主意，斯蒂文这孙子不过是跟着来的，好事让他一个人照单全收，自己反倒轮空！

龚吉差一步就扑了上去，他想扯开他们，也想让嘉尔看见自己。他不过是被斯蒂文挡住了，不然你抱电线杆子去吧！

接下去没有发生战斗，嘉尔说她刚才和一只公老虎一块避雨，两个男人几乎瘫了，他们的第一反应，是可怜的嘉尔神经错乱了。

也难怪，风太大雨太猛，跟天河捅了个洞，朝下漏水一样。据说是五十年来之最，西天目山千年的柳杉都刮倒了好几棵，全省死了一百多人，何况只身野外的女孩子呢。

两个男人竞争奶妈的角色，争相流露的慈祥和同情让嘉尔哭不下去，她甚至愤怒，怎么跟你们说不清呢？谁的神经短路了？

斯蒂文腻腻歪歪地拍着她的背，用英语说一切都结束了。龚吉够不着她，鸭嗓子不停地提醒，说没事了，我在这里。

嘉尔愤愤地拉他们到溪流边，此刻的溪流已成了大河，宽了几倍，水演变成旧式军装的土黄色，并夹有几分深绿，看上去厚重和沉甸甸的。那些大大小小的石头，无论象臀还是恐龙蛋，全不见了，大水比谁都大。

好在，密集的水烛草没有淹没，最头起的入口处，被钻出一个拱

形门，一米多高，折断的草秆上，虎黄色的毛有好多根。

龚吉和斯蒂文顿时傻眼了。

22. 这是只真正的野生中国虎吗

一只老虎随暴雨出现，它给百山祖人带来的震撼，超过了强台风"云娜"。外界忙着救灾的时刻，管理站几乎是一片欢腾。

"这只老虎从哪里来的？我不信任它！"

斯蒂文突然严肃地发问，让一屋子正兴奋的人顿时处于失重状态。

是啊，大家想老虎，就来老虎，"祖祖"需要雄虎，就是一头雄虎，它是从天上掉下来的吗？考察组的人深知这个问题的杀伤力，还说喝酒呢，啤酒没打开，饭都紧张得吃不下了。

他们齐聚在地图边，顺着溪流的走向画个半圆，试图推算出雄虎的出处。

那一片都没有出老虎的山林，准确说就是，那一带没有自然保护区，居民稠密的村镇星罗棋布，山上的原始森林都被伐尽，封山育林是这几年的事，落实得还不怎么样。山峰一眼都能看出来，树木嫩绿稀疏，全是再生林，单一种植，覆盖还不完整，灌木丛分布不够，不具备大型猫科动物的生存要求。

这个方位是最不被看好的方向，也没有怎么涂抹那些乱七八糟的东西，雄虎偏偏从这里出现，存心给人出难题。

"管它是哪里来的，不是要公老虎吗？它是公老虎就行。"龚吉说。

"当然不行，"斯蒂文说，"如果它是从马戏团逃出来的，或者是境外的偷猎者运进来，又走失的，那就不是中国虎。"

林教授脸色凝重了，这只突然现身的雄虎，很可能不是一只华南虎，也就是说，不是一只人们梦寐以求的中国虎。

133

对这只雄虎的追踪，立马就展开了。

赵队长带几支小分队，不顾山洪和泥石流的危险，分三路沿溪流上溯，并随时向基地报告发现的情况。

考察组的人聚集在沙盘前，一边等候着信息，一边继续讨论局势。

"如果这只不速之客真不是中国虎，它还不如是头野猪，"林教授摇头道，"外来老虎不仅帮不了忙，还会带来无穷的麻烦，使整个计划乱套。"

"假如它和'祖祖'交配，会怎么样呢？"嘉尔问。

"后果不堪设想，"林教授说，"如果确定它不是华南虎，就必须阻止它。"

"阻止！"嘉尔一惊，"怎么阻止？"

"不管采用什么办法，必须阻止！"斯蒂文说，"万一我们的第二方案奏效，北面原始状态好的森林里，可能还有某只中国雄虎在靠近。可这一只先闯进来，将毁灭中国虎繁殖的希望。"

电话铃响了，赵队长的小分队发回报告，雄虎仍在向百山祖挺进，移动速度相当快，中间没有捕食行为和意愿。

"看来，它还真不是一只流浪虎！"林教授又激动又担心。

斯蒂文点头："目的明确，就是奔'祖祖'去的。"

他们在沙盘上标出雄虎的位置，从距离上计算，离自然保护区还有两座山头，中间隔着一条县级公路。

"照这样的速度行进，一天后，它就能跨越公路，进入'祖祖'的范围。"斯蒂文口气越发严峻了，"我们必须在此之前，弄清它的种属，并做出决定。"

"最好能拍到几张照片，"林教授对嘉尔说，"让赵队长他们想尽一切办法，尽快拍到正面和侧面的照片。"

小分队的追踪是成功的，也不断派人送回虎粪、虎爪印和虎毛，这些东西也都火速送往杭州做鉴定。但内行人知道，用DNA技术来鉴定同一物种的血统，而且还缺乏比对的资料，目前还很难做到。

傍晚的时候，虎的高度也算出来了，通过爪印的大小和步幅的间距，长度大致也有了，甚至连体重都推算出来了。

结果让人吃惊和沮丧，这是一个大块头，这头雄虎体重在二百五十千克左右，这样的体重更像是孟加拉虎，长江以南的中国虎，长不了这么大个头。

考察组等到天黑，小分队也没有传回来一张像样的图片。

关键证人崔嘉尔，几乎被"双规"了，她也没时间出门，守着大堆的老虎图片和幻灯片，恶补虎种外观的差别。

林教授和斯蒂文一再给她"开小灶"，详细讲解华南虎个体、头部、花纹的特点，可嘉尔就是下不了结论，一来天暗，俗话说夜不观色，二来大雨把老虎浇了个透湿，毛色花纹失真，三来，也是最懊悔的，嘉尔压根没敢正眼看老虎。

决定性的电话会议，于凌晨一点召开，因为再过三小时，雄虎就要穿过县级公路，进入保护区，奉命阻击的武警小分队已提前进入位置。

小分队是阻止还是允许，是放倒这只老虎，还是任由它跨入保护区，会议必须在两小时内做出决定。

电话会议的气氛沉重和紧张，主持人大致介绍了情况。

"为帮助'祖祖'获得交配，委员会批准实施第二应急预案，"他说，"客观地讲，这其实不是预案，而是一个缺乏科学依据、也完全没有成功把握的临时方案。当初我们只是抱着死马当活马医的想法，没想到瞎猫撞上死耗子，真引来了一只雄虎！"

主持人的话音变得感慨了："盼星星盼月亮，我们真盼来了老虎，却怕是一场空欢喜。如果这不是一头华南虎，它只能给我们的工作带来极大的麻烦。从它出现的方位推断，这头虎不是来自偏僻的浙闽或浙赣山区，偏偏来自居民稠密的西南方，那里怎么会有野生老虎呢？"

林中原开口了："现在的确无法断定这头虎的种属以及是否是野生

虎。小分队采集的这只虎的粪便和毛发，已经送到杭州，有关部门正在组织力量，希望能通过基因鉴定技术，给我们答案。"

"现在的技术能不能测出来？"有人发问。

"主要负责鉴定的浙江大学高科技基金会已经从浙江自然博物馆、上海动物园等单位取得对比样本，鉴定是有可能的。"林教授说，"但要想得出结果，还需要几天时间，恐怕来不及了。"

"老天爷真不公平，和咱们开了一个大玩笑，"主持人说，"这只虎被专家怀疑不是野生虎，更严重的是，怀疑它不是咱们梦寐以求的华南虎。关于它的来源还在追查，但它已经逼近'祖祖'的栖息地，如何对待这只雄虎，今晚——准确说是今晨，必须在两个小时内做出决议。"

主持人讲罢，话筒里一片沉寂，能听得见呼吸声，话题太沉重了，太敏感了，压得人都不敢随便开口。

主持人礼貌地请国际专家斯蒂文博士先发言，这位山姆大叔毫不客气："如果不能在两小时内出鉴定结果，就必须中断雄虎的行动，Stop it！"

这显然是与会多数人不愿意的。不是满世界找公老虎吗？好不容易来一头，还不要！什么这虎那虎，能下崽儿就是好虎。

当然，抱这想法的，都不是动物专家，只有专家知道血统的重要性，也知道一旦血统不纯正，给华南虎保护带来的危害。

"为什么怀疑这头雄虎不是华南虎？"一个声音响起来，"我想听听斯蒂文先生的看法。"

"第一，"斯蒂文回答道，"中国动物园中被认定的纯种中国虎都有国际组织的统一编号和详细档案，这些虎走失的可能性很小，在野外也无法生存，即便真的走失，也会在第一时间得到报告。"

林教授旁证斯蒂文的话是正确的，为数不多的华南虎集中在几个大城市的动物园里，已查询过了，都没有遗失。

斯蒂文接着说："第二，这只虎来自西南方，这一方向是居民稠密的城镇和工业区，几十年都不曾有过野生老虎的报告，而且山林的原始生态都被破坏，现在种的大都是茶树和竹子，不适合大量的偶蹄类动物生存，也就没有大型猫科动物栖息的条件。"

"第三，也是最重要的，"他强调说，"根据测估的数据，这头雄虎身体加尾长是 2.5 米到 2.8 米，体重是 200 至 250 千克之间，而中国雄虎的体长在 2 米左右，体重不超过 150 千克，这只虎显然不是中国虎，更接近一头小西伯利亚虎或成年孟加拉虎。"

斯蒂文最后说："我个人认为，它可能是一头孟加拉虎，因为西伯利亚虎体格大、虎纹偏淡、虎毛长而浓密，尤其是脖子下面的长毛，非常显眼，而孟加拉虎在各方面都与中国虎更接近，野生的数量也比较多，一旦逃出笼子，能够适应中国南方的地理环境。"

一位与会者说，根据反馈的信息来看，华东一带各个动物园的孟加拉虎也都没有走失的报告，现在查询的范围已扩大到华北和华南。他还说，那些动物园的孟加拉虎即使跑出来，也跑不到百山祖地区。

斯蒂文知道这是对他的间接驳斥，就说道，单单排除动物园是不够的，查询应包括私人家养虎和马戏团的虎。

他话音一出，话筒中嗡嗡声起，不少人窃笑。

这位美国专家根本不了解中国国情，把中国当美国了。

美国人喜欢虎，全国注册的家养老虎有一万多头，而中国的富人不同，别墅公寓四合院、奔驰宝马法拉利都有，却从没听说谁家养老虎。

中国的大型马戏团总共没几家，小马戏团如果真养一头小牛大的老虎，门票还不够给它买肉吃呢。

主持人担心会议气氛失控，及时制止大家开小会："林教授，斯蒂文博士的分析是否合乎实际情况？"

林教授简单而沉重地回答："是的。"

"是否代表专家组的意见？"

"是的……"

"东南亚不是还有其他几个虎种吗？可不可能是这些虎呢？"

"印支虎和苏门答腊虎的个头小，黑纹鲜明，更容易辨认。"林教授说，"只有孟加拉虎和华南虎，必须是专家才能区分出来。"

主持人感叹："看来这只天上掉下来的馅饼真是洋馅饼了！"他转问道，"其他在座的专家，对此有没有异议？"

话筒中半天听不到任何回音，连咳嗽都没有一声。

"那么，我们就以斯蒂文博士的意见为基础，商量如何中断这只老虎行进的方案吧！"

23. 老虎扑食

青檀树林中，月光婆娑，那头苏门羚犹如一个黑漆漆的剪影。

此刻的苏门羚一点也不木了，它越来越显得紧张，头左顾右盼，后臀不时地朝后坐，随时要发力弹出去，就是决定不了逃跑方向。

毫无疑问，无边的黑暗中，那灭顶之灾持续地逼近这头苏门羚，它已紧张至崩溃状态。

蜡瓣花丛中，特种兵们纹丝不动，静静地守候着，带有瞄准镜的狙击步枪支起两条腿，架在草丛里。

他们要干什么？彭潭纳闷了，要打不打，要走不走，而且保持着绝对的安静，静到让那头蟋蟀又"这个这个"地叫起来。

他们不像是围猎一头苏门羚的，明摆着也不是追捕他。难道，还有更隐秘的目标不成？

树下的人不动，树上的彭潭也不敢动，长时间保持一种姿势，还是不舒服不协调的姿势，令他筋骨酸痛得要命。他咬着牙，寻找好支点，一厘米一厘米地调整姿态，放松下紧张的部位。

呼的一阵风声！风中还夹有腥味，森林内不会无故起风！

彭潭顾不上自己，扭头看去，只见苏门羚浑身一颤，四蹄蹬开就跑，它身后右侧的小叶蚊母树猛烈一晃，跟着是一声炸雷般的巨吼，一个庞大的黑影跃出来，旋风一般卷向苏门羚。

老虎！彭潭差点叫出声，青檀树枝泄漏的月光，分明映出了巨兽身上的虎纹，梦幻一样的斑斑斓斓。

彭潭本能地抓枪，带出连串的声响，幸好，冷杉树下的人全被青檀林中的袭击惊呆了，没人留意树上的动静。

苏门羚躲过老虎的突然袭击，腾身飞奔，但那虎的巨吼扰乱了它的意识在肌肉中的传导，起跑慢了零点一秒，这是致命的。

苏门羚伸展长腿，利用众多的青檀大树做S形逃跑。追击的老虎，爆发力远胜于它，柔韧度也更好，还有准确的判断力，嘴上胡须对物体的感应，还能让它精确避开障碍物。任何猎物，若在三十米内不能摆脱老虎，它就死定了。

青檀林中，老虎追不到十米，便从树一侧截住了苏门羚。

老虎展开四肢，挟带着阴影，巨伞般跃上，前掌抠住了苏门羚的脖子，跟上的后腿朝苏门羚的后腿膝盖一蹬，"轰通"一声响，失去重心的苏门羚颓然倒下，就在它落地的瞬间，坠在它身下的老虎利用腰部的力量翻在上面，颈部一扭，准确咬住苏门羚的咽喉。

从老虎出击到扑倒猎物，人们才不过眨了几下眼，猎杀过程流畅果断，完美体现了优雅和暴力的结合，老虎优化的身体组合及配置都发挥到了极致。

苏门羚被老虎压在身下，头部扭成九十度，窒息的过程中，四肢激烈蹬弹，这垂死的力量足以踢穿牛腹，但巧妙压在它背部的老虎却毫发无损。

苏门羚终于咽气了，老虎松开了口，舔了舔它咽喉处咕嘟出来的血，然后立起上身，警觉地扫视四周，月色下，老虎的双眼如白炽灯泡，炯炯闪光，这一瞬间，万籁俱寂，似乎连地球都停止了转动。

彭潭也认出来，这不是他追踪的那个老对头，这只老虎个头大，也生猛得多，脖子和下颚有乱蓬蓬的长毛，加上黑影衬托，活像怪兽。

老虎略微喘气后，突然做出一些罕见的举动，它像撒欢一样，躺在苏门羚身上，四肢朝天，欢快地来回打滚，动作很像一只可爱的小

老虎。这或许是它的庆祝仪式吧。

它庆祝够了，就歪起头，交换用两侧八厘米长的犬齿撕开苏门羚的下腹部。

这是所有动物的最柔软和最薄弱处。眼睛极其好使的彭潭，趁着稀疏的月光，能看清由苏门羚腹股沟裂口翻出的脂肪层，它们呈现棉絮般的颜色，很快就被暗色的血流覆盖了。

老虎用前爪踏紧苏门羚的后腿，用牙齿豁开创口，成堆的内脏随热血咕嘟咕嘟涌出来。老虎舔卷着血，先挑肝脏吞下去，这是含维生素A最高的，然后再把心脏和肺拖出来吃掉。动物园里，内脏是绝不敢给那些虎宝宝们吃的，会因胆固醇高而引发它们中风或心肌梗死。

这只老虎吃得非常快，几乎不加任何咀嚼，就像人喝豆腐脑，稀里呼噜就下肚了。整座森林死一般沉寂，万物臣服和默认森林之王的杀戮和进餐。

几分钟内，老虎就基本掏空和吃净了苏门羚的腹腔，它将庞大的胃撕裂，扒出未消化的草叶后再吃，剩下的一团大肠，它也知道把肠子展开，用前爪踩住，一步一步挤出肠中的粪便，然后像吃面条一样，把大肠吞了下去。

吃饱的老虎有些醉意，它蹲着，身体略微摇晃着，开始洗脸了。它把唾液抹在前臂上，将胡须上和脸上的血迹擦得干干净净，这对猫科动物来说很重要，不仅清除了寄生虫的温床，还确保它那雷达天线般的胡须的灵敏度。

它洗罢脸，竟然蹲在原地打盹，那一腔血下肚，起到酒精的作用。

彭潭不知不觉中，牙帮子都咬酸了，他突然注意到，特种兵们也缓过劲来，几个枪手都贴近了枪托，带红外线瞄准镜的枪口随老虎移动，几个发红光的瞄准点，都重叠在老虎前肢内侧的心脏部位。

彭潭更震惊了，这些孙子成建制地进山，竟然跟他干的是同一行当！

24. 雄虎真的要被击毙吗

雄虎的捕猎及进餐，经分队手机直接传到会议中，立刻引发了轰动。

几名专家先后发言，一个说："这样干净利索的猎杀，还有熟练的进食，没得说了，这是一只地道的野生虎。"

另一名专家道："老虎在猎物身上撒欢，可真是不多见。这动作说明，它绝对是一只年轻健壮又活泼的野生雄虎，这可太珍贵了！我们铁鞋踏破都找不到，动物园里人工饲养的华南虎种群，迫切需要的就是它。"

中断雄虎前进的方案马上就搁浅了，与会者都要求谨慎行动，万一伤害了这头野生雄虎，其损失不可估量。

斯蒂文再次发言，他说："我同意这可能是一只野生虎，但即使是野生虎，也不可能是中国虎。它竟然具有如此的活力和攻击力，更不像是在恶劣环境中生存下来的中国虎。"

他说："只有像'祖祖'这样极为谨慎和聪明的虎，才有可能存活在中国的山林环境里面。"

一个声音质问道："你否定它是中国虎，那么，外来虎怎么会如此熟悉中国的山林和中国的羚牛？"

"我说过了，这只雄虎很可能是一头孟加拉野生虎，被人偷捕后运进中国，途中逃了出来，所以身上保留有野性。"

"你这也是推断，"那个声音也很强硬，"并没有证据证明它是孟加拉虎。"

"但也没有证据证明是中国虎。"

"是的，既然都没有证据证明虎的种属，现在阻止它进入百山祖核心区，就是假定它是外来虎了。"

"这个假定是必需的，因为雄虎一旦和'祖祖'交配，后果无法

挽回。"

"我看没有那么严重吧，斯蒂文博士。"

"非常严重！"斯蒂文加重语气警告，"20世纪50年代，捷克的布拉格动物园就干了蠢事，他们为延续蒙古野马的种群，偷偷混入现代马的血液，结果被国际组织查出来，所有与布拉格动物园有关联的野马都被剔除出国际野马谱系簿，损失极为惨重。"

他这一番话，立刻把反对的声音打闷了。

他又说："在日本多摩动物园里，也饲养有几只中国虎，这是日本人说的，但也是因为血缘可疑和谱系不清，被国际组织拒绝承认。"

他说："老虎的保护，在一些国家成效很大，比如在印度的孟加拉虎，已恢复到将近五千头。国际组织之所以重视中国虎，就因为这个虎种只在中国境内，也是独一无二的。中国动物园饲养的人工虎，尽管一代不如一代，但血缘基本纯正，这就是国际组织在强烈的反对声中，依然拨款给中国的主要因素。"

他说到这里，激动地敲起桌子："我可以告诉你们，一旦对中国虎的血统产生疑问，国际组织将会中断所有的计划和拨款。到那个时候，真正受到损害的，就是现有的可怜的中国虎种群了，是你们葬送了它！"

斯蒂文的话分量很重，几乎无人能与之抗辩，而且涉及与国际组织的合作，一旦闹僵，谁也担不起责任。

会议又陷入沉闷，而时间已经不多了，小分队报告说，老虎已经叼起腹内空空的苏门羚，向草丛走去，若现在不加制止，就会失去目标，一只吃饱了的野生虎，再想追踪到可不容易了。

主持人怕来不及，只得要求通过刚才制订的麻醉计划（这个计划的补充方案是，如果麻醉无效，并给人身带来危险的情况下，可以开枪予以击毙）。

他连问了三遍，有没有不同意见，都无人接腔。

"如果没有人反对，就算通过了，请记录在案，现在就请武警支队的领导同志向一线下命令吧。"

"咣啷"一声巨响，传入所有的话筒，震得人都一一咧嘴，这是龚吉踹开门，闯了进来。这小子此刻像根愣葱！

"你们真要杀一只老虎吗？"龚吉的脸都扭歪了，浑身气得直哆嗦。

他在歌厅练出的大公鸭嗓子派上了用场，让各地的听话者不但听得真切无误，还因分贝太高，不得不把话筒移远一点。

"不是为了保护老虎，你们怎么会都拿着电话开会？"龚吉一急，忘了自己是小字辈，"你们成立什么小组什么委员会，不都是为了保护老虎吗？你们现在干什么，要下令杀一只老虎？这是怎么回事？我听不懂。"

龚吉这通脾气一发，短时间内没有人接腔，不在现场的与会者，都懵了，半路杀出一个程咬金来，谁都懵。

"龚吉，你干什么？"嘉尔站起来，要拉他出去，却被他挣脱了。

"我干什么？我来替老虎说句话，我来替老虎给你们磕个头！森林里的野生老虎太少了，杀一头少一头，不管它是什么虎，不管在任何情况下，就是人死，也不能让老虎死！老虎已经被我们杀光了，你们都不知道吗？"

"没有人说要杀死老虎，"斯蒂文辩护道，"现在要做的，只是中止那只老虎接近'祖祖'，你误会了。"

"我没有误会，你们怎么中止？用麻醉枪，麻醉剂量超了，老虎当场就死，剂量不够，老虎会照人冲过来，那时候怎么办？还不是开枪打死它！我们求星星盼月亮，就盼一只虎，我们把几百人煽惑进山，没日没夜的，为的不也是一只虎？结果老虎来了，倒来错了，反而要让它死！我就是不明白这是怎么回事？我不是专家，我也没拿联合国的钱，直到去年以前，我都不知道什么叫中国虎，我也不喜欢老虎，还不是跟你们这俩月，才知道华南虎的重要，可你们怎么就不知道了呢？你们都是我的老师呀！我没能耐制止你们，可我现在把话摞在这

儿，如果这头老虎死了，我要到法院起诉你们，我要通过互联网控诉你们！"

"这位年轻的同志，"主持人的声音出现了，"我提醒你不要那么激动，事情要权衡利弊，要冷静处理。有得必有失，这样做是迫不得已，是为了保护华南虎的种群和延续。"

"这只老虎怎么就威胁华南虎种群了？"

斯蒂文说话了："这么多的数据表明，它不是一只华南虎。"

"它不是华南虎，会不会是华北虎？华北虎不是中国虎？"

电话筒里，一片嗡嗡声，有人因这句话兴奋而议论，也有人因对这句话不屑而发出嗤笑。

斯蒂文大摇其头："你这是中国人的抬杠了，华北早就没老虎了。"

"你还说百山祖没老虎了呢，事实呢？"龚吉针锋相对。

"就算是有，老虎怎么渡过长江？"

"老虎怎么渡过大海？你自己不是说印度尼西亚的爪哇虎起源于中国，它怎么过去的？飞过去的？"

你别说，龚吉这小子，平时狗肉上不了大席面，可犯起混来，也会歪打正着。他这会儿比国家驻联合国全权代表还厉害，一口也不饶，虽说有点小不讲理，还是呛得斯蒂文张口结舌。

龚吉关键时刻横插一杠子，真起了作用，会议因此陷入混乱和停顿。

嘉尔想把他拉出去，可梗着脖子的龚吉，真跟斗架公鸡似的，死活不出去，说实话嘉尔也没有认真揪龚吉，她——有几分认同他的观点。

会议吵个没完，接通一线的电话又响了，会议主持者听了电话后，显得颇为迟疑，似乎不想把消息传达给与会者。

原来，在那老虎酣睡的山林里，迟迟接不到命令的小分队不敢行动，他们眼巴巴地看着老虎苏醒，把苏门羚尸体盖进草丛，然后消失了。

25. 原来是秦岭虎

"林教授,"这是赵队长兴奋的声音,"拍到老虎的照片了,是9号红外线摄影机拍的,就是架在大樟树上的那个。"

"你看了没有,图像效果好不好?"林教授急问。

"真当可以,老虎从樟树下过的时候,正好有闪电,老虎一抬头,照了个正面,不要太清楚喔!"

林教授这下子高兴坏了,他让赵队长一刻也别耽误,尽快把录像带送回来。收了电话,林教授顾不上斯蒂文了,他把这消息告诉了另外几名专家,他们个个像孩子一样兴奋和紧张,一起跑到沙盘边,一边讨论一边等待。

斯蒂文进门就愣住了,林教授等几个人守着电视屏幕看,从他们脑袋的缝隙中,能看见是正播放着录像。

斯蒂文顿时被吸引了,眼睛直勾勾盯着屏幕,有这样的机会观察野生老虎,他裤裆里着火都会顾不上扑打。

林教授等几个专家几乎趴在屏幕上,没有人注意到斯蒂文的加入。

雨帘中,一道奇亮的闪电划亮了屏幕,就在这时,那只老虎似乎有些受惊,突然抬头朝上看,面部正对摄像机镜头。

一个相当清晰的老虎面部特写出现在屏幕上,太棒了!

"定住!快定住!"林教授喊着。

录像带被暂停了,人们赶快凑上去,仔细端详着这只虎头,一边兴奋和紧张地议论。

"虎纹短而宽,间距也大,这是华南虎的特征,只是毛发粗重了,可又不像东北虎那么长。"一个专家评论着。

"你们看额头上这个王字,多清晰,这就是华南虎。"另一个叫道。

林教授看得目不转睛,他显得紧张、困惑和犹豫不定。

"吻端有些突出,脸和脖子也都比孟加拉虎长,"他说,"可就是个

子大了些，华南虎没有这样的个头，难到它真是孟加拉虎？"

"不，它绝对不是孟加拉虎！"斯蒂文突然一声大叫，分开众人的肩膀，挤到了最前面。

"你们看额头上这个王字，多清晰，这是中国虎的特征，"他激动得指手画脚，"孟加拉虎上面这道黑纹长得多，横过整个额头，我发誓，它不是孟加拉虎，孟加拉虎的毛短得多，也不是西伯利亚虎，更不是东南亚的虎种，这就是一只野生的中国雄虎，百分之百的中国虎……"

斯蒂文像发了疯，不光大喊，还手舞足蹈。

他毕竟是老虎专家，老虎就是他的一切，没有人比他更熟悉孟加拉虎了。所以他一眼就断定这不是他最担心的孟加拉虎。

他曾仔细研究过北方中国虎的标本，画面中老虎条纹的特征和头骨的形状酷似那个标本，他简直不敢相信自己的眼睛，一只被认为灭绝了半个世纪的北方中国虎，竟然活生生地复活了，出现了！

"可个头呢？"嘉尔插进来问着，她也显得十分激动，"你们不是说，中国虎的记录中，从没这么大的呀？"

"有！"林教授的双手都在激烈颤抖，"中国的秦岭一带的老虎，体重能达两百多千克。"

"什么？"嘉尔几乎不相信自己的耳朵了："你说秦岭虎？你说这是一只长江以北的中国虎？"

"是的，它只能是秦岭虎了！一只上帝送给我们的秦岭虎！我的上帝。"

斯蒂文狂喊着，他忘乎所以，一把抱起嘉尔，狠劲搂着，几乎能听得见嘉尔的骨骼"嘎嘎"作响。

嘉尔泪流满面，她哽咽得说不出话，她根本没有意识到斯蒂文的举止和粗鲁，也不觉疼痛。

她兴奋到了心酸的地步，一只灭绝四十多年的北方中国虎出现了，她简直不相信这是现实，上天太保佑中国了。

斯蒂文意识到了自己的粗鲁，连忙放下嘉尔，但他意犹未尽，身子转了两圈，一把攥住龚吉的肩膀，狠狠地摇晃。

"伙计，是秦岭虎，我敢跟你打赌，这是一只北方来的中国虎，我情愿输你一百万！"

一屋子疯子里面，只有赵队长和龚吉最冷静，赵队长不知道什么是秦岭虎，也搞不懂这群知识分子怎么忽然都像是吃错了药。

龚吉不干了，老外那大手指头几乎捏扁了他的肩胛骨。

"喂、喂、喂！秦岭虎就秦岭虎呗，"龚吉疼得龇牙咧嘴，掰着斯蒂文的手说，"我没说不是啊，你犯不着把我捏残废了！"

都说祸不单行，福也同样，专家们刚就这只虎的种属达成一致，报喜的电话就来了。

杭州的基因检测结果有了，浙江大学的一个生物教授电话中说，他们通过特异性基因探针PTA1的测试，又与其他亚种虎的基因图谱进行比对，不但确定这是一只中国虎，还发现它与华南虎的细微差异，从而断定，这的确是一头珍贵中又珍贵的中国虎，它身上有已灭绝的华北和华中地区中国虎的血统。

你说逗不逗，没有的时候，苦没有，连根毛都找不着，这一说有

了，一下来俩，还一公一母，一个比一个稀奇珍贵。

专家们来不及考究雄虎的身世和背景，迅速转入最优先的课题。

斯蒂文说："'祖祖'从发情到现在，已经三天了，按照虎的一般规律，发情期该结束了，这时候，它有可能拒绝雄虎的接近。"

"赶紧打电话到山里，"林教授说，"要他们拉开距离、放松追踪，并精简队伍，撤回武器，多余人员立即出山，不要给虎造成干扰。"

赵队长奔往电话机前，还没拿起话筒，电话先发出不祥的铃声。

这是庆元县公路管理局的紧急通知，他们说，百山祖西面公路上刚发生了事故，一队运送救灾物资的军用卡车差点撞上了一只大野兽，司机因为紧急规避，方向盘打过了头，车翻进了路沟。

林教授他们一听说就急了，一屋子人全蹦了起来。"什么样的大野兽？是不是猫科动物？是不是老虎？"林教授脸都涨红了。

接电话的赵队长重复了问题，对方说开车的司机没有看清楚。

"动物受伤没有？"来自强调人道主义国家的斯蒂文一急，也忘了应该先问司机受伤没有。毕竟老虎是畜生，人是天之骄子。

对方说也不清楚，只是从县交通队转来的报告，都没有提到动物的情况，如果需要，他可以再打电话去进一步了解。

"让他们赶快、赶快、赶快……"林老头子一口气说了仨"赶快"，"赶快了解细节，全部细节，撞上动物没有？伤情如何？到底是什么动物……？"

放下电话，没人能坐得住了，如果真是那只中国雄虎被撞，如果真被撞伤或撞死，这屋里也会急死几个人！他们一致决定，立刻赶往现场，并让嘉尔迅速把情况报给各有关领导人。

等车的时候，办公室乱得像遭开水烫了的蚂蚁窝，每个人都不知道自己在干什么，或者说是都在干着不该干的事。

斯蒂文赶着换皮靴，穿反了左右脚都不知道不说，竟然也没有其他人觉出不对。龚吉提着裤子赶来，抱怨说不该赶他走，他一不在就出事。

149

他唠叨着，攥着数码相机，到处疯了一样找胶卷，嘴里还把胶卷说成了花卷，事后让嘉尔着实挖苦，数码相机用什么胶卷？还花卷呢！怎么不用窝头？

林教授穿上夹克衫，对襟是张三扣上李四，还走错了厕所，在里面找不着小便池，才知道是女厕所。嘉尔也糊涂了，她看林教授进了这头一间，自动跑进另一间，斯蒂文正匆匆扎着皮带朝外走，俩人一愣，没自信的斯蒂文赶紧道歉，说对不起，我进错厕所了。

仨人没一个正常的，全乱了套。

乱哄哄中，赵队长跑了来，说小车司机刚远道回来，正在食堂吃夜宵。

好脾气的林教授吼起来："把他的碗给我扔了，啥情况了，还吃什么消夜！"

车一开出去，司机就像被皮鞭赶着，都不停地催他快开，没人记得走的是盘山公路，那会儿都当是在自己家后院练把式呢。

结果，车出去没多远，轧上一块山体落下来的石头，车速太高，吉普车的重心又高，司机急刹车带打轮，吉普车翻到沟里去了。

事后说起来，真让人可笑，那真是不幸之中的万幸。

车翻进一个浅沟里，沟中布满蕨类和藤类植物，车滚了个一百八十度，到沟地又站住了，跟没翻一样。车里人可乱了套。

嘉尔的鞋底子印在林教授腮帮子上，纹路清晰。林教授的手表跑进车前边的散热孔里，三天后才寻回来。最惨的是龚吉，他也不知道怎么回事，竟然飞到前座，和斯蒂文结结实实地抱在一起，那个亲热劲儿呀，他后来想起来还觉得腻歪。

那会儿，他们可没有说笑的闲心，他们从车里出来，谨慎地摸腿伸胳膊扭脖子，发现都没有受伤，你说怪不怪（过后他们才知道，差不多都有伤，多处软组织挫伤，当时感觉不到疼罢了）？

26. 横生枝节，雄虎受惊

他们赶到出事现场，还不到凌晨一点。

黑漆漆的夜里，公路上的车队都亮着灯，引得成群的蛾子飞来扑光，每盏灯前都是群蛾乱舞、扑头撞脸，灯光还映出一条被轧死的紫灰锦蛇。

路边还停着几辆小车，这是当地公路局、交通队的车，听驾驶室里的士兵说，丽水市副市长也正在路上朝这里赶。

司机说，他是开的头一辆车，刚拐过来这个弯，就看见一个大家伙正走到路中央，车灯一照，那家伙愣在路上不动了，他赶紧急刹车又打方向盘，车就翻了，是后面的司机看到那家伙受了惊，返身蹿回了森林。

经过两个司机的反复描绘，很容易就排除了熊和野猪，豹子也没有那样的个头，小组成员认定是那只雄虎，路线合乎它行进的方向。

可惜呀，雄虎一旦跨过这条公路，就可以接近"祖祖"了，军车无意中破坏了它们的缘分，好在还没有撞伤它，补救工作还来得及。

林教授当即要求，停止拖车，士兵都撤走，以保持原地的安静，给老虎返回制造条件。

石营长一听就急了，说我们运的是救灾物资，一刻也不能耽误。

嘉尔说这件事情更重要，如果错过了时机，永远都补救不回来。

石营长听不进去，说军令如山，他只执行上级的命令。龚吉说我们的工作是国务院给的，是党指挥枪！你听谁的？

石营长不吃他那一套，拍着卡车前盖吼道，你让国务院给我们师部下命令，没有命令，我不能执行。

龚吉也去拍前盖，叫得更响，你这就是故意刁难，等国务院的命令来，啥时候了？营长说，你们这是胡搅蛮缠，不是看有外国人在这里，我以妨碍军务的名义，把你们捆起来！

嘉尔看吵得很凶，提醒说，这里有联合国的专家，你要注意影响！

石营长说，我不管他是哪里的专家，我执行军令，救灾救老百姓，总没有错。

林教授看说不服这个军官，就让嘉尔用手机联系联系丽水的那个副市长。这个副市长是专门为华南虎坐镇庆元县的，当然知道问题的轻重。

救灾确实是大问题，副市长也为难了。老虎交配和灾民吃饭，到底哪个重要？公说公有理，婆说婆有理，恐怕联合国也定不出个青红皂白来，两边出了岔子，都会摘了他的乌纱帽。

副市长在车里接通了部队值班室的总机，直接把电话转到师长的床头。

他们短暂交谈后，达成一个妥协，从现在到黎明前，车队听从专家指挥，暂时后撤并保持安静，等待老虎通过公路，如果天亮后仍不见老虎的身影，车队就继续前进。

副市长和师长各自打过来电话，通知现场的几个当事人，石营长追问了一句，天亮是几点钟？他要求具体的时间。

那个师长很果断，直接和林教授通话，问五点怎么样。

林教授要求宽限，因为老虎受了惊，没人知道什么时候能平复下

来，他还强调，这是通往百山祖的唯一途径。

师长听了以后，未加思索，就加了一个小时，六点钟，不管有没有老虎出现，车队准时出发。

收了线，石营长立刻发出命令，需要方便的士兵，马上就地解决，三分钟后，全部进入驾驶室，熄火关灯，保持静默，不但不许说话，也不许抽烟、打牌，连打呼噜睡觉都不允许。

你别说，这营长的脾气虽犟，执行命令还真不含糊，也真内行，龚吉过去朝他肩膀上拍一下，夸赞地竖大拇指："营长，可以呀，够专业的，哥们儿服了！"

营长看这小子嬉皮笑脸的样子，气也没了，冷笑一声："当年老子打到过凉山，这算个锤子。"

命令下去，汽车兵们都跑出来小便，一时间哗哗作响，声如阵雨，当兵的尿尿都整齐划一，神了！嘉尔是唯一的女性，她掉开脸，看龚吉冲她坏笑，有点生气地瞪了他一眼。

三分钟后，公路安静了，交通队的车分两头离去，以分别施行交通管制，阻截地方上的运输车辆。随着军车大灯的相继熄灭，飞虫散去了，山林和公路融为一体，都陷入了无边的黑夜。

林教授他们也退到吉普车后，紧张而又忐忑不安地等待着和期待着，现在没有别的办法，只能硬等，等不等得到奇迹出现，就看老天怜悯不怜悯中国虎，眷顾不眷顾中国人了。

27. 雄虎归来，朝"祖祖"靠近

这个地段位于海拔 900 米的高度，两侧的山坡上，密布常绿、落叶阔叶混交林，少量的针叶树木间杂其中。

公路一安静，两边林中交汇的声音就刺透了夜幕，主体是虫声，近是"唧溜唧溜"、远是"哗哗"，虫声大了远了，你听不出名堂，全是"哗哗"声，冷不丁猫头鹰来段插曲："血利、血利、血利，吱……"，那腔不但难听，弯拐得还陡，让人起一身鸡皮疙瘩。

路边的草丛也"窸窸窣窣"发响，不安分的山老鼠出洞了。

"好嘛，这半截腔——比卡拉 OK 还好听点。"龚吉嬉笑着嘟哝。

嘉尔和林教授都有些笑意，这是龚吉在考察组里最大的贡献，什么时候都少不了俏皮话。

"有这些声音，老虎才觉得安全。"斯蒂文小声纠正。都说美国人崇尚幽默感，这斯蒂文可是一丁点的幽默都不懂。

不过他说的绝对正确，森林里的声音越是庞杂，越是活跃，深藏的老虎就越是安心，让人汗毛直竖的声响，对森林之王来说，犹如摇篮曲。

时间一秒一分地过去，看着雾气慢悠悠堆起，你能觉出露水的湿和重量，还能闻到雾味，雾是涩的，深深吸一下，有些辣鼻子。

他们的肩膀都被露水打湿了，也越来越坐不住，老虎是色大胆小，受惊跑掉了呢，再或是察觉他们没走，在隐蔽处坦坦地卧着，和他们较量着耐心？

石营长熬不住了，悄悄过来："一头啥子老虎嘛，这样子宝贝？"

没法回答他，现在开课，从 ABC 讲中国虎的重要性不合时宜，嘉尔张了张嘴，咽了回去。

还是龚吉，他用手抹一下脖子说："我十个龚吉捆一块，不抵这只老虎的一根毛。就这么宝贝！"

"这么不值钱，还要你做啥，毙了算啰！"石营长开玩笑地用手指比作手枪，朝龚吉太阳穴"开了一枪"，然后提醒林教授说："时间快到了，它要还不出来，它就是只恐龙，我也没得法子等了。"

天色迅速转亮，雾气由暗变浅，山林的轮廓越来越清晰，鸟叫声也越来越稠密。一只乌鸦飞出林子，落在汽车轮下的死蛇边上，它歪着头瞅来瞅去，琢磨怎样消受这顿美餐。

无论森林、公路和山坡上的草丛，都是湿漉漉的，接近滴水的状态，百山祖像刚从海里浮上来的岛屿，雾是茫茫的沧海。

雾中的原始森林很有看头，雾霭厚薄浓淡不同，漂移不定，反衬出山林的厚重和坚定。

随着天亮，即便有雾，也朦朦胧胧地可以看得好远，这路段从上朝下看，蜿蜒曲折的公路上，被阻截的车辆也排上了长队。

那边不像这边那样肃静，司机都跑下了车，围了一大群，朝这边眺望。遭罪呀，他们不定怎么骂呢，都是起个大早，赶个晚集。

"还有一分钟！"石营长看着表，较真的眼神里，带两分促狭般的挑衅。你们这帮吃饱了撑的，为个把畜生耽误我们大半夜，这不，啥也没等着，老虎早跑个锤子啰。

林教授直勾勾地看着森林，面如死灰，斯蒂文那十字画得胸前衣服都几乎开了花。嘉尔抱着头，已经没有勇气和自信朝山坡看了。

龚吉看着手表，庄严轻微地倒数秒数，简直像卫星发射或是等待上帝降临：9、8、7、6、5、4、3、2、1……卫星上天了吗？上帝在哪里？

什么也没有发生，龚吉如同拔了气门芯的轮胎，嘴里"咝咝"有

声，瘫软在路边的草丛里。

石营长的目光出现了几分同情，这帮家伙也太可怜了，一只什么老虎没露头，他们难过得像死了娘。

"林教授，"他声音温和多了，"我集合部队去了？"

嘉尔和龚吉都看着林中原，期盼老头子再施出什么绝活，把石营长多镇住一会儿是一会儿。他们失望了，也可以说是绝望了。

林教授冲石营长点了点头，那幅度小得，非二点零的视力看不清。

石营长一扭头，身后的长蛇般的车队都憋坏了，每个车窗玻璃都晃动着人头，让汽车兵待在驾驶室里不开车，跟关禁闭没啥两样。

营长把哨子放进嘴里，只要哨子一响，几十台重型卡车会同时点火，声音能传几十里，整个百山祖都将随之震动！

石营长气沉丹田，两眼一鼓，就要攒劲儿吹哨，斯蒂文一把夺去了他的哨子，本来就看着美国人不顺眼的石营长哪里吃这一套，他不带犹豫的，立刻就进行反抢，切住斯蒂文的手腕一拧，美国佬的长腿跪下了。

奇怪的是，斯蒂文没有挣扎，另一只手放嘴唇上，向石营长"嘘"了一声。

石营长这会呆了，他看到专家们都爬的爬、跪的跪，脸朝着山林，脖子都伸到了极限，那个脸盘漂亮的女娃子也只是匆匆看他一眼，来不及说什么，就把视线转了过去。

山林里，突然没有了鸟叫声，虫子也不响了，甚至连微风都静止了，这一瞬间，似乎地球停止了转动。石营长呆立着，手还切着美国佬的腕子。

这情景他曾感受过一次，那就是自卫反击战时，倒数刚刚归零，万炮齐发前的瞬间。

灰白色的雾团一闪，四下散开，前面三十米开外，一只老虎从两丈高的岩石上落下了，似从云中来，如此高度，那样大的身躯，着地时竟然听不到声音。这只老虎加尾巴有三米多长，骨骼粗大、

肌肉饱满、毛色深黄，间隔的黑条纹亮得反光，微开的下颚，翻出血红的唇边。

老虎站立了数秒钟，雄视周围，然后从容地跨越公路，大摇大摆地走进对面的山林，那黄黑相间的鲜亮图案，犹如一幅流动的水彩画，简直是一顿视觉盛宴，撑得人要窒息了。

"就是它……"嘉尔声音低微，她紧抓着林教授的胳膊，哆嗦个没完，"就是我见过的那只老虎！"

只有在野外看老虎打眼前走路的幸运儿，才能真切体会什么叫虎威霸气、什么叫山大王、什么叫虎背熊腰、什么叫龙行虎步。

骤然间，掌声四起，憋了半夜的汽车兵都跑出驾驶室，鼓掌欢呼，把军帽朝上抛。公路下面的公路，那些司机们也欢呼起来，人们看到了老虎，一头雄壮的野生虎，单就这一眼，什么怨气都没有了。

林教授都顾不上高兴了，太闹腾了，他担心对老虎的正常行为造成干扰，可他没办法制止人们的狂欢，只得喜忧交集地站在那里。

兴奋的嘉尔看出林教授的担忧，立刻冷静了，可身边的龚吉还在跳，怪叫的声音比谁都大，弄得嘉尔不得不扯他衣服。

石营长终于意识到，斯蒂文还被他拧在地上，他赶紧松了手，扶斯蒂文起来，不好意思地抱歉说："对不起、对不起，一看见老虎，我什么都忘了，真有这么大的老虎，这可真是宝贝！"

好笑的是，斯蒂文压根没注意自己在受罪，也就感觉不到释放，他看老虎看痴呆了，嘴里喃喃有词，念叨的不是上帝，而是中国虎、真正的中国虎……另一只手一个劲儿地在胸前画十字。

和老虎打了十几年交道的他，还是第一次看到一只野生中国虎，一只漂亮到让人发疯的中国虎，而且还是一只和秦岭虎混血的中国虎，他沉浸在狂喜的梦中，且醒不过来呢。

28. 两只中国虎共同捕猎

"那就这么定了，叫'奎奎'！"嘉尔最后说道，窗外的光线黯淡了，她的脸庞在黄昏中显得特别好看。

斯蒂文举手："我投赞成票。"

"定了吧，这个名字好发音，也好听，不要再换了。"林教授说着，起身到外面上厕所，路过门口时，顺手开了灯。

屋子亮了，黑板上写的名字格外醒目，这是通过媒体为雄虎征集来的，海选时有上千个，能上黑板的，属于最后一轮的入围者。

"我略有保留。"龚吉望着黑板遗憾："缺了一点时尚感，不如这几个。"

"不讨论了，"嘉尔拍板道，"还有多少事情要商量，不要为一个名字浪费太多的时间。"

"是呀，'祖祖'能不能接受'奎奎'，它过了发情期没有？即便是交配成功，它有没有受孕能力？会不会难产？能不能哺育？这都是未知数。"

斯蒂文扳着手指头，正在那里一一数叨，忽然，远山传来"噢——呜"一声，深沉洪亮，滚滚如雷，办公室的电灯都摇晃不停。

他们几个刹那间都一愣，龚吉一口水呛气管里，喷了出来。

"是'奎奎'，是'奎奎'在叫！"斯蒂文第一个跳起来，奔向屋外。

人们都激动地跑出来，遥望暮色中的群山。

那巍峨昏沉的大山中，一声之后，又是一声，虎啸似爆破而出，有洞穿山岳、吞天沃日之势，群鸟由林间惊起，久旋不降，万木随声颤抖，落叶潇潇。

斯蒂文对着黑黝黝的百山祖主峰，双臂张开，跪了下去。

寂寞了数十年的原始森林，因这几声核子爆破般的虎啸，顿然恢复了生命力。森林中芸芸众生，也因这一声虎啸，重新向森林之

王臣服。

一向作风严谨的林老头子，一手扣着裤子扣就跑出来了，一边兴奋地喊着："老虎叫，这是老虎叫，一定是'奎奎'！它和'祖祖'见面了！"

管理站的院子里，所有人都跑出来，黑压压的，他们或惊喜或胆怯或新鲜，领略压服森林、摇撼群山的虎啸。

同是大型猫科动物，虎啸和狮吼有着明显差别。狮子的吼叫像大口径榴弹炮，声如霹雷，刚强粗暴，充满阳刚，听得人惊心动魄。而老虎的啸声则深沉忧郁，充满霸气和苍凉，夜色中突闻，让人毛骨悚然。

自这一天后，"奎奎"的虎啸声，成了百山祖人的定期节目，有时"祖祖"还和"奎奎"一唱一和，更让人高兴得发狂。

每到这时候，附近村庄的狗都安静了，牲畜们心惊胆战、水草不

思，患上了神经衰弱症，让专家们兴奋之余颇感内疚，真对不起牛了。

何止是牛呢，很多没听过虎啸的新一代山民，开始还当是远方打雷，知道是老虎在叫，哪个不惊得目瞪口呆。从那以后，夜路都很少有人敢走了，相互少了多少串门客。

武装小分队撤了出来，但对两只虎的监控和追踪一刻也没有放松。

定点架设的红外摄像机的数量一直在增加，考察组不断地进山，考察两只虎的日常行为。至今为止，还没有发现它们交配的证据，不过，两只老虎朝夕相处，已经是不争的事实了。

一天黎明前，因为虎啸声激烈，而且密度高过平时，斯蒂文判断，不是捕食就是打架，考察组怕是后者，两虎相斗，可不是闹着玩的，若有一个死伤，什么都泡汤了。

他们不敢怠慢，匆忙收拾装备进山，去观察情况。

在海拔 1400 米的山坳里，考察组发现了两只虎共同捕猎的现场，这一发现让林教授和斯蒂文像小女孩一样喊着崩溃。

这发现不光是否定了老虎的争斗，要知道，老虎是地球上最傲慢

和孤独的大型食肉动物，用时尚的词汇描述，就是最酷。

小老虎出生十八个月到两岁之间，就会离开母虎，终身独处和独自捕猎，老虎的发情期和交配期都很短，这期间，耐饿的野生虎多半不进食，所以像林教授和斯蒂文这样的老虎专家，都没有看到过老虎合作捕猎的记录。

他们太兴奋了，手舞足蹈，顾不上劳累，拿出卷尺、手电筒、画笔、照相机和放大镜，连勘察带画图，把整个捕猎过程用平面图复原出来。

中国虎的野生状态，从来没有任何记录和观察。这是一个绝好的机会，让专家们能了解野生中国虎的捕猎习性、手段和过程。

这是半山处的一片开阔地，密布着淹没小腿的野萝卜草、五节芒和山合欢，中间还夹杂着细长叶子的线蕨。草甸的一侧，是一片低矮的华东楠。

从现场痕迹判断，一群为数六七只的斑羚从华东楠林中奔出，进入草甸后，它们遭到虎的伏击，一只较大的雄斑羚葬身虎腹。斑羚肉吃了个精光，骸骨都被肢解成一段一段，较完整的，就剩一个带角的斑羚头。

现场的草倒伏一大片，浓重的血腥味，引来大群的苍蝇和虫蚁。

这只斑羚约有五六十千克的净肉，两只虎一顿给吃得干干净净，那个"奎奎"的食量确实大得吓人。

大量的足迹和血迹留下了这一组合捕杀的过程，两只虎分工之精妙和配合之完美，都超过人的想象。

两只虎是从北坡潜下山的，在山头上，它们从华东楠林中树枝的晃动以及斑羚散发的气味，判定了猎物所在。

两只虎做了分工，动作敏捷的"奎奎"从下风头绕道下山，穿过大片的玉山竹林，进入草甸，预先埋伏起来。

一头将近两百千克重的老虎，从竹林穿行，脚下还堆满干叶，它竟然悄无声响，没有惊动斑羚群那时刻警戒的大耳朵，实在让人不得

不赞叹。

待"奎奎"进入伏击圈后，"祖祖"一反常态，隐蔽中猝然发出啸声，它选的位置很巧妙，使声音在四面的山峰间反复回荡。

复杂的回荡声扰乱了斑羚的判断，在极端的恐惧中，它们微微颤抖，个个扬起脖子。喉部成片的白毛和深褐色的体毛对照鲜明，这是虎豹下口的部位。

它们支起大耳朵，九十度旋转，想探测出老虎的位置。

"祖祖"在灌木丛中来回潜行，不断地吼叫，阵阵吼声从东侧、北侧和西侧传来，它故意放过了南侧。

紧张到了极点的斑羚群，一再犹豫后，终于按捺不住了，开始聚拢并向南侧移动，高度的紧张已经大大消耗了它们的体力和精力，甚至丧失了准确的判断力，单凭这一点，胜负已决出。

当"祖祖"突然拨开楠树，从北面显出黄中间黑的条纹脑袋，斑羚惊恐地跃起，飞也似的从南侧冲出楠树林，跑入了草甸。

"祖祖"跳出楠木林，紧追不舍，它必须将猎物驱赶进"奎奎"的攻击范围。它摆出穷追的架势，尾巴左右甩出，平衡高速并不时急转

弯的身体。它脖子伸直、双耳平躺，头部和全身形成一条水平线，以减少空气阻力，单是这姿态，足以使斑羚们魂飞魄散。

母虎追逐得虽然很快，但很巧妙，总是略偏向外线，把斑羚朝埋伏在内圈的"奎奎"身边挤压。

斑羚们上当了，或许是它们做梦也想不到百山祖会有两只老虎，它们腾开四肢飞奔，相对平坦的草地，有利于发挥速度的优势，它们心无旁骛，一心要摆脱身后老虎的追赶。当发觉老虎趋往草地的外沿时，它们立刻收拢队伍，移往草地的内圈。

斑羚们如利箭，似草上飞，在草甸上腾越，而且越跑越快，并不断地加速，它们和"祖祖"的距离明显拉大了。

就在它们似乎要甩掉"祖祖"，也许内心还在庆幸躲过一劫时，它们进入了"奎奎"的攻击圈。

而"奎奎"，这头凶猛暴烈的雄虎早已囤积够了力量爆发力和攻击欲望，透过草丛，它那双杀气腾腾的虎眼一直紧盯着斑羚群。它血管偾张，所有神经都绷得紧如钢丝，每一块肌肉都在抖动，似乎处在要爆炸的临界点，它伏卧的草丛里，被抓出深坑一样的大爪印。

飞奔中的斑羚群靠近了，"奎奎"终于爆发，它发出一声低吼，这不是平时虎啸，而是全身猝然发力时，喉间气流形成的音障爆破声，爆破低沉短促，产生有力的冲击波，令大地"呼"地颤抖，群山摇摇欲坠。

"奎奎"从草丛里冲出，切一条斜线，直扑斑羚群，如同一阵黄色狂风，迅不可挡。

斑羚群瞬间感到天塌地陷，它们哪怕天生有翅膀，这会儿也必有一只要付出生命的代价。对这只强壮的雄虎来说，二十米内的爆发力是无可比拟的，就是一只迅疾的燕隼，速度也快不过它。

自信和强悍，让"奎奎"一反常态，它放弃食肉动物弃难就易的习性，目标直接锁定最强壮也是跑得最快的领头斑羚。

和这头庞大的雄虎相比，即使是肌肉发达、体格健壮的领头斑羚

也还是显得弱小和不堪一击。

"奎奎"横蹿上来，双掌一拍，这力重千斤的攻击，打断了斑羚的脊椎骨，它后腿瘫了，"奎奎"顺口咬住它的脖子，借力翻了个滚，一百八十度的扭转和巨大的离心力，折断了斑羚的脖颈，它甚至没有来得及叫一声，就咽了气。

29. 狡诈、冷酷的彭潭

秋风一起，霜降不远了，老虎要换毛，是谋取虎皮的最佳时候。南方那帮下订单的人，也得知"奎奎"的消息，急得火烧眉毛，连连催促彭潭，并派专人到河南，给彭家老太太送去了一篮水果、一箱奶粉、两桶油、十几斤腊肉香肠，以及大盒的花旗参补品。

这表面是关怀，但彭氏两兄弟明白那阴险的含义。

兄弟俩又趁黑摸进了山林，如今这些小道已被彭潭踩熟，又因为武警小分队撤离林子，他们就更容易了。

按照彭潭的判断，雄虎"奎奎"把吃剩的苏门羚埋在离冷杉不远的地方，它就一定会来取食。兄弟俩带了虎夹虎套，还各带了一支枪，包括彭潭那支有红外瞄准镜和自动消音装置的狙击步枪。

彭潭鬼得很，他算定考察组也不会白白放弃苏门羚这个诱饵，一到地方，先朝周围的树上搜索，果然，一棵蓝果树上新装的摄像机被寻到了。

彭潭让弟弟上去摘了它。这是彭渊的拿手戏，他甩脱了鞋，猴子一样爬上去。

"哥，这玩意还在工作吧？"他拆着摄像机，一边问彭潭。

"应该是吧。"

"那咱俩不都给录进去了？"彭渊对着镜头直做鬼脸。

"管什么屁用！"彭潭冷笑，"拆回去烧了它。"

看弟弟拆掉了摄像机，彭潭就放心了，可以大胆地干事。

以小叶蚊母树林为圆心，半径三百米的周围，被他们打着装有蓄电池的电筒寻了个遍，多数时候都跟猎狗似的，趴在地上连瞅带闻。

干了几年盗猎的营生，兄弟俩的视觉和嗅觉都大有长进，尤其是鼻子，那不见天日的原始林中，很多情况下，都是全神贯注地呼扇鼻子，尽力分析着空气中的各样成分，什么东西都是用进废退，日子多了，嗅觉就练出来了。

从这个意义上讲，这两兄弟是被成功地野化了。

但是，他们那会儿的鼻子还是没有立功，苏门羚要是能被他们闻出来，早被别的食肉动物扒出来吃了。

还是彭潭厉害，他拨开草丛查看蚁蝼的动向，尸体埋得再隐秘，也瞒不过这些食腐肉的小动物。他顺着那些小把戏熙熙攘攘的地方追踪搜索，终于在一棵大叶如伞的通脱木树下，找到了埋藏在线蕨下匝的苏门羚。

老虎能把这么大一头动物藏得如此严密，让两兄弟也不得不钦佩了。

"奎奎"扒出的坑有半米多深，埋好苏门羚后，它还知道把地面上的线蕨类植物复原，将原有的落叶归位，你若不经意打一边经过，根本察觉不到那下面埋着两百多斤带骨架子的肉。

他们没有去动苏门羚，而是在它周围必经的路上分别设下虎套和虎夹，然后他们躲上附近一棵蓝果树。

这种树很大，枝干矮，树叶茂密，便于攀登和掩护，最主要的是，在这树杈上架起狙击步枪，苏门羚的埋藏地点正在有效射程内。

他们埋伏了一天一夜，肚子咕咕直叫，没见老虎露头。彭渊有些耐不住了，他本来就觉得是臭招，怯于哥哥的权威，一开始没敢反对。

"我说哥，"他轻轻叫道，"咱们就像傻老婆等蔫汉子呀！"

"等吧，你屁股上扎刺儿了？坐不住。"

彭渊怀疑说："那老虎公路差点没过去，它还能再回来？"

"它当然会回来，"彭潭笃定得很，"谁会放着现成的肉不吃，再费大劲去逮别的？"

"可你看那公路，比前两天的车还多，老虎想过也过不来。"

彭潭冷笑道："公老虎过不来，母老虎还能过不来？这几座山早给它溜得像后院一样熟了。啥时候车少路静，它比你我都门儿清。"

彭渊可怜巴巴地说了实话："我就是饿得快撑不住了。"

"撑不住也得撑，死不了人！"彭潭口气猝然严厉。

他们咬着牙，继续耗下去。老子就不信，你存着肉不来吃，除非脖子上套着大肉饼。你算定这儿有人给你下套，有枪口等着呢，你真成妖精了！

第二个晚上，彭潭忽然觉出有点异样。有什么不对劲儿了？跟着，林子里忽然有些鸟惊叫，骚动得不正常，忽然又安静下来，连虫鸣声都没了，直觉告诉他，附近有什么大家伙靠近了。

他轻轻提醒那饿得发晕的弟弟，让他打起精神，两人睁大眼睛，支起耳朵，扩张着鼻子，本能用尽，想从这黑洞洞的夜幕后面探出个究竟。

一缕腥臊味飘来，彭潭赶紧猛吸鼻子，又没有了，刚才是错觉？就像饿狠的人，老能闻到炸酱面味。他轻声问弟弟，闻到什么没有？彭渊摇了摇头。

又过了一会儿，那片小叶蚊母树枝晃动了几下，没有风，树枝上有什么？彭潭捏亮手电，光柱投向那片树丛，一圈接一圈地移动。

森林的野兽都不知道躲光，似乎也不怕光，或许把它当成了月光。一旦手电光照住野兽，视网膜的强烈反光就会暴露它们。

照来照去，什么也没发现，可那味道实在让人觉得蹊跷。

"朝里面打一枪看看，"彭渊建议，"用你那个带消音器的。"

彭潭严厉地瞪了弟弟一眼："啥都不知道就瞎开枪，这是最忌讳的，你忘了孙矮子是咋死的！"

彭渊不吭声了，孙矮子也是他们一伙的，身高不足一米六，都叫他孙矮子，大名没人记得了。别看孙矮子个子小，心贼狠，手特辣，脾气还暴躁。

那姓孙的是个通缉犯，据说身背五六条人命，都是持刀入室抢劫，只要进门惊醒主人，他一概捅死，连孩子都不放过。后来遭公安部全国通缉，才越境躲进西伯利亚森林里。

凡有过人命的人，都是破罐破摔的亡命徒，很不好惹，孙矮子平时不管对内对外，说翻脸就翻脸，一翻脸就来最狠的，不是拿枪就是动刀。

圈里的人都怕他，彭潭也让他三分，只有彭渊不买孙矮子的账，他本来就是个头难剃的，再仗着有个厉害的哥哥，就老是和孙矮子冲突。彭渊算是能打能捶的了，还总是没那小子下手狠，一次便宜都没占到过，彭潭也怪，这时候从不给弟弟撑腰。

有回他们又因赌博闹起来，彭渊刚抓起酒瓶子，孙矮子的俄罗斯短军刀就逼住他的咽喉，根本不管彭潭就在旁边。

那小子发了狠，若彭渊再敢说一个不字，他真下刀割断彭渊的喉管。

当时，彭潭铁青脸，一句话也不说，端坐不动。他既恼怒孙矮子的霸道，也讨厌弟弟的好惹事，这号命不值钱的亡命徒，你招他干什么？自作自受去吧。

看哥哥不帮忙，彭渊刀锋下服了软，孙矮子还不罢休，收刀子前，在彭渊脸上划了一道口子，以示教训。

破了相的彭渊哪里咽得下这口气，人都快气得崩溃了。

"哥，你看见兄弟的脸给人划了？！"那天一出门，彭渊气呼呼地问哥哥。

"我又不瞎。"彭潭当时还是脸色冰冷。

"打狗还看主人脸，我是你亲兄弟，这么给人欺负，你看着不管？！"

"你让我怎么管？！"彭潭那会儿突然反问。

"找一犄角旮旯，淬丫的一顿。"他说着，恨得牙根儿直痒痒。

"完了呢？"彭潭那两只眼钢锥一样，盯着他问。

"完了……"彭渊答不上来了，想想是呀，孙矮子是能吃亏的人，挨顿黑打就乖了吗？他要真玩命，怎么办？

"那是早晚要吃枪子儿的，跟这种死了半截子的人叫什么板？他跟你换命你换不换？换就背后一刀捅了他，不换就离他远点，闲扯什么蛋！"

彭渊又蔫儿了，当哥的比他有主意，也比他有肚量，更比他有本事，他不服也得服。

那是西伯利亚的一个黄昏，初秋季节。他们三人在树上守候一对梅花鹿，远远的，那两只鹿毫无觉察地朝这边溜达。

忽然，树下的丛林里看见花豹的身影一闪，那是一头远东豹，可能是也想打幼鹿的主意。孙矮子不假思索，也不跟彭潭商量，举手就是一枪，距离偏远，目标又不清，加上他的枪法不好，没有击中要害。

受伤的豹子吼叫着打了个滚，隐进松林不见了。

这是最危险的，猛兽一旦被偷袭受伤，报复心极重，当地猎手曾一再提醒过他们，要提防受伤的猛兽。

他们三个在树上待了一天两夜，没敢下来，可也没有感觉到有任何动静，肚子饿得贴到脊梁骨。

黎明时分，一只狍子打丛林边经过，也不见豹子露头，彭潭举枪击毙了狍子，说是给受伤的豹子送顿早饭。

狍子横躺在地上很久，周围还是静悄悄的，只有苍蝇的嗡嗡声。

孙矮子断定豹子已死或者跑掉了，他把枪架树上，拎着短刀下去，说是割块狍子肉回来烤一烤。彭渊看看哥哥的脸色，彭潭说，让他去吧，咱们俩掩护他，应该没事。

孙矮子下了树，大咧咧地奔过去，刚走到狍子身边，忽然感觉到什么不对，一哆嗦，刀子也掉了，转身就想往回跑。

他背后的丛林猛烈一晃，那只受伤的远东豹咆哮着扑出来，一下就蹿上他的后背，摁倒了他。

彭渊一辈子都忘不了孙矮子的眼神，这恶棍的最后一瞥，充满恐慌和绝望！他大张开嘴，似乎想呼唤，一声没出，就被肩膀上的豹子勾头咬住了脖子。

彭渊本能地抓起枪，却被哥哥彭潭一把按住，动作势大力沉，不容商量。彭渊还以为哥哥怕伤了孙矮子，急忙解释说，我朝天开枪，把老豹子吓走。

彭潭不说话，牙关紧咬，脸色黑得可怕，他紧按着弟弟的手不放，眼睛一刻也没离开和豹子滚成一团的孙矮子。

人在垂死挣扎时，劲儿可真大！所有的潜能都爆发了，平时看着孙矮子只有点干巴劲儿，那会儿为了挣脱豹子，竟像全身装满了弹簧。他满地翻滚，每一块肌肉，每一处关节都超能发挥。

他几次都连带着沉重的豹子，用鲤鱼打挺的动作站了起来，又被拖倒，碗口粗的树，能被他拦腰撞断。为了翻身，他肩膀竟然在地上犁出一道半深的沟，也几次将豹子压在身下，又被豹子翻过来。

他拼尽全身力气，裤子蹬掉了，鞋也甩脱了，手几乎扯掉了豹子的一只耳朵，可就是不能把脖子从豹子的口中挣脱。

那花豹像一团火，燃烧在孙矮子的肩膀上，任他蹦跳打滚和踢腾，火势越烧越旺。豹子紧闭着眼，两个前肢环抱着孙矮子的头，嘴死死咬住他的咽喉部位。大型猫科动物的咬合力十分惊人，加上坚韧不拔的狠劲儿，地球上没有任何动物能在它们口下逃脱，它死都不会松口。

终于，孙矮子蹦跶不动了，抓豹子头的手垂了下来，豹子侧卧在他身上，依旧紧抱着他，咬住脖子不放，从豹子后腿侧风箱般剧烈起伏的肚子，可看出这头远东豹也累得不轻。

一个杀人不眨眼的江洋大盗，就这样被豹子撕烂在西伯利亚森林里！孙矮子不光被咬断了脖子，身上抓了个稀烂，没剩下一块巴掌大的完整皮肉，好几处都露着骨头。

远东豹没有吃孙矮子，甚至连闻都懒得多闻一下，它撕烂了他，回头朝树上的兄弟俩看一眼，亮金属般的眸子威风凛凛，然后颠着后腿走了。孙矮子胡乱放的那一枪，打断了豹子的左后腿。

远东豹的动机纯粹是复仇，他们下树替孙矮子收尸的时候，想想一头流血的豹子为等仇人下树，纹丝不动地在丛林里趴了三十六小时，狍子死在眼前都无动于衷，真让人不寒而栗，那冷飕飕的凉意，从脚底板一直透到脑瓜子。

孙矮子的死，也更让彭渊知道了哥哥的手段和冷酷。孙矮子的死让任何人都无话可说。

彭潭不露一丝痕迹。其实他开枪打狍子，就是诱惑孙矮子下树，他是这样的人，没有机会，能任孙矮子骑他弟弟脖子上撒尿，但凡机会被他抓住，他绝不留情，坚决置对方于死地，而不管他死得多么惨。

30. 倒霉的彭渊

这会儿，在百山祖的原始森林中，当哥哥重提孙矮子的下场，彭渊当然知道这话的分量，他乖了，老老实实地在树上待着，啥怪话也不敢出嘴。

来前，顾忌到老虎灵敏的嗅觉，他们没有带任何食物，一直不见老虎踪影，他们就这么干耗。彭潭当然饿不着，他逮着什么吃什么，还都是生吞活剥。

他逮住知了专吃胸脯，拔去腿揭开硬甲，里面一疙瘩粉红色的瘦肉。蚂蚱是大腿肉多，雪白雪白地连壳嚼。长尾大蚕娥带有一肚子卵泡，鱼子酱似的，绝对是高蛋白。大山蚂蚁掐掉了肚子，放嘴边"滋"地一咂，里面是酸酸的"蚂蚁酒"，不光有吃的，还有喝的呢。

这老兄还抓到了一只两色的大树蛙，扯着后腿一撕两半，抖掉内脏，趁热就朝嘴里放。

彭渊惨了，饿得两眼发绿，他只能学喝树叶上的露水，生肉他死活吃不下去，看着哥哥满口血腥嚼那些活虫，他一直觉得恶心，为此挨了多少骂。

彭潭切齿痛骂弟弟没用，骂够了他，还是不能看着他挨饿，这弟弟有时候是帮手，有时候也是累赘，你还得照顾他。让他自己出去填肚子吧，单独走夜路，八成找不着北，平时跟着他走还跟丢好几回呢。他再冒冒失失的，撞进巡逻队怀里，事儿就全毁了。

无奈之下，彭潭交代弟弟在树上蹲牢了，绝对不许下地，然后自己趁黑离开，给弟弟拿填肚子的东西，顺便把拆下的摄像机带了回去。

彭渊尽管满口答应，哥哥前脚一走，他就下了地。他打着手电，先跑到几十米外的一个溪流边，饱饱喝了一肚子山泉，东西没得吃不说，连水都不让喝，真不是人过的日子。

他折回来，拨着草丛和树叶，到处寻找能下口的，什么山核桃、野生猕猴桃、李子、榧子、山楂、石榴等，多了去了。傻瓜才在树上干等老兄回来。

秋季一来，林子里各种熟果遍地，当年人的祖先就为此下的树，从此一发不可收拾。人不从树上下来，还有今天的人吗？不过是森林里再多群猴子。

彭渊这会儿真像只猴子，满地翻着找着，拣着吃着，饿狠了的他，吃啥都香。他正解馋解得过瘾，太阳穴几乎顶上一头雄野猪的獠牙。

他趴在地上，只顾低头找野果吃，拨开灌木丛，那獠牙差点挑住他的太阳穴，他朝上一照，手电光聚焦在野猪的瞎眼上。

那是什么景象？活脱脱一个狰狞的妖怪！吓得彭渊丢了电筒，朝后一跳，后脚跟被藤子绊住，仰面躺下了。

那会儿，他手里也没枪，话说回来，距离这么近，别说什么枪，手里有炮也当画看，都以为野猪笨，动起来快着呢，零点几秒，就能给你身上戳两个血窟窿。大野猪那一只小眼血红血红的，凶狠地盯着他看，大概它一开始当他是只猴子了，早注意到他是人，不会让他活到这会儿。

彭渊没咒念了，跑不过野猪，上树又来不及，干脆装死吧，都说野猪不吃人，死人就更不吃了。

彭渊牙一咬，闭紧了眼，四肢僵硬地伸开，横竖这一百多斤就交出去了。

灌木丛噼里啪啦地折断，野猪过来了，跟着就是浓烈的臊臭味，呛得彭渊几乎背过去，弄假成真了。

他听见沉重的猪哼声，还听见猪尾巴甩动时摩擦猪屁股上的硬毛"噌噌"发响，跟磨刀似的，真要吓死老百姓。

野猪先顶一下他的脚底板，彭渊坚持不动，心里一个劲儿祷告，老天保佑，你试着啃一口不怕，可别踩我，六百斤搁在四个猪蹄上，多大的压强，一蹄子还不把人踩个透亮。

野猪似乎不太相信彭渊死了，转到他身子一侧，气咻咻地嘴一拱，把他翻了个身。好嘛，就这一拱，彭渊身上多了两条血印子。他忍着疼，保持着身体的僵硬，随野猪折腾，他那会儿脑子是空白的，你问他姓什么，绝对答不上来。

野猪在彭渊身边立了一会儿，

忽然加大哼唧声，朝后退了几步，彭渊心里叫一声完了，野猪后退，是为了冲上来撞他，给它撞一下，可比城里的车祸厉害。彭渊还没来得及想好怎么对付，来了一阵小风，刮得树叶一阵"窸窣"声，那野猪哼声忽然变得异样，它不安地翻动着嘴唇，吸着鼻子，似乎很是紧张。

彭渊睁开一条眼缝偷看，朦胧中，只见大野猪的注意力朝着另一边，那是密集的小叶蚊母灌木丛，野猪大声哼哼，晃着庞大的身子，头一会儿抬起一会儿低下，做出要进攻的样子。

忽然，它朝灌木丛猛冲过去，四个蹄子刨得草叶飞溅，但到了边上，却猛然收住，再保持着威吓的姿势退回来。

黎明前的黑暗中，密不透风的灌木丛静悄悄的，没有任何反应。野猪如此这般，来回俯冲了好几次，似乎是对着镜子演习，灌木丛还是不见任何起色。

野猪似乎感到无趣，掉转头走了。它走得慢吞吞的，不时回头看灌木丛，而且老是摆出一副挑战的架势，好像随时会掉头回来。但一拐过树丛，谁也看不到了，彭渊立刻听到它一路小跑的蹄声。

彭渊翻身起来，第一时间就是爬回树上，他肠子都悔青了，不该不听哥哥的话，差点送了命。他等于死了一回，刚才心脏停跳了好几次，身上软得一点力气也没有了，几乎上不了树。

天色稍亮，乌突突的林子里刚蜕变成青灰色，斑头啄木鸟"笃笃"地敲着树干，彭潭回来了。他还没有上树，就发现了满地的野猪蹄印，警觉的他立刻操起枪，在周围仔细侦查了一圈。

理亏的弟弟坐在树上，装得很老实，一脸的无辜，希望当哥的别看出他下过树，他也知道，这很难瞒过曾是侦察兵的彭潭。

彭潭铁青着脸走到树下："下来！"他冲弟弟喝道。

看哥哥不再隐蔽，而且大着嗓门冲他吼，彭渊心里"咯噔"一沉，知道事情比他想象的要严重。

"合适吗？"彭渊还想装蒜，"你不是说……"

"你给我滚下来。"彭潭的怒气让弟弟不敢再演戏了，赶紧溜下树。

"啪"的一声，彭渊脚刚着地，就挨了一个大嘴巴，打得他半边脸都发木。

"我说的话你都当放屁了！"彭潭压低声音怒斥他。

"我就下来喝点水，没两分钟，看见有野猪，我就赶紧上去了。"彭渊捂着脸，尽量装委屈和淡化自己的错误。

"还跟我这儿抖机灵，"彭潭咬牙恨道，"你小子过来看！"

彭潭揪着弟弟的耳朵，扯他到小叶蚊母树丛中，就是后半夜那个大野猪虚张声势的地方。彭潭走到丛林深处，一把拨开灌木丛，朝下一摁彭渊，几乎把他摁个嘴啃泥。

"你看仔细了，下面是啥！？"彭潭恨声说着。彭渊打了一个冷战，果然傻了，眼下的草丛，被压倒两大片，轮廓像卧过两头大牛。

"这、这……这是啥玩意？"他话都说不连贯了。

"啥玩意，你不认识了吗！"彭潭说着，再拨开腐烂的草叶，一个清晰的爪印出现了，海碗口一般大小、梅花形状、之间还有明显的掌蹼相连。

"老虎!"彭渊有气无力地呻吟了一声,几乎瘫进哥哥怀里。

妈呀!两只大老虎就在眼跟前,注视着他喝水和找野果吃,也观看着他在野猪面前装死。就是风把虎的气味吹进野猪鼻子,大野猪才放过了他彭渊,朝着老虎埋伏的地方装腔作势一番,寻机会溜了。

"哥,我这条命是捡回来的了。"彭渊感叹着。

"让老虎撕碎了你,你才过瘾!"彭潭骂着,又踢了弟弟一脚。

没错了,两只老虎就是为寻剩下的苏门羚来的,由"祖祖"引导。它们准确地察觉了虎套和虎夹,避开后,悄悄潜进灌木丛。

它们显然是发现了树上有人,一直静卧不动,可它们为什么看着彭渊过来过去而不管?而且面对大野猪的挑衅,仍旧不理睬呢?

这个谜像个死疙瘩,让彭氏兄弟死活也解不开。

31. 两虎大斗野猪王

"祖祖"是由"奎奎"带过来的,苏门羚埋在保护区外,"祖祖"深知这条界线的意义,一跨越公路,它就加倍谨慎。

果然,它从青檀树林中嗅出了彭渊兄弟的气味。它对这气味极熟悉和敏感,立刻提高了警戒度。

"祖祖"的警觉传给了"奎奎",它也小心了,尤其当时"祖祖"抢它前面,带它绕过残留着人体味道的虎套和虎夹的时候,它意识到了暗藏的危险。

"奎奎"是外来虎,尽管它年轻力壮而且性情凶猛,但领地意识以及蜜月期的作用,使它不得不暂时服从"祖祖"的意志。

这是"祖祖"屋檐下,而且环境陌生,"祖祖"对出现的目标没有攻击意愿,"奎奎"也只得强忍不动。

这就是彭渊和那头野猪王逃过一劫的原因,但彭渊的气味和身姿,

以及野猪的挑衅行径，都已被"奎奎"牢牢记住了。

拂晓前，林中湿气升起，形成滚滚荡荡的雾霭，被裹的山峦，都像刚出笼的馒头，热气腾腾，就是没香味。

两只埋伏已久的老虎，大老远就察觉彭潭的返回，就借雾霭掩护，放弃苏门羚，撤回了百山祖区域。

冤家路窄，两只虎在回去的途中，再次与那头野猪王相遇。

那是一个深邃的峡谷，峡谷边有棵两搂粗的梓树，树叶又圆又大，跟小孩子脸差不多，恰好这树的顶端有架摄像机，才让考察组得到这份两虎搏一猪的宝贵资料。

当时，野猪王卧在巨石后草丛里休息，或许是湿气阻碍了嗅觉，或许是方才赢了一局，让它有些大大咧咧，两只老虎一前一后走过来，它竟然不察。

直到为首的"祖祖"跳上巨石，它这才"忽"地打羊蹄草丛里站起来。

多少年来，这两个山大王不止一次相遇，野猪王再强壮有力，还

是心怯，都是它掉头跑开拉倒，无意和它过不去的"祖祖"，也从不追逐。

直到去年冬季，野猪王已长成如今的身坯，底气更足了，尤其是打跑熊瞎子后，就更不愿在"祖祖"面前露怯，回避当然还得回避，只是不撒开腿奔跑了，改成哼着小调，慢吞吞朝另一边散步，猪尾巴还悠闲地卷搭个不停，压根就没看见有头大老虎似的。

事后的录像带显示，跃上巨石的"祖祖"，一眼瞥见野猪王，似乎愣了一下，那大野猪正处在凹地中心，四周的巨石组成一个天然的猪圈，困它在里面，真是自找倒霉！

它也太大意了，这里再挡风再安静，一般的野猪也不会睡这里面，任何情况下都是安全第一，这是野兽的本能。就连力大无穷的狗熊，冬眠前，也知道先干活，搬石头把洞口堵一大半，剩得孔只可以通风，谁也钻不进去。

当然，这猪圈周围的巨石也就一米多高，野猪王如果发了狠，也能跳得出去，关键是"尊严"二字，动物的自尊心一点不比人差，野猪王还要上蹿下跳地逃跑，六百斤肉白长了？

它偏着脑袋，用那只血红的小眼睛瞪着"祖祖"，四肢不安分地挪动着，鼻子里哼出的粗气，让嘴边的长毛来回晃悠，仿佛很不高兴老虎打扰了它的美梦，随时都要发作出来。

"祖祖"略加停顿，瞄了瞄大野猪，继续走自己的路。它对这头野猪太熟了，现在懒得搭理它，也不想自找麻烦。

"祖祖"从巨石上下去，"奎奎"紧跟着上来了，它的突然出现让野猪王意外和惊慌，它没料到一头大老虎后面还有一头更大的老虎。

野猪乱了方寸，和所有的动物一样，胆怯往往引发出挑衅。

野猪冲"奎奎"大声喷着鼻子，原地蹦了两下，震得地皮都发颤，它臀部朝后一坐，低下头，摆出要冲撞的架势。

处在高位的"奎奎"站定了，纳闷地向下打量着虚张声势的野猪，它有些想不通，这头野猪怎么一再地朝自己嘴边送？

年轻气盛的"奎奎"并不在意野猪的个头，方才灌木丛那会儿，不是因为装死的彭渊令它迷惑，它才不会容忍野猪的挑战。

石头下面草丛里，"祖祖"发现"奎奎"没有跟上来，掉转头，喉间发出轻轻的"呼噜"声，它召唤"奎奎"，不想让它惹麻烦。

"奎奎"犹豫了一下，跳下巨石，跟过来，毕竟这领地是"祖祖"的，而且"祖祖"显示出来的智慧和经验也让它服气。

野猪看"奎奎"也走开去，不知是得意还是紧张过度，竟照着巨石冲过来，猪蹄扒动石子，"哗啦啦"的奔腾有声，巨石被撞得当真摇晃，惊蹿出几只石龙子，野猪的獠牙蹭上石壁，擦得火星四冒。

巨大的撞击吸引了"奎奎"，草丛里行进的它，猝然站住并回头，隔着石缝，正看到野猪冲这边发力示威。

"奎奎"似乎被挑起了兴趣，它本能地返身，前半身一低，臀部高耸，以匍匐动作，快速向野猪逼去。这是标准的猫科动物攻击姿态，极其优美和恐怖，足以使任何被锁定为目标的动物丧胆。

大野猪先是一震，惊慌地发出"哼唧"声，它没想到"奎奎"会反攻。很快，它更加暴跳如雷，充分展示自己的力量和坏脾气，或许是想警告"奎奎"，让它知难而退。

"奎奎"当真被激怒了，这头雄虎纵身跃上石头，"嗷"地一吼，杀气腾腾地露出牙齿。野猪还真不示弱，头一低，坦克一般迎击上来，冲击力足能撞翻一辆吉普车。

"奎奎"一个华丽转身，闪过野猪攻击，直扑后身，铁钩似的爪子从掌内突出，野猪掉转身子慢了一步，后背给犁开几道深深的血口，它的皮再厚，还是抵挡不住

"奎奎"那将近十厘米长的利爪。

野猪嘶叫着，原地掉转头，獠牙猛地豁向"奎奎"的软肋，"奎奎"再次一闪，跳回了巨石上。这时，"祖祖"过来了，它看已经不能制止"奎奎"，索性加入这场猎杀行动。

"祖祖"无声无息地露出头，它已绕到野猪身后。全神贯注要报复"奎奎"的野猪王毫无觉察。

母虎突然一扑，跳上野猪的背，并咬住后颈，压得野猪几乎坐倒。

但这头野猪不愧是山大王，有的是力气，它蹦跳着原地打转，非要把"祖祖"甩下来不可。"祖祖"得一口就主动跳开，不想多缠斗，野猪甩着大嘴追赶，"祖祖"箭一般跃上巨石，它虽然已过中年，依然腰段柔软、脊椎灵活。

只有冲击力的野猪刚追到巨石边，身后"奎奎"闪电般扑来，咔嚓咬住它后臀，亏得它皮厚肉多，干绷绷的树脂加泥浆组成的保护层特硬，若换成一条牛腿，也差不多咬断了。

野猪狂怒地嘶叫着，尽力转头回击"奎奎"。

"奎奎"趔趄身子回避它，却不松口，一虎一猪原地打转转。"祖祖"瞅空又跳过来，从侧面咬住了野猪的前腿。

这场面真叫千载难逢，天然的石头围栏间，体形庞大的野猪力斗两只斑斓猛虎，它两头都被老虎叼住腿，却还能屹立不倒，不但尽力保持着平衡，还拼命地用獠牙寻求机会攻击前面的"祖祖"。

这场搏斗，充分显示了老虎的智慧及猫科动物的特长，它们虽然身大体重，可剪、挪、腾、闪，异常灵活。它们还是最聪明的捕食者，尽管占有绝对优势，还是不和野猪死拼，而是围而不攻，或攻而不狠，冷静地和野猪周旋。

它们玩的是零和游戏，要的是无代价胜利，它们尽量消耗野猪的体力和反抗意志，不给它任何反击得手的机会。

"祖祖"看野猪余力还猛，先松口跳出战场，"奎奎"也立刻回到巨石上。

它们看上去都很轻松，在石头围栏间跳来跑去，交替引诱野猪，每次攻击都出其不意，让野猪紧张万分。

大野猪首尾难顾，来回折腾，它浑身是伤，累得呼哧带喘，嘴冒白沫。老虎不给野猪一秒钟的休息，野猪奔向"祖祖"，"奎奎"就从身后迅速攻击，野猪掉转来，身后的"祖祖"立刻逼上来。

更糟糕的是，两只老虎都很快意识到野猪左眼失明，它们都朝左兜圈，老虎兜半圈，野猪要转一圈。老虎转的是大圈，像走梅花桩，姿态优雅从容，野猪却是原地打转，稍慢一拍，就遭到利爪和钢牙的攻击。

头晕眼花再加高度紧张，还有每次反击的落空，都极其消耗气力，野猪那力抵群牛的力量和野性很快就剩不多了。

看到野猪的反应明显迟钝，动作也快不起来，两只老虎都提高了逗弄它的频率，它们这个忽然扑来再剪走，那个猛地跳下又纵上，东边一口，西边一爪，轮番戏弄野猪，同时密切观察它的反应，野猪反应越慢，它们的试探攻击就越频繁犀利，直到野猪摇晃着沉重并且是血糊糊的身躯，几乎难以站稳。

最后的时刻到了，巨石上的"奎奎"昂起头，傲然一吼，可谓气壮山河、峡谷震荡，然后它远距离腾身起跳，近五百斤的重量加速度，连砸带压，"忽腾"一下，如泰山压顶一般。

这头野猪可真够雄壮和坚强的，已是气若游丝了，这样的重压，它竟然没有垮掉，强撑的四肢，一下被压得戳进碎石地面，有好几厘米深。

野猪虽然还能强撑不倒，反击的力量却没有了。跳上它背部的"奎奎"动作极快，两个前掌并用，一个扳头一个掰嘴，同时发力，野猪的颈椎被猛然折断，失去了重心，轰然倒地。

就在这瞬间，"奎奎"迅疾勾过头，一口咬穿野猪的咽喉。老虎的犬齿不光粗长锋利，还上下交错，任何动物都经不起这一口。

"祖祖"及时扑上来，噙住野猪的后腿，并压住了它的下半身。

扑倒在羊蹄草下的野猪王，没有任何反抗，它嘴边羊蹄草的细枝大叶都不曾摇摆，说明它连口粗气都没有呼出来。

这头在百山祖横行霸道多年，祸害无穷的山大王，就这样永远消停了。

虎猪大战的录像刚放完，看得考察组的人长吁短叹，眼珠子都差点掉出来。好一会儿，成员们才恍过神儿来，各自拾掇自己崩溃的精神。

这下，谁还能平静？斯蒂文平常就是一个冰棍，可这会儿，上紧发条一般来回转悠，快转溶化了。

也难怪，印度科比特森林保护区栖息着上千只孟加拉虎，他在那里待了五年，都没看到过这样让人心脏跳不动的场面。

原始生态中的绝美和壮观，以及生死搏击中的酷烈与凄美，现代人真是难以得见。随着人类的发展，森林急遽萎缩，地球物种消失的速度还在加快，或许要不了三代人，大型食肉动物就会灭绝干净，我们孤独的子孙若想知道什么是活生生的老虎、豹子，只能依靠电脑虚拟了。

考察组的人感慨一番后，就转入正题，他们针对峡谷里这场罕见的搏斗，对"奎奎"的性格做了仔细研判。

林中原分析，从青檀林捕食苏门羚，到峡谷里猎杀野猪王，"奎奎"的表现都是

又利索又果断，这是一头野性十足的老虎。

龚吉说，"奎奎"性格刚烈，"祖祖"能容忍野猪王耀武扬威，它可不行，即便这一次不碰上，早晚也会收拾野猪。

嘉尔道，这样看，"奎奎"是不愿意过"祖祖"那幽灵一样的生活了，它浑身充满雄性的霸气，才不默认任何挑衅呢。

斯蒂文敲着脑门子，说"奎奎"这习性，不知道怎么从十几亿人的夹缝中活过来的，它像古老过时的欧洲贵族，血管里流着王者之血。

龚吉争辩说"奎奎"不是没落贵族，是森林之王，它只要活着，王位谁也撼不动，它的傲慢和尊严，是千百年一贯制。

专家们在办公室分析着"奎奎"，却没料到，一个对他们来说的陌生人，也就是曾活动于苏门羚的尸体附近，并在几个暗藏机关处留下气味的彭渊，已成为这头老虎的下一个目标。

32. 遇上了彭渊

深秋的百山祖，桂花喷香，四面山林像染了好几遍，沉郁的深绿底色上，这里一大块放荡的金黄，那边一大片乱乱的淡紫，不定哪里，又迸出一树火红。赶上夕阳落照，层次就更丰富了。

今天轮到嘉尔和龚吉值班，他们要去马尾际瀑布一带巡视，那里分布着三个食物投放点，分别是 11 号、12 号和 13 号。

嘉尔和龚吉巡山完毕，两人朝回走的时候，天色有些晚了。

他们顺着溪流朝下走，暴雨造成的山洪泄得差不多了，山溪重新恢复往日的温顺，在你脚下轻声咕噜。一小群蜻蜓在高低不等的位置上巡游值勤，一只彩色的大蝴蝶慢悠悠飞舞，带着他们朝前走。

嘉尔忽然奇怪道："今天好像缺点什么？跟平时不大一样啊？"

"缺什么？"龚吉眨巴眨巴眼，笑了，"缺'奎奎'那几声吼叫。"

"怪不得呢，我说怎么这样静谧。"

"不一定呢，也许'奎奎'又藏在什么地方，准备捕猎了。"

"不会，那头野猪王六七百斤重，够两只老虎吃半个月。老虎不饿，才不费那神呢，你以为逮个吃的是容易的，吃奶劲都得用上。"

他们正有一搭没一搭地闲聊，幽深的峡谷突然响起一声呐喊，流星般短促，还沙哑难听，似极度惊慌，又像是被人卡住了喉咙。

这声音惊现在原始森林的黄昏里，很是恐怖。

"你听见了没有？"嘉尔惊问龚吉，"好像是有人喊叫。"

"怎么会没听见？"龚吉也站住了，"别说话，让我再听听。"

那声音回荡在山谷间，水涟漪似的递减音量。他们两个的脑袋转来转去，想搜寻声音发出的方向，也等着下一声起来，可没有了，山谷很快又恢复了寂静，静得不留痕迹，让你感觉刚才是幻听。

"没声了，你又听到没有？"龚吉问。

"没有呀。"

"估计是乌鸦叫吧，"龚吉分析道，"让老鹰给抓了。"

森林中是常有怪声的，你很难说是什么东西，只不过刚才确实接近人的声音，才让他们关切，既然声音又没了，也就罢了，算它是乌鸦吧。

龚吉转回话题，他很奇怪这山里竟然没什么蚊子，说道："城里人都觉得山林里蚊子多，全错！这时候要在城里，窗户还不都关得紧紧的，进出门全练出麻利来了，老太太也跟解救人质的特种部队一样，'噌噌'的。看个电视，都还得点蚊香，到外面乘凉，你要拿个蒲扇，'啪嗒啪嗒'照腿上拍，就那一晚上也得五六个疙瘩，算客气的了。这里你看不到啥蚊子，顶多有些飞一飞，也没见着咬，你说怪不怪？"

"是有点怪，"嘉尔说，"仔细想想也正常，森林里没有死水，蚊子的幼虫活不了，再加上蜻蜓这样的天敌又多，蚊子的数量被控制了。不像城市，多少死水和垃圾堆？蚊蝇和老鼠不要太多！你越用化学药品毒杀，产生抗药后，它们越是厉害，结果除不了害虫，反把人自己毒害了。"

嘉尔接着说："像美国福克纳这样的大作家，一生的愿望，就是想住在森林旁边的小木屋里，到最后也没能实现。其实，西方好多哲学家和社会学家都有这样的想法，这好像是个趋势。"

"当然了，"龚吉说，"不管是谁，只要你走进森林，都想住下不走，这里冬暖夏凉，空气那么清新，水又洁净，没有噪音，没有光污染，没有小偷小摸，这里是神仙过的日子。"

不经意间，太阳"噌"地少了半张脸，漫山遍野的原始森林，就剩下几抹余光，啥时候看着都像黑夜的森林，光线再一大减，立马就阴森起来，湿气和凉意紧跟着侵袭上来。

密实如堵的丛林深处，悄悄荡出一缕兽腥味，嘉尔猛然收住步子。

"我真有点害怕。"她不安道，"都是你，胡说八道，走慢了。"

"没事，这百山祖的两只老虎把咱们当哥们儿，还有谁敢来找碴儿？"

他话没说完，一侧山坡上面，忽然"扑扑通通"一阵乱响，中间还夹杂着草木的折断声，他们惊得抬头，只见上头一片竹林剧烈摇晃，冲他们的方向弯腰，感觉是一个大家伙下来了。

原始森林的刺激就在这儿，它真出状况！凶险都是切切实实，你当真手头没有可捞摸的家伙，乌蒙蒙的林子，伸个兔子头也唬你一个半死。

嘉尔一把抓住龚吉的衣袖，朝他身后躲去，龚吉本能地退了两步，

打住了。

龚吉摆出豁出去的架势，心里也扑腾扑腾直打鼓。

声音戛然而止，来得快去得快，没了，竹林也不晃了，玩什么呢？他们俩惊疑地对视一眼。

"是塌方吧？"嘉尔猜测说，脸都吓白了。

龚吉朝上打量，这个坡不算陡，从下到上没有断层，灌木丛密集，紫藤悬挂，草丛下还堆积着厚厚的落叶。

"不应该呀，"他说，"这里植被厚得很，又没有雨，再说，连一个小石子也没滚下来呀？"

"那会是什么？"嘉尔更紧张了。

"可能是倒了棵死树吧，别管它了，不也没声了吗，咱们赶紧回去。"

这声响仿佛是要跟龚吉作对，他刚说没声，偏偏就"呼啦呼啦"响起来，上面的草木也跟着晃动，一大一小两只赤腹松鼠蹿到路面上，它们惊惶四顾，很快就跳进另一侧的林子。

很显然，是有什么活物朝他们运动，不是死树。

龚吉也惊慌了，他拉起嘉尔，两人四条腿，看谁捣得快。那会儿什么动物专家都得跑，人命第一要紧。

他们身后"轰隆隆"一阵，紧接着是"呼嗒"一声，龚吉他们边跑边扭头看，只见一个黑乎乎的大物件伴随着落叶碎草滚落地面。

"救命！"一声微弱的声音传了来。

"是人！"嘉尔吃惊道，立刻不跑了。龚吉也站住了，两个人迟疑地往回走，打量着地上的黑影。

"快救救我，我快不行了。"黑影在地上呻吟着。

他们两个看清了一只眼的彭渊，他们并不认识他，但被他的样子和身上的血吓坏了。

彭渊脸白得像生面饼子，恐惧加痛苦，让他五官都挪了位，他左手捂着右肩，血把整个手都染黑了，右半侧身都是血迹。

"快打电话，叫基地来人。"龚吉吩咐着嘉尔，立刻蹲下去看伤情，

"你是哪里的？这是怎么了？"他急切地问。

"我是——采蘑菇的，给老虎咬了……"彭渊哼哼着。

"老虎咬你……"龚吉惊得张口结舌。

正通过手机联系基地的嘉尔，突然大叫了一声："龚吉，你快看……"

龚吉顺着嘉尔的手势看过去，郁郁苍苍的密林中，一道山梁被坠落的夕阳斜吊，亮如刀刃，一头黄黑花纹的巨兽，肩胛骨高耸，正沿亮光朝高处走。

步态优雅的它，长尾半卷，成弓形，身上奢华的色彩映照余晖，火焰般燃烧，产生强烈的视觉冲击力。或许是听到了嘉尔的惊叫，或许是感应，它在高高的山梁上停住，转过斗大的脑袋朝下看，姿态威严傲慢，真有点凶。

"是'奎奎'，真是'奎奎'！"嘉尔一眼就认了出来，就是它，暴雨中与自己一尺之隔。

嘉尔的嗓音里带有哭腔，积蓄多日的兴奋来不及萌发，就被沮丧覆盖了。你怎么会咬人呢？你为什么把人咬了呢？

基地的救援队赶来了，迅速把彭渊救下了山，经队医初步诊断，

他右肩胛骨呈粉碎性骨折。检查伤口的同时，林教授抓紧时间向受害者了解情况。

彭渊断断续续地讲述，他根本不知道老虎藏在什么地方，山路上正走着，呜的一阵腥风，那大家伙扑出来，一口就咬住了他的肩膀。当时他喊了一声，就被扯倒了，他挣扎了几下，老虎死死咬住他不放，并把一只前掌踏在他胸上，老虎眼露凶光，炯炯地瞪着他，呼出的气，又腥又辣，他被呛了个半死。

彭渊彻底晕菜，他怕极了，不敢再动，眼睛紧紧闭上，身上不停地哆嗦。

彭渊说，那老虎就那么待了一会儿，忽然松开口，蹲往一边。

他翻身起来，看见老虎还直视着他，他怕自己失血太多，等不及老虎走开，就朝山下出溜，边出溜边回头偷看老虎，发现老虎不远不近地跟着他，直到他滚落到路上。

彭渊的伤势不轻，连带惊吓，话没说完，人已接近休克状态。

医生认为他需要立即手术，因当地不具备大手术的条件，考察组立刻向庆元县城求援，由县医院连夜派一辆救护车，拉走了彭渊。

听说老虎咬人，张副县长急了，也是一大早赶来百山祖了解情况。

考察组的成员和张副县长一起进了山，对案发的第一现场做了仔细的勘察。那是在一株山核桃树下，周围是长过膝盖的灌木丛，"奎奎"显然是有预谋的，它埋伏在灌木丛里，待彭渊走过来，从右侧猛扑出来。

现场的痕迹与彭渊讲的全都吻合，说明受害者没有乱编，可"奎奎"的动机让人理不出头绪。

人们比画着，窃窃议论不停。

33. "奎奎"伤人之谜

　　"这只能是场遭遇了。"考察组的人陪张副县长下山时，嘉尔这样分析。

　　"那个人进入了百山祖，碰上有领地意识的'奎奎'，它不像'祖祖'那样好脾气，就打倒了那个人。"

　　林教授不赞成嘉尔的分析，他说："从倒伏的灌木丛痕迹分析，'奎奎'是有目的的，它埋伏了很长时间，还在草丛里匍匐前进了二十多米，显然有针对性，目标就是这个人。"

　　"那它费了半天劲，为什么咬一口就算了呢？"龚吉提出疑问。

　　"它以为那个人死了？"嘉尔刚说出口，立刻自我否定道，"不对，'奎奎'看着那人爬起来，还跟了他那么远。"

　　这个问题是个大问号，悬在所有人的头脑里，专家们的记录表明，老虎一般不会主动攻击人，但凡攻击人的老虎，都是老弱病残之类，它们丧失了正常捕食的能力，饿急了，就铤而走险。

　　可"奎奎"正当年，还不缺食物，为什么把人做目标，而且还不咬死，并看着他跑下山坡？

　　"专家的意见呢？"张副县长问斯蒂文。

　　"一种可能是，这个人侵犯过'奎奎'，他本人或许不知道，也或许是隐瞒了不说，'奎奎'的行为像是惩罚性质。"

　　"这是一种，还有第二种吗？"

　　"第二种……"一向口无遮拦的斯蒂文嘴里突然拌蒜了，"第二种的话，问题就严重了。"

　　嘉尔和龚吉都关切这个老外的权威性判断，只有林教授脸色猝然一沉，他显然明白斯蒂文要讲什么。

　　"怎么个严重法？"副县长继续追问。

　　"那就是'奎奎'在别的地方有过攻击人的经历，老虎一旦捕猎过人，就发现人最容易攻击，就会食髓知味，成了食人虎，把人当作主要目标。昨晚的行为，是它迁移到百山祖后的一次新尝试。"

龚吉心里"咯噔"一下，难受得要命，这个傻老冒真不会说话，上来就给"奎奎"扣一顶大帽子，这不是要判它死刑吗！

"如果真像你说的那样，有没有办法把食人虎纠正过来？"嘉尔也感到了事态的严重。

"没有，"斯蒂文晃着白萝卜似的头颅，"人太无能了，老虎躲避人的习性是遗传基因造成的，老虎认为人比它们强大，但这是个错误，人是最缺乏抵抗力的，老虎只要有一次攻击人的记录，就会发现人的脆弱，终生以人为食物。"

"林教授，你说'奎奎'会是食人虎吗？"嘉尔愁眉苦脸地发问。

"目前下结论还早，"林中原严峻地回答，"不过，不能排除可能性。"

"为什么不能排除，就因为它咬了这个人一口？"龚吉又急了。

"不只是这个，'奎奎'从哪里来，到现在没有查清楚，华东地区没有成片的原始森林，'奎奎'靠什么为生，一直是个谜。"

龚吉顾不上教授不教授了："你的意思，'奎奎'是一路吃人过来的？怎么不见有人报失踪呢？那被咬的家伙看着就不像好人，谁叫他跑到保护区来？再说了，他可能没跟我们说实话，没准是他先砸了'奎奎'一石头呢？"

"嗯，小龚啊，你这个人怎么乱讲话？什么叫看着就不像好人？好人脸上有写字吗？对专家的意见要学会尊重！"张副县长不客气地批评了龚吉。

龚吉翻他一眼，瞥见嘉尔向他暗示，嘴边的话咽回去了。

副县长转问斯蒂文和林中原："咱们现在假设，如果这个'奎奎'真是头你们说的食人虎，该怎么办？有什么解决办法？"

斯蒂文的脸色变了，这也触到了他的痛处，跟龚吉吵归吵，但对"奎奎"的珍爱，他不比任何人少。这头雄虎对人的突然攻击，打乱了

全部计划，就像一盘下得正酣的棋，被无形的手掀翻了棋盘，一切都要重来过。

"移民！"他喃喃地说着，"只有移民，把保护区扩大两到三倍，周围的村民全部迁移走。"

"林教授，就现实情况来看，你觉得这个方案有可能吗？"苦笑的副县长求助似的看着林中原。

林中原没有回答，其实答案是明摆着的，保护区扩大两三倍，要有几千人的移民，这需要多大的投入？而这些移民在人口稠密的浙江又怎样安置？要知道一个三峡大坝的修建，难中之难就是大量的移民，地方政府的漫天要价和部分人的胡搅蛮缠，足以让人一提到拆迁、搬迁或移民，个个为之色变。

保护野生华南虎要扯上移民的南瓜秧子，一准的寸步难行。

"只有移民一条路吗？"张副县长问，"还有没有别的办法？"

"那就是捕获'奎奎'，把它关进动物园去。"林教授牙疼似的倒吸冷气。

斯蒂文大摇其头："一只成年的野生雄虎，很难在铁笼中度过后半生。'奎奎'的性格又非常猛烈，即便在捕获中不受伤害，也很难由人工饲养下去。"

"这等于是判'奎奎'的死刑！"龚吉又忍不住了。

"这样吧，这件事咱们定不下来，还是向上级部门请示。"张副县长说，"老虎要保护，人更要保护。百山祖保护区的面积确实太小了，容不下两头老虎，可移民不是一句话两句话，也不是一年两年就能解决的事情。咱们现在要决定的是，无论如何不能让老虎再咬人！如果这头老虎真的上了瘾，今天一口，明天一个地咬来咬去，我老张豁出去乌纱帽不戴，也得保护老百姓的安全。我说这样吧，让武警的几支小分队重新进山巡逻，一来隔离偷着进山的村民，二来遇到紧急情况，也能处理。林教授和小崔看行不行？"

嘉尔为难了："武警进山，暂时不要吧……"

张副县长："不行啊，我的崔同志，你们中央部门不了解我们地方工作的难处，要是老虎再咬伤一个或咬死一个人，谁也担不了责任。"

林中原："武警进山吧，不过，千万千万不要乱开枪。遇到危急情况，尽量朝天鸣枪，把老虎吓走。"

34. "森林之王"受难

好端端的保护华南虎的趋势，被"奎奎"这一口咬脱了轨道，也让政府部门和国际组织陷入尴尬和两难的境地。

现场已经证明这不是偶然的遭遇，也不是一时兴起，"奎奎"显然有预谋，它伏击了彭渊。

可它到底出于什么目的？为什么咬了他又放了他？为什么还尾随了他一段路？是猫科动物的好奇心和戏谑性格作祟？还是食肉动物的哲学

思考？再或是毫无逻辑和章法的捣乱？"奎奎"的行为难倒了专家。

考察组根据林教授的提议，带帐篷住进了深山。

他们需要高密度的跟踪调查，尽快查清"奎奎"袭击人的原因，他们也需要守在一线，怕武警小分队遇到意外，反应过度，伤害这两只虎。

还有第三个原因，那就是躲避跟屁虫似的记者，自从老虎咬人的消息走漏出去，一窝蜂来了大堆的采访者，实在让他们难以应对。

"咔嚓咔嚓——咔嚓"，半夜，帐篷里的龚吉又被"大剪刀"剪醒了。

听得脑子发痒？他最恨这种想唱就唱的虫子，他自己的屋子后窗外就住着一个，每晚安静下来，就来剪他的睡梦，聒噪得他睡不了一个囫囵觉。

"大剪刀"是他自己命名的，因为他问了许多人，都不知道这玩意叫什么，可能是特大的山蟋蟀，或者是啦啦蛄。

龚吉想不出它该有多大的个儿，叫起来像裁缝铺的大剪刀，响亮

还节奏鲜明，咔嚓咔嚓——咔嚓，咔嚓咔嚓——咔嚓，剪得龚吉打着手电到房后转悠。

被剪醒的龚吉心里咒骂，睁开眼就觉得好玩了，三个萤火虫在帐篷里飞舞，小家伙亮得很，忽明忽灭，煞是好看。估计是帐篷的纱网门帘空隙大，小萤火虫钻了进来，这倒好，给龚吉的上空造出一个童话世界，让他忘却了对"大剪刀"聒噪的憎恨。

龚吉的眼珠滴溜溜转，追踪着萤火虫飞行的轨迹，凡是半夜一醒，脑子最好使，白天被人卖了还帮着数钱的傻事，这会儿都能觉悟。

一个灵感忽然产生了！彭渊不是本地人，而且看上去还不像个好人，他会不会是给"祖祖"下套的人，遭到了"奎奎"的报复？

这个念头一出，龚吉睡不着了，在气垫上翻来覆去"烙烧饼"，最后干脆爬起来，找嘉尔去了。

他们的帐篷扎在一条水沟边，灌木丛覆盖的水沟内，萤火虫如星灿，一团一团，谁家高考学生要为省电，可以钻进去看书。

龚吉轻轻接近嘉尔的帐篷，想先弄个恶作剧，吓唬一下她。忽然间，天崩地裂，爆出一连串震耳欲聋的虎啸，龚吉惊了个趔趄。

我的天，这声音是"奎奎"和"祖祖"的，充满着愤怒和不祥，一声比一声暴烈和凄惨。林教授和斯蒂文拎着裤子就跑出来了，大惊的他们，一时都懵得找不着北。

"What's happened？ What's happened？（出什么事了？出什么事了？）"斯蒂文急得忘了说中国话。

"砰、砰"两声沉闷的枪声，虎啸声几乎撕心裂肺，而且瞬间由高亢中滑落，老虎中枪了！

"一定是武警分队遭遇老虎了，"林教授急扯白脸，"快制止他们，别叫他们乱开枪！"

赵队长举起枪，鸣了两枪，近距离的枪声在森林的夜里格外刺耳，惊得附近树上的鸟吱喳乱飞。

嘉尔最后一个出来，头发还盖着一只眼。他们什么也顾不上了，

冲刺一般朝虎吟的方向跑。枪响的地方不远，只隔一座山峰，所以他们还都跑得到。

那是跑吗？更像是戏剧舞台上武生的跟头串子，前滚翻、大马趴、马车轱辘、嘴啃泥，一个接一个，连滚带爬、前赴后继，人都成了泥猴子，至于衣服里钻了几只山蚂蚁，几条旱蚂蟥，都不去数了。

万幸没有间隔三五座山峰，不然他们中非累死一两个。

那是一座海拔 1200 米左右的半坡，山呈半躺，弥勒佛肚子一样，坦出很大的慢坡，相当宽阔。由于日照和雨水充足，植被茂密，每平方米聚集几十种植物，相互依存，也给食草动物提供大量的食物。

这里是野生动物的乐园，也是老虎的主要活动区和游猎区。

夜幕中，树干笔直高大的豹皮樟犹如天柱，撑着苍穹，架起森林圣殿。有着数百年树龄的它们，见过多少弱肉强食、猎杀和搏斗，却没有见过森林之王受难，在高一声低一声的虎啸中，树身瑟瑟颤抖。

当考察组成员冲进樟树林，浓烈的血腥味呛得人喘不过气来，他们顺声音照过去手电，顿时都被一幕惨象惊呆了。

豹皮樟下，膝盖高的吉祥草被压平了，强壮的雄虎"奎奎"匍匐在地，一根钢丝绳套牢脖颈，深深勒了进去，它背上还有明显的枪伤，伤口朝外喷着血泡。树下都是血迹，把倒伏的吉祥草粘成一撮一团，一圈一缕。

"奎奎"似乎已筋疲力尽，伏在地上，大口地喘着粗气，当龚吉不顾一切跑过去时，"奎奎"突然跃起，张牙舞爪地发出怒吼，可它没跳多高，就被钢丝绳拽了下去，怒吼声直转为痛苦的哀号。

斯蒂文扑倒了龚吉，把他摁在地上，这个老美的五官也都气得挪了位置，看上去是要宰了龚吉。

"放手，你个混蛋！"龚吉大吼，"我要去救'奎奎'，它快要死了！"

斯蒂文死死地摁住狂怒的龚吉，他回骂着："你才是混蛋，那钢丝绳会勒断'奎奎'的脖子！你知道吗？"

嘉尔一把抓住龚吉的胳膊："龚吉，别闹了，听斯蒂文的。"

龚吉不挣扎了，可身体不停地发抖，不间断地抽搐，像发了羊角风。

他躺在吉祥草丛里，仰望着樟树间冰雪般的月光，眼泪顺脸而下，几乎灌满耳朵。"奎奎"完了，这回完了，那满地的血告示它逃不过这一劫。龚吉只觉得天旋地转，自己的生命也在这一刻停止了。

考察组的人都哭了，嘉尔用手机发回求救，让基地速派医生带麻醉枪来，她声音哽咽得让对方听不清，差点耽误事。

这等待的几个小时中，他们都趴在地上一动不动，静静地哭泣。一头天籁般华丽雄壮的中国野生虎，就这样毁了！

他们听得到它痛苦的喘息，一声比一声低微，他们看得见它背上伤口冒出的血泡，一个比一个小。"奎奎"的生命之火在熄灭，在耗尽，但即便是这样，他们略有接近的动作，它依然奋力吼叫和跃动，双目似电闪。

附近的一支武警小分队接到通知，最先赶了来。他们带有麻醉枪和药箱，麻醉了"奎奎"后，人们跑过去，忙着给老虎止血和包扎，虎血接了几大茶缸，汇总有一脸盆。

那根罪恶的钢丝绳几乎勒断了"奎奎"的喉管，可人们没有能剪断钢丝绳的工具。急切中，武警带队的少尉用枪朝钢丝绳射击，打断了它，才把"奎奎"连脖子上的钢丝圈抬上担架。

朝山下走的时候，基地的医生也赶了来，他就地又为"奎奎"检查了伤口，注射了药物。医生说"奎奎"的两处伤都非常严重，需要紧急手术，当地的条件根本不够，而"奎奎"也不可能再朝外地转移。

听了医生的话，嘉尔和林教授商量了一下，立刻打电话给杭州方面，说明情况，要求紧急支援。

嘉尔哭救的电话惊动了各级政府部门，天没亮，一架空军的直升机运来了医生、药物和手术设备，手术就地进行。

医生清理伤口时发现，"奎奎"背上这一枪，击碎了它的脊椎骨，这就是说，即使能把它从死神手里抢回来，后肢也是永久性瘫痪，这头威猛敏捷的野生老虎，后半生只能拖着下身。

更让医生感到震惊和心痛的，是"奎奎"性子太烈，被套后曾剧烈挣扎，再加上后肢瘫痪拖地，整个阴囊都被身下的钢丝挂掉，两个睾丸粉碎了。

守候一边的考察组成员得到这一连串的噩耗，个个面如死灰！他们——或者说是整个中国和国际组织急需的野生中国虎的精液，一滴也没剩下。

"奎奎"奄奄一息，挽救和繁衍中国虎的希望已经彻底破灭了。

两天过去了，"奎奎"还没有脱离危险，这头能在数十秒内搏杀一头牛，吼声震撼山岳的老虎，卧在那里，靠人工翻身和管道输液，喉咙里气若游丝。

百山祖的日子是灰暗的，阴雨连绵，气压降低，人人胸口都堵得慌，似乎记不起来阳光啥样子，大自然都在为"奎奎"悲凄。

管理站食堂的饭菜几乎没人动过，炊事员顿顿都原样端回厨房。

林教授一下子老了十岁，背都驼了。嘉尔哭成了泪人，龚吉则是火冒三丈，怨天尤人，逮谁就骂谁。斯蒂文也明显瘦了，守候"奎奎"的时候，他出奇的沉默，一直遥望远山，或许，他已经对中国虎的拯救不抱希望，想回到生机盎然的印度原始森林中。

斑纹美丽、身姿勇猛的老虎血流遍地，几个参与救援的山民把这场面叙述出去，多少人捶胸顿足，西坑村小学的孩子们在课堂上痛哭失声。

公安部门的侦探专家数次赶往"奎奎"受害现场，做了地毯式搜查，经过几次反复拉网，终于找到了一颗弹头，它在击碎"奎奎"的脊椎骨后，又飞行了一百多米，洞穿一棵红果榆树的树干，落在树后密植的龙须藤中。

这子弹的威力骇人，树洞出口碗一样大，产生的高温烧焦了整个树洞。

弹头被迅速送往省城，由弹道专家进行鉴定和比对，以求从枪支

的来源上寻到案犯踪迹。

现场的侦探专家通过对子弹运行轨迹的测定，找到了射击者埋伏和开枪的位置，那是在一棵巨大的七叶树上。然而，罪犯显然有着极高的反侦查能力，没有在现场留下任何罪证，连一个脚印也没有。

专门从省城调来的警犬也派不上用场，现场强烈的老虎气味让训练有素的警犬乱了方寸。

更让考察组人揪心的是，他们听到的是两只虎的吼叫，也听到了两声枪响，另一颗弹头却怎么也找不到。

现场的勘察中，确实发现了"祖祖"的爪印，从爪印的分布判断，"奎奎"中招后，这头母虎一直围着公虎打转，两只虎的爪印多次交织在一块，估计是"祖祖"曾企图帮"奎奎"咬断绳索。

由于足印中血迹明显，斯蒂文推断"祖祖"也可能中了一枪。

现场采集的血样被迅速送检，结果印证了斯蒂文的判断，的确是两只虎的血，如果射中"祖祖"的弹头还留在它身体内，它的伤势也相当严重，即便不是要害部位，也会引发要命的感染！

考察组在分析现场时，清楚地看到这样的场景，中枪的"祖祖"并没有逃走，带着子弹继续帮"奎奎"挣脱虎套，直到考察组的人鸣枪赶来。

"祖祖"一步一血的足印顺着山坡朝上去，沿途的灌木丛中都可看到斑斑血迹。血印延续到峡谷的溪流边，才不见了。

对彼得·杰克逊博士来说，这是一个 Black Friday（黑色星期五），13 号正逢星期五，一年难有一次。就是这一天，传来"奎奎"重伤的坏消息。

IUCN 和 WWF 的高层都惊动了，电话和电邮来往频繁，他们最关切的，就是"奎奎"这只野生中国雄虎的生死。

"奎奎"苏醒了，斯蒂文第一时间发来报告，但它拒绝进食，还要靠输液维持生命，而且专家已确定，它的高位截瘫不能治愈。

巨大的悲痛，几乎击倒了杰克逊老头，他不光是因为"奎奎"的残废，也不光是因为中国虎拯救计划的夭折，还因为伴随他十年的"福福"，突然去世了。

事先没有什么征兆，"福福"前一天出奇的胃口好，还向他要吃的呢。

这半年来，"福福"的肠胃功能逐步衰退，杰克逊调整了它的饮食，不再喂大块肉，改喂伴有牛奶、维生素的肉馅，新食物营养搭配合理，也有助于消化，只是口感欠佳了些。

作为补充，杰克逊买了一大包牛腿骨，每天给它一个，让它啃啃，坏不了肠胃，还解馋，也能帮助牙齿运动。

昨天晚上，杰克逊和斯蒂文通完电话，睡觉前照例来看"福福"。他蹲在它身边，抚摸着它，轻声细语地和它说话，杰克逊相信，自己的每一句话，"福福"都听得懂。可那一会儿，"福福"似乎心不在焉，一边听他说话，嘴里却叼着一块啃过不要的牛骨头，在他面前玩个不休。

高龄的"福福"，早就没有猫科动物的淘气和爱玩了，它平时除了吃，就是养神和睡觉，对任何东西都不感兴趣，这会儿怎么把玩起牛骨头了呢？

杰克逊愣了一会儿，一拍脑袋，恍然大悟，原来牛腿骨恰好用完，这两天因关切"奎奎"的生死，没顾得上买新的。"福福"当面叼骨头给他看，是从侧面提醒他，该发它点心吃了。

大为内疚的杰克逊，赶紧向"福福"道歉，并向它保证，明天一大早，就到超市的肉店给它买骨头回来。

杰克逊博士没有忘记承诺，一大早他就驱车前往肉类屠宰工厂，那里的牛骨头相当于批发价。当他兴冲冲回来的时候，特意把一

大袋牛腿骨都拎往后院，他想让"福福"看一眼，这都属于它的。

他一来到后院，就发现不对劲，笼子里的"福福"离开它惯常伏卧的地方，而是换到右前角，也就是离他卧室最近的位置，一只前爪还搭在栏杆上。

它有什么事要找我吗？杰克逊丢了口袋，急忙跑过去，他发现"福福"的身体已经僵硬了，一双眼还没闭上，朝着他卧室的窗口。

杰克逊博士的眼泪喷涌而出。

35. 彭渊被抓

发了两天牛脾气的龚吉，稍一冷静，很快想起那天晚上萌发的灵感，他跑到嘉尔房间里，一把将她从床上拖起，二话不说朝外走。

"你干什么？"嘉尔被他拉得跟跟跄跄，"要往哪里去？"

龚吉脸色铁青，没有回答，他推出一辆摩托车，让嘉尔坐上后座，然后轰大油门，隆隆地驶了出去。

他把嘉尔带到了彭氏兄弟曾落脚的小屋子，这是他前一天从山民嘴里打听出来的。当然，这里早就空了。

龚吉毫不客气，抄家一样把屋子翻了个底朝天，找到不少可疑的物品，如方便面盒子、长途车票、废电池、打火机、截断的钢丝绳头、擦枪的机油，甚至还有两个猎枪弹壳。

这些足够警方立案侦查了，但龚吉不满足，他要找到直接的证据，证明病床上那个彭渊是该被老虎吃掉的混蛋！

最后，还是跑到屋后的嘉尔在草坑里发现了一个米袋子，从里面掏出一个小包裹，包得严严实实。

这是彭潭让彭渊砸碎并扔掉的东西，彭渊出于好奇，也出于贪心，他打了个诳语，说是处理了，却瞒着哥哥把这物件塞进米袋。

看来犯错误这个词，搁在坏人身上，就不是贬义了。

彭渊不犯这个错误，还会继续躺在病床上接受慰问，继续对着新闻镜头讲述如何受害呢。

嘉尔把包袱递过来，龚吉接住就迫不及待地扯开，里面露出的是那个从蓝果树上被盗走的红外摄像机！

更大的收获还在后面，当他们返回基地，把机盒内的录像带取出回放时，林教授和斯蒂文等都被嘉尔唤了来。

画面很快就吸引了所有人。

最先出现的是"奎奎"，清冷的夜色里，它显得硕大无比，身上的条纹呈白色，似乎是古代传说中神秘的蓝虎。

"奎奎"努力昂着头，虎口衔着苏门羚的脖子，从一片小叶蚊母树丛中出来，苏门羚的腹腔已被掏空，后肢也缺了一条。

大型猫科动物一般都从猎物的下腹部开始吃，它们用犬牙撕开相对最柔软的皮肉，内脏就露了出来。猎物的肝、肺、心等最适合吞食，就像人吃龟苓膏，呼噜咕咚朝下咽，一下都不嚼。如果时间从容，老虎还会用爪子把猎物肠子里的粪便挤出去，再像吃寿面一样吃肥肠。

这个顺序符合节约和卫生，内脏不好保存，应该先吃掉。

"奎奎"把苏门羚拖到一棵大叶如伞的通脱木树下，它兜了两个圈子，选好地点，快速用前爪刨开线蕨和落叶覆盖的泥土。吃饱了的"奎奎"干劲十足，一个大坑瞬间就挖成了，它把苏门羚叼了进去，并用后腿覆盖上泥土和线蕨。

盖好之后，"奎奎"还反复地在周围嗅着、检查着，用爪子整理线蕨的形状、落叶的稀疏，让它们和周围的环境没有异样。

看着"奎奎"这些熟练和精湛的动作，考察组的人心如刀绞，这头活灵活现的野生虎，此刻还在吊盐水，这森林再也不属于它的了。

"奎奎"离去不久，画面上就出现了两个人影，鬼鬼祟祟，立刻就吸引了考察组的注意。

很明显，这是两个盗猎者，他们各自端着一支枪，身上还背有成

圈的钢丝绳，随着他们的移动，钢质的绳圈反射着不祥的亮光。

观看的嘉尔，突然抓住龚吉的手，很紧张。

"怎么了？"龚吉吃了一惊。

"好像是那个人，那个跟我一道坐车的。"

画面中，这两个人影来到蓝果树下，抬头朝摄像机看，两个人的嘴脸再清楚不过地暴露在镜头下。

嘉尔清楚地辨认出来，就是他！

这个人说了句什么，另一个就放下猎枪，冲摄像机爬了上来，最后还对着镜头做了个鬼脸。

尽管因为焦距太近，他的鬼脸全都变了形状，但所有人都认出来，这家伙就是那个被"奎奎"攻击的彭渊。

考察组用电话把情况做了汇报，龚吉自告奋勇，骑摩托车把录像带和其他证据送往了公安部门。

怒火中烧的他没有直接回百山祖，而是跑进了县医院。守卫彭渊病房的警察大意了，因为龚吉这张脸也小有名气，至少警察都知道他是考察组成员，见彭渊应该不需要请示和批准。

直接冲进病房的龚吉，一把将彭渊从床上揪下来暴打，吓得旁边一个年轻女义工叫得像杀猪。

惊愕的警察赶进来制止龚吉，医生和护士也都跑过来，愤怒的龚吉几个人都摁不住，病房乱成了一团糟。人们都糊涂了，不知道考察组的人为什么要发疯般地打这个被老虎咬伤的农民。

当更多的刑警赶到医院时，医生们更是惊得目瞪口呆，刑警们并没有给殴打者戴上手铐，反而把那闪亮的玩意铐在刚躺回病床的彭渊的手腕上。

对彭渊的审讯不怎么费事，他被龚吉那一顿打吓破了胆，随便一个什么考察组成员都敢朝死里揍人，警察不一定会怎么着呢。

别看彭渊平时好惹事好要横，那都是耗子扛枪——窝里横，有当哥的罩着，他敢打人，谁也不敢抡圆了打他。

这哥哥找不着，彭渊就没了底气，还扛什么？乖乖的吧。

他的合作，除了压根就是一个欺软怕硬的熊包外，龚吉打他的这一案的处理，也给了他实实在在的启示，如果你太缺德了，就得受报应，就得倒霉，放屁都砸自己的脚后跟。

回过头讲，龚吉着实担了几分风险，他拳头硬不到哪去，可把彭渊扯下床那一摔，让虎咬的伤口崩裂开线了，不得不重新缝合。

从刑法上说，龚吉已经构成了伤害罪，公安局秉公办事，开展调查。

彭渊是盗猎者的说法已传开，尤其是"奎奎"那血流遍地、奄奄一息的镜头出现在千家万户的电视机上后，人们对彭渊的同情戏剧性地转为憎恨。

被调查的医生和护士都说没看见龚吉拖彭渊下地，值班警察说他赶进来时，彭渊已经躺在地上，可能是龚吉拖的，也可能是他自己摔下来的。

最关键的证词最微妙，来自那个照顾彭渊的女义工。

这是一个大二学生，老虎的"粉丝"。她听说山民被野生虎攻击，为代老虎赎罪，就暂停学业，义务照顾彭渊，好缓和人们对老虎的怨愤。

当龚吉冲进病房时，她是唯一的证人。但是，她得知自己关爱的对象不是老虎的受害者反而是害老虎的凶手，气恼得恨不得打自己的嘴巴。

作为唯一证人，道德观约束她又不能撒谎，良知又让她站在龚吉一边，于是，她的关键证词是，她没看见龚吉揪彭渊，也没看见龚吉没揪彭渊。

最后呢，就是医学鉴定了，鉴定结果是彭渊的伤口是撞击而开线，不是打击。这的确是事实。

既然没有任何人看到龚吉揪扯彭渊，那彭渊落地使伤口裂开出血的原因只能归咎于地球的引力了。

龚吉是赶巧进来，踢打了两下，既然没有啥大责任，就给予口头警告了事。

当民警向彭渊宣布这一调查和处理结果时，彭渊蔫儿了，一大群人睁眼说瞎话，自己不是掉进人民战争的汪洋大海里是什么？每一滴水都想淹死你，淹死你还落一个你淹死了大海的结局。

彭渊明白了处境，不用审讯民警开导，敞开布袋倒核桃，稀里哗啦，有的没有的，都吐了个底朝天。

根据彭渊的交代，公安机关发出了B级通缉令和悬赏，通缉偷猎国家一级保护动物华南虎的嫌疑犯彭潭，报告其线索者，可得到五万元的赏金。

自彭渊被"奎奎"攻击后，彭潭就不见了踪影。据彭渊交代，那天他和哥哥分两路进山，分头查看下套的地点。估计是彭潭得知弟弟落入虎口，立刻就收拾东西溜了。

为使主犯归案，省公安厅拨出专款，调集有经验的刑警分成三个抓捕小组，根据彭渊提供的线索，一路下广东，一路赴东北，一路赶往彭潭的老家河南。

36. "祖祖"的下落

彭渊的口供分几批转给了百山祖基地，刑警们从中梳理彭潭线索，考察组则依靠这些材料来解开"奎奎"的行为之谜。

"这样看来，'奎奎'伏击彭渊是有预谋的，绝对不是遭遇，也不是一时兴起。"在一次研讨会上，林教授这样断定。

斯蒂文同意这个分析，点着头说："彭渊在设置虎套和虎夹的时候，留下了自己的气味，这气味被'奎奎'记住了。"

龚吉和嘉尔认真听着专家的分析，他们不懂老虎，所以更想多知道一点关于老虎的知识。不过这也和打牌一样，老手常被经验所局限，出牌越来越谨慎，倒是一个啥也不懂的新手上来胡打，保不奇还赢了老手。

龚吉就是这样，他忽然大发宏论，把"奎奎"当人来推断，讲出它的行为心理和轨迹，以及一个完整的故事。

龚吉说，"祖祖"一直跟偷猎者打交道，养成了回避的习惯，甚至和下套的人斗智。"祖祖"甚至能听得懂人们说什么，就像老鼠能听懂放耗子药的人说什么一样，所以"祖祖"总是胜家。但"奎奎"不同，它是一头雄虎，又血气方刚，还是外来者，它不能容忍独眼野猪的挑衅，也就不能容忍盗猎者一而再，再而三地尾随和陷害自己，所以它决心教训彭渊。

它这样做也是给"祖祖"看的，想再次证明自己比"祖祖"厉害。

龚吉说，"奎奎"伏击彭渊的时候，"祖祖"肯定在附近，这两只老虎一直在一起，不会随便分开。

是"祖祖"救了彭渊的命，两只老虎相互妥协，彭渊可以被教训，但不能被杀死，"祖祖"更知道人类的厉害，它不想被报复。结果就出现了"奎奎"咬倒彭渊后，却松了口。"奎奎"后来跟随彭渊出山，是明显的驱逐行为，它想让彭渊明白，再也不要进入自己的领地。

林教授和斯蒂文都听得很认真，他们显然不会完全接受龚吉的说法，但一时也找不出更合乎逻辑的推断，不妨听之。

嘉尔发问了："既然老虎像你说的智商那样子高，'奎奎'怎么又被套上了呢？而且'祖祖'和它在一起的呀？"

"这就是'奎奎'倒霉的地方。它警告了彭渊，又驱逐了他，自认为就安全了。他没想到彭渊还有一个哥哥，也没想到赶走了人，陷阱和虎套依然有效。还有一种可能，就是兄弟俩的气味太接近，让'奎奎'误认为是一个人。反正它是大意了，人比老虎所想的坏得多，人造工具也比老虎想的险恶得多。"

"你是说，老虎做事还知道分寸，还知道宽容人？"

"可不，老虎的宽宏大量却被人误会，如果不是那个摄像机，没人知道彭渊是坏蛋，都认为老虎平白无故地咬人！"龚吉咬牙切齿。

"你认为他讲得怎么样？"斯蒂文问林教授。

"不能说一点道理没有，但无法求证，永远也求证不了。"

"这只能是一个小说，"斯蒂文对龚吉评价道，"你是一个有想象力的小说家，但作为学术思考，还不能成立。"

"我管它成立不成立的，我管你们信不信的，反正我信！你们是书读得太多了，钻进去反而出不来，自己绊住自己的腿。这么明白的事，一眼就能看透，你们还求证来求证去，连个结论也不敢下。我就相信我的直觉，一点都不会错！'奎奎'比你们想的要聪明得多。"

嘉尔听出了火药味，赶紧插话制止龚吉。因为"奎奎"的不幸，考察组沉浸在悲痛中，好不容易平静了几天，也因为彭渊的落网，大家的意见破天荒地一致了好几回，她真不想让这难得的气氛被破坏。

"先别争了，还是谈谈'祖祖'的下落吧，这么多天了，怎么一直没踪影。"

嘉尔一句话，点到了人们的软肋。这是考察组最揪心的，自从"奎奎"被套，两虎受伤，"祖祖"带着枪弹从公虎的身边离去，就再也没有了踪迹。

所有的摄像机都一刻不停地日夜工作，考察组每天都进山查看，武警小分队也受命搜索，连一根虎毛都没有发现。

所有投喂点都定期巡查，却不曾发现"祖祖"光顾过。只有西峰南坡的马尾松林中，食物曾被吃过，四周还留下碗大的梅花足印。考察组闻讯，兴奋地赶过去，到地方就失望了，那是一头华南豹的足迹。

"祖祖"——这头百山祖之王，这个幽灵般的山神，就此销声匿迹了。

考察组的人不止一次地去到"奎奎"的受难处，每次都会沿着"祖祖"最后的路线，走到山溪旁边。

这是百山祖水系的一条支流，水量不大，却常年不干，即便是旱季，照样飞流如注，挟带峡谷的回音，跟打雷一样响，十里外就听得见。溪流两边堆满铁灰色的巨石，大片的芦苇和水生植物从石头缝冒出来，遮住了流水，你听着轰轰水响，不见水流。

"你说，'祖祖'还会活着吗？"嘉尔问林教授。

林中原答不上来，为了安慰这个姑娘，他想说活着，可往下怎么说呢？

龚吉开口了："我觉得它还活着，如果死了，总会有尸体吧，就算尸体被其他动物吃了，也还有个骨架，找不到骨架，就不算是死了。"

斯蒂文摇头了，他不是抬杠，只是就事说事："百山祖有很多溶洞，'祖祖'受了伤，有可能躲进去。它如果死在洞里面，我们可找不到。"

斯蒂文的话给了一个人们最不愿意的设想，可也是最可能的结果。

"祖祖"多天没有任何动静，应该是躲进了某个山洞。"祖祖"是百山祖的女儿，长在这里，它隐蔽的地方，人绝对甭想找到。如果它因伤重死在里面，中国虎的历史就在谜中画上了句号。

"祖祖"的最后一个足印被雨水冲掉大半，剩下一些渗进石头皱褶

里的血迹，人们的目光都投了过去。这是中国野生虎的结局吗？是"祖祖"的遗产吗？没有这点黑褐色的血迹，中国野生虎活动的痕迹还上哪儿找？

人们在青海保护藏羚羊，在秦岭保护朱鹮，在四川保护大熊猫，还有金丝猴、丹顶鹤、娃娃鱼什么的，成绩显著，功劳到处炫耀。殊不知，它们一千只也不抵一头华南虎。

这些动物再珍贵，也只处在动物金字塔的中下层，华南虎才是塔尖。

保护藏羚羊并不难，有草吃没人打就行，三五万只、七八万只，十几万只都是时间问题，哪天太多了，啃光了草皮，还要组织人力有计划地捕杀。

可老虎呢？即便多花上十倍的气力，也未必能保护住野生虎。茫茫的大山中没有虎，山都会寂寞，森林没有虎，也会感到沉闷。

在动物的王国里，食草类动物只是绿叶或陪衬，虎才是最鲜亮的花朵。

37. "奎奎"认出了彭潭的气味

百山祖的这个冬天是寒冷的，下了三场雪，有一场还特别大，巍峨的山林出现冰挂奇观。因为气候逐年变暖，浙江的雪越来越少，西湖的雪景很有名，如今只能从画中欣赏了。

地处浙南之端的百山祖，依然年年有雪，为什么，还用说嘛。假如百山祖能扩大百倍，整个浙江冬天会被大雪覆盖，夏季三天一场雨，"热岛"杭州的气温最高也不会超过三十二摄氏度，白天一把蒲扇，晚上一条薄棉被就过夏了。

雄虎"奎奎"经过特殊护理，死里逃生，它一度不吃不喝，似乎要自绝生命。

为了让"奎奎"进食，考察组可费了不少脑筋，你总不能老给它吊葡萄糖水吧，何况老虎的点滴是容易打的吗？要麻醉要捆绑，还不够折腾它呢！

人们千方百计撩逗"奎奎"的食欲，给它活鸡活鸭，甚至活羊活兔，都不管用。"奎奎"还险些抓伤了龚吉和斯蒂文。

在人们最绝望的时候，转机出现了，人们发现了"奎奎"对崔嘉尔似乎另眼看待，每当崔嘉尔出现，这头老虎就显得安静，盯着她的目光中，难得透露几丝柔和和温顺。

斯蒂文兴奋了，说这是切入点，或许能治疗雄虎的心理创伤，必须抓住。考察组让嘉尔尽可能地打扮漂亮，越漂亮就越吸引"奎奎"的目光。

照龚吉的分析，崔嘉尔和"奎奎"的关系深了去了，"奎奎"首次出现，就是和嘉尔一块避雨。

这头野性十足的老虎当时深藏不露，暗中盯嘉尔是什么心态？也只有它自己知道了。

一段时间内，崔嘉尔取代了饲养员的职务，她守在笼子跟前，慢声细语地和"奎奎"说话，一聊就是两个钟头，直到"奎奎"微微打盹。慢慢地，"奎奎"离不开崔嘉尔了，若一天不见，它就焦躁不安，吼个不停。

进食也是嘉尔教会的，她手里拿着切好的鲜羊肉，朝自己的嘴里比画，然后再劝"奎奎"吃下去，就像哄孩子一样，你别说，还真灵验，"奎奎"终于在嘉尔手上吞食了第一口肉。

基地在招待所的东侧划出面积，给"奎奎"建了个三十平方米的圈笼，还附带一间十二平方米的房子，里面配备了冷暖空调机，让它避暑和取暖。这待遇超过了斯蒂文。

但"奎奎"似乎不领情，自从进了牢笼，这头雄虎拖着后半身爬到铁笼一角，相对来说，此地离远山最近，它趴在那里不挪窝了。

伏卧在铁笼一角的"奎奎"，冷漠面对嘉尔以外的任何人，它隔着铁栅栏，用黄澄澄的眸子，久久凝视着云雾缭绕的山林，每到夜晚，它对着夜空发出长长的吼啸，啸声悲凉怆然，激荡于群山。

这一天，基地来了个特殊的探访者，就是本书最先露面的刘土环。

龚吉第一个看到了他，差点没认出来。他们两个都是发现野生虎的功臣，因为他们的发现，闹出这么大的风波，一只虎残了，一只虎没了，这样的结局，让见面的两个人都有些不是滋味。

龚吉先打招呼："是你啊，稀客、稀客，你怎么有空过来了？"

"来给老虎送点草药，听说它半身不遂了。"

"北京来的医生都治不了，草药能管用？"

"试试吧，这儿的老人都说偏方治大病。"

"你这都是什么草药？"龚吉好奇地审视着，"自己进山采的？"

"这是野生天麻，"刘土环介绍着，"这是接骨木果，这是白穗花，都是治风瘫长骨头的。"

"兔子是治什么的？"龚吉开始调侃了。

“什么也不治，算给老虎当点心吧。”

他们两个说着走着，脚步自然朝铁笼子挪动。“奎奎”所在地有强大的磁力，吸着人过去。

不管谁来基地，搭界不搭界的，都不由自主地先到笼子跟前走一走，看两眼这只被盗猎者致伤残的野生老虎，说几句同情的话，骂一骂恶人。

刘土环跟虎有缘，又是专程来送药，还有荤有素，龚吉当然不能阻挡他的步子朝铁笼子移动。他还有一肚子感慨想朝刘老哥发发呢，毕竟他俩都和野生华南虎情缘特殊。

“你说，老哥，这叫什么事？”龚吉倒退着讲起来，“咱俩到底是功臣还是罪人？华南虎是咱们发现的，三十年来头一个，给国家立功了吧？可结果呢，反而害了老虎！咱们要不发现老虎，没准人家还活得好好的……”

倒退着的龚吉情绪激动，话还没说完，忽然背后一声巨吼，龚吉的耳朵一下子聋了，就像谁把榴弹炮架他肩上开火。他脚下的好几层地皮同时抖了几抖，刘土环跌了个屁股蹲，砸一个坑在地上。

他手里的兔子也蹦跑了，和锅底差不多的一张黑脸，那会儿比卫生纸还白。

龚吉晃着脑袋回头看，一阵暴寒！只见“奎奎”张着血盆大口，说血盆都客气了，眼瞪得真像两个铜铃铛，朝他们咆哮。

这头老虎硬撑着身体，奋力扑起，尖刀一样的十个爪子全都伸了出来，抓得铁栏杆“哧唥哧唥”响，十八毫米粗的钢筋都被它弄弯了。

那一瞬间，龚吉不光聋了，也懵了，只感觉“奎奎”要扭断铁栏杆扑出来，慌张中，他拖着地上的刘土环就跑，没想到这老兄比死人还沉，不但没有拖动他，自己也绊了个跟头。

基地的人都被惊动了，紧张地跑了过来，从来没有听“奎奎”这样狂吼过，也没见到它这样愤怒，什么使它爆发了呢？

人们赶过来，嘉尔一连声地安慰“奎奎”，也不管什么用。其他人

更不知道能做点什么，靠笼子太近，怕更激怒"奎奎"，于是大家动手，先把地上的两个倒霉蛋架到一边。

"奎奎"并没有罢休，依旧冲这边舞爪怒吼，虎嘴张到极限，能看见洞口般的咽喉，喷出的腥雾如雨蒙蒙，血红的上下颚露出四个大犬齿，刺刀一样反射着杀气和白光。这当口谁要把脑袋伸过去，咔嚓一声就成了碎鸡蛋。

"你真讨厌，逗它干什么！"龚吉的听力刚恢复，兜头被嘉尔怒斥一句。

"谁逗它了？我、我、我连看都没看它一眼……"龚吉一向伶牙俐齿，这会儿一急，嘴里直拌蒜。

"你不惹它，它怎么会这样？"

"我怎么知道，你问他，"龚吉指向刘土环，"我干什么了？"

刘土环惊恐未定，说话结结巴巴，根本就顾不上替龚吉作证了："我是是……是来送药的呀。"

众人全都像一句老话说的，是丈二金刚，摸不着自己的头脑了。

看情形他俩不像是挑逗了老虎，可一向沉默的"奎奎"怎么了？那睁圆的眸子，喷发着愤怒和仇恨，那拼命的劲头，显然是受到了刺激。

崔嘉尔回身，尽力做着安抚的动作，柔声规劝，想使"奎奎"平静下来，依旧不起什么作用，狂野的老虎冲这边怒吼不停，那声音直洞洞的，空气中形成音障而又突然爆破，每一声都让人心惊肉跳，震耳欲聋。

人们都傻在那里，只有龚吉在一边嘟哝："我没招你惹你呀，早上还帮你杀猪呢，怎么翻脸不认人？冲我就来了。"

林教授看斯蒂文，斯蒂文也纳闷地摇头。林教授再把目光落在刘土环身上，"奎奎"到底冲谁吼叫？这里都是基地的人，他是唯一的变数。

林教授拉住刘土环："你跟我到这边来。"

刘土环不知道林教授什么意思，听话地跟他走。他们两个离开人群，走到笼子左边，果然，"奎奎"也转向了，冲他俩吼叫。

"你再走到那边去！"林教授指着右边空荡荡的地方。

这会儿的刘土环一身巨汗，他也感觉到老虎盯死的是他。他颤悠悠地朝另一边走，每一步都天摇地动，生怕老虎破笼而出。

一点都没错，"奎奎"的目标是刘土环，他走到哪里，"奎奎"愤怒的视线就跟到哪里。

"原来是你小子的原因，差点把我一块捂到里面！"龚吉叫道，"你做什么缺德事了，还不快说！是不是跟姓彭的一伙？"

"我、我——"那老实人急扯白脸，都不知道该怎么辩解。

众人虽都不是侦探出身，也能看出刘土环不是那号人，半斤白酒壮胆，也不敢去偷一只鸡，死老虎躺地上都没胆量摸一把，怎么会和彭家兄弟沾上边。可"奎奎"怎么就死磕上他了呢？

"你来送什么药？"嘉尔问他。

"天麻、接骨木，还有白穗花，都是我自己采的，还有一只山兔子……"

"兔子呢？"嘉尔环顾左右。

"刚才被老虎一吓，我松了手，兔子跑了。"刘土环顿了一顿，又赶紧解释，"兔子是我换的，有个人想要我的野三七，给了我一只兔子。"

斯蒂文的眼睛猛然亮了："在什么地方换的？"

"就在山下……"

"离这里多远？"

"不远，两三里路。"

斯蒂文一蹦多高："那是彭潭，快去抓他！"

没人再顾得上仔细问了，全都撒丫子跟斯蒂文朝山前跑，只有林教授跑了两步折回来，进屋子给警方打电话。

38. 追捕彭潭

　　抓捕彭潭的刑警，分三路跑了大半个中国没找到彭潭，没想到他还蹲在百山祖！这小子真狡猾，也真大胆。

　　刘土环说的地方是个山脚，背后就是百山祖核心区的原始森林，那个拎兔子的人就是从原生的黄山松林里走出来的。

　　人们喘着气，呆呆望着暮气中的森林。空中一队候鸟成雁阵掠过，林中发出巨响，一棵高大的病树"哗哗"倒下，砸得一溜树木猛烈摇摆，枝叶迸飞。

　　一只鹰"嗖"地直射云空，翼下露出橘红色的羽毛，那是赤腹鹰。丛林中跳出一只大灵猫，当它看到路边的一大群人，立刻转头，飞身上树不见了。

　　人们同时意识到自己有多笨，如果那个人真是彭潭，他还会在这里等你吗？他能从公安的眼皮底下溜走，就更不会让你抓到他。

　　这森林容不下一只老虎，可要钻进去个把人，你开进一个旅也难找着他，更何况彭潭是一个有着丰富野外生存经验的家伙。

　　回到基地，斯蒂文说出了他的判断。

　　"刘土环在山下遇上彭潭，两个人交易的时候，刘土环沾上了彭潭

的气味。'奎奎'对这气味太敏感了,哪怕是一丝一缕,也让它大受刺激,它的灾难是从这气味开始的。"

"奎奎"的记忆中,这气味来自仇敌,所以造成它的过激反应,它要复仇。

闻讯赶来的公安盘问了刘土环,从他描述的相貌特征判断,断定那个人就是通缉犯彭潭。公安人员真是窝火。

"到处都贴着通缉令,你睁着两只眼还认不出来,如果早向我们报告,彭潭已经落网了。"派出所所长忍不住训斥刘土环。

刘土环懊悔地直打自己的脑袋,他真认不出来,就像先前分辨不出老虎和豹子,他不是笨,是天生有图像记忆缺失症。

彭潭还在百山祖!指挥部和专案组刑警都被愚弄了,他们切齿咒骂着,紧急行动,部署对这个悍匪的追捕。

百山祖的旅游暂停了,抓捕到通缉犯之前,即使有一万个理由也不许重开。

数个武警支队调进山,封锁了所有路口,连多少年弃之不用的羊肠小道都上了岗,二十四小时值勤。这期间,指挥部还不断派遣小分队深入密林,搜索可疑的踪迹。

更多的刑警和附近所有的乡村干部被动员,手里拿着带彭潭头像的通缉令,挨家挨户地询问和排查,只要是二十岁以上的男子,一个都不漏过。

警方懊恼透了,立军令状补过,像上次让兄弟俩还能找到住房的疏漏,绝不会再发生了。

悬赏十万果然有效,警方不断接到举报电话,这一带好几个与彭潭相像的男人都被检举一遍,其中一个被接连举报两次,赌气再不出门。还有一个老兄更冤枉,他和彭潭长得一点也不像,估计得罪了谁,被恶作剧地报复。

警方多次紧急出动,扑空也不抱怨,他们的执着终于得到回报。一天清晨,夜雨刚过,一个山民赶早进山偷采竹笋,这不太合法,但

山民有自己的道理，野竹笋不采白不采，野猪会把它啃光。

他爬到东山海拔八九百米的半坡，那里有成片的玉山竹，也有一小群野猪。他的到来，惊散了野猪，这些畜生不大情愿把可口的竹笋都让给他，就满竹林地和他打游击，你挖这头，我刨那头。

山民也来不及和野猪较真，只忙着猪嘴下抢食，看谁快！偶然中，他想歇一歇腰，一抬头，看到对面山坡的铁杉树林里有个人，靠着一棵大树发呆，这人的个头和样子很像通缉犯。

估计是野猪的哼唧声麻痹了那人，他没有注意到竹林中的山民。

这山民惊中有喜，喜中也怕，他连半篓嫩竹笋都不要了，赶紧跑回来报告。

派出所的所长得到报告，来不及召集更多的人，带着五六个民警就进了山。他们赶到东山北坡的铁杉树林，彭潭刚刚离开，他们顺着脚印追踪，一路追到山谷，那里布满着巨大的蕨类植物，彭潭一头扎了进去。

他们搜索的时候，彭潭开枪拒捕，双方打了起来。一时山谷里枪声响成一片，惊得四面山林中的鸟群腾飞聒噪。

彭潭那小子枪法贼准，而且是在暗处，民警在明处，结果两个民警被射中，一重伤一轻伤，彭潭借着蕨类植物，顺河谷一直撤到对岸山脚下。

对岸的地势更复杂，蕨类植物紧连大片的沉水樟，樟树上又爬满藤蔓，而且头上蜘蛛网密布，脚下蟾蜍乱跳，毒蛇游走，组成一道生物屏障，没有野外追捕经验的民警根本下不了脚，眼巴巴地看着彭潭消失在里面。

这次围捕失败，让那个派出所所长受到严厉批评，他过于立功心切了。如果他不打草惊蛇，等待武警分队到达的话，有三个彭潭也别想溜走。

大家的沮丧中，枪击现场有了略让人振奋的报告，彭潭也受了枪伤，是一路滴着血逃走的。

指挥部立刻下令，百山祖一带的药铺都布置了蹲守，所有的村民也都接到通知，只要有任何人买外伤药，立刻报告。

数十天后的一个深夜，"奎奎"忽然躁动不安，它拖着后肢，扑到栏杆前来回移动，栗色的眼睛，炯炯有光地远眺黑黝黝的山林，不时发出低沉的吼叫。

老实巴交的饲养员慌了，怕出什么意外，叫醒了考察组的人。

林教授等人都披衣过来，仔细观察着"奎奎"，它显然是受了刺激，很紧张，注意力始终在深山的方向，对任何引诱都不理睬，大概持续了一个多小时，"奎奎"才慢慢平静下来。

"奎奎"平息了，人们睡意散得没影，他们把目光投向山峰，直抓后脑勺。当晚没有月亮，夜黑得很，但山峰黑得更狠，还是凸现出沉重厚实的轮廓，月黑的夜晚，黑乎乎的大山让人产生恐惧和敬畏。

"那里有什么东西让'奎奎'睡不着觉？"嘉尔问。

"可能是什么野兽下山了，又被虎叫吓了回去。"林教授说。

斯蒂文赞同："可能是野猪群，它们刺激了'奎奎'捕猎的欲望。"

如果这是个偶发事件，过去就拉倒了，根本就不值得一提。没想到第二天同一时间，"奎奎"再次骚动，还是对着那座山，弄得考察组还得起夜。这还不说，一连几夜，"奎奎"都是如此，得认真对待了。

考察组的人在白天进了山，走到"奎奎"朝着吼叫的方位，反反复复搜查。

那是成片的常绿落叶阔叶混交林，中间夹有一条山溪，溪水两边多是象耳芋，叶子大的和象耳朵差不多，小的也不亚于小孩屁股。他们在象耳芋里趟了几个来回，什么也没发现。

回来后，专门和警方的人开了联席会议，大家经过分析，一致认为是某种野兽的可能性小，没有哪类野兽有胆量夜夜和老虎逗闷子。很可能又是那个消失了一阵子的彭潭。他夜里活动的信息，被"奎奎"的某种感观功能察觉了。

更危险的是，彭潭因为受了伤，很可能产生报复心态，想借黑夜

潜到附近，寻机杀死"奎奎"。

这个结果让大家坐不住了，一个精密的抓捕计划很快制订出来。既然彭潭多次活动于同一方位，他很可能就躲在峡谷的某个溶洞里。

进溶洞搜他等于拳头打跳蚤，肯定没戏，干脆就守株待兔，张网伏击他。

公安局的一个副局长带着赵队长去勘察了地形，在溪流两侧标定出七棵大树，每棵树上蹲守两到三个人，方圆几百米的范围都在掌控之内了。

地形确定，又开始精心选人，指挥部发了狠心，非抓获彭潭不可，十几个特种兵都百里挑一，而且很有针对性，全是神枪手不说，还都擅长擒拿和长跑。武器更精良，全部配备了红外夜视仪器和狙击步枪，只要他彭潭露头，活见人死见尸，绝无再漏网的可能。

但这些特种兵缺一样，那就是原始森林的知识，考虑到森林里栖息有国家各类保护动物，也考虑到他们本身的安全，指挥部要求考察组的人参加蹲守，各自分到一个小组里，进行有关指导。这当然是考察人员求之不得的事。

进驻在正午时分开始，这是森林最安静的时候，大多数动物都在睡觉，为夜间的游猎储备精力。

39. "祖祖"生了三只小老虎

二十多人的小队伍静悄悄地进了山，全部身着迷彩服、软靴，还有头盔。这两天正逢月圆，为防止月光反射出白脸蛋，个个都在面部涂上深绿的彩条，看上去酷毙了，让龚吉大呼过瘾。

龚吉要求多带一架红外摄像机，准备把抓获过程记录下来，估计抓捕成功后，这段记录会给各级听汇报的领导留下深刻印象，而且也

一定会被各家电视台抢购，指挥部破例批准了。

位置在出发前就分配好了，各个小组都带有图纸，他们潜到位后，相互用手语进行联络，然后上到大树上面，开始了长时间的蹲守。他们的伪装棒极了，也非常安静，猛然增加这么多人和装备，竟没有给原始森林带来任何异样，人——真的是最可怕。

一只黑枕绿啄木鸟险些落在特种兵的枪杆上，还有一只猎隼闪电般袭来，在斯蒂文的头盔上方抓走了一只乌鹃，剧烈的扑腾和"嘎嘎"声非常短促，瞬间就恢复了平静。

森林的黄昏很短，刺目的光线一消失，大山的轮廓就模糊了。

又是一个森林中的不眠之夜，月亮从东山头升起，倒映在溪流中，清亮的溪水"哗哗"冲洗月亮，让它更加清亮了。

林教授的手机一闪荧光，有短信来。他轻轻打开屏幕，是留守基地的人发来的，说是"奎奎"再次出现不安，关注的就是这边。

静默中，林教授把短信转发给各棵树，彭潭就在附近！人们立马

打起了精神，都把眼睁得溜圆。

林中忽然一声猿啼，声若警报，虫声蛙鸣戛然休止，带着夜视镜的人都紧张搜索自己的区域。溪流边，象耳芋和芦苇的间杂处，突然出现拂动，波纹由远而近，似乎是一阵暗风流动。

人们屏住了呼吸，牙缝直痒痒，王八蛋，你终于来了，该了账啦！

草丛晃动中，豁然分开，一个特种兵本能地要打开狙击步枪的保险，却被斯蒂文及时按住。

月光下，流水荡漾，树影婆娑，草丛边站立的不是彭潭，而是一头老虎。嘉尔几乎要喊出声，她狂喜地认出，那是他们牵肠挂肚的雌虎"祖祖"。

水一般皎洁的月光下，这头斑斑斓斓的老虎立在草丛前，它极显威风，充满震慑力，强烈刺激人的感官神经，让人难以承受。它不像是真的，是在神话世界，是在梦境中。

谢天谢地，"祖祖"还活着，它真的活着，活生生地在你眼前！

特种兵们惊喜了，真当赚，简直白捡一个漏，逮嫌疑犯没逮着，看到一头野生虎，跟动物园毫无生气的人工饲养虎比，一个天上，一个地下。

考察组的人却悲喜交集，这头在月下依然威风不减的大老虎，其变化逃不过他们的眼睛。

"祖祖"明显老了，消瘦了一大块，到处骨节突出，脊椎骨尖薄，显出刀状，放块豆腐上去，立马两半。它后腹部深深凹进去，肚皮松弛低垂，像头干瘪的母猪。考察组的人刚高兴一半，辛酸就袭上心头。

"祖祖"没有发现树上的监视者，它站在芦苇边，耳朵四下转动，眼睛如白炽灯泡，鼓着亮光。它比过去都来得警觉，仔细地观察着四周，然后小心翼翼地朝前走了几步，又站住了。

它回过头，发出低沉的吼声，芦苇丛三晃两晃，两只如猫大小的老虎蹒跚跑出来，紧紧偎依在母虎脚下。"祖祖"看了看草丛，再次发出低吼，那里晃动再三，却出不来什么东西。

"祖祖"掉头进去，将第三只小老虎衔了出来。这是一只病弱的小虎，体积明显小于前两只，走路都显得分外吃力，四肢虚软，小脑袋几乎抬不起来。

　　人们又一下被刺激狠了，震惊、狂喜和错乱！

　　林教授老年痴呆的病因就是这会儿种下的，斯蒂文的血液本来就泵不到脚上去，这一刻，膝盖以下都冰凉僵硬了。龚吉甚至没想起打开摄像机的镜头盖，他抱着树干，眼泪哗哗流，哭得淌掉了。

　　直到"祖祖"离去，人们下树集合，他还在树杈上热泪涟涟。

　　"祖祖"衔着最弱的小虎，走向山头，两只小老虎扭嗒扭嗒跟着跑，不时因为抢道，把其中一个撞翻，好玩死了！

　　那个山头不高，无遮掩地对着遥远的基地。"祖祖"上到山头，放下小虎，耸立着，目光炯炯，朝山下微弱的基地方向眺望，那是"奎奎"所在地，夜幕低垂，月色朦胧，什么也看不清。

　　远眺的"祖祖"，喉咙深处发出吼叫，这吼叫和人们惯常听到的虎啸不同，以重低音为主，短促、深沉、穿透力极强。

　　这一刻，不要说喜好假大空的龚吉了，连最刻板的斯蒂文都坚持认为，他也听到了"奎奎"的回应。几十里山路，怎么可能呢？除非

是放炮。可谁要是明说不相信，龚吉就真跟谁急。

考察组的人很快被召集到会议室，为幼虎做技术分析。

"'奎奎'是去年10月底受伤，"林教授推算道，"那个时候，'祖祖'已经受孕。老虎怀胎约103天，小虎应该是今年2月中旬出生。"

"这正好符合老虎在初春和秋末产仔的习惯，这两个季节是食草动物的分娩高峰，无论是母兽或幼兽，都更容易捕杀。"斯蒂文说。

"人家这才是真正的计划生育。"开心的龚吉又调侃了。

"不是计划生育，"斯蒂文又在那里认真，"猎获率直接关系到虎崽儿的成活率，这是无形中操纵母虎繁殖的数学公式。"

"这样推算，三只小虎现在应该是三个多月大，还在哺乳期吧？"嘉尔问。

"对，一般来说，母虎要等五至六个月后，才带小虎出洞。"林教授表现出顾虑："这么早把三只虎崽儿带出来，'祖祖'的行为是有些反常。"

"一个可能是'祖祖'恰逢换窝，让我们碰上了，"斯蒂文分析道，"要么就是不能把'祖祖'当普通的老虎，它是常有一些让人不可思议的举动。"

"我觉得，'祖祖'已经知道'奎奎'还活着，专门把孩子带出来，让它们接受一些父亲的气息。"龚吉又发表自己的宏论。

没有人再和龚吉较真了，考察组迅速转入下一个议题，就是如何给予"祖祖"及幼虎有效的保护和支援。

继续跟踪"祖祖"相当困难，带有虎崽儿的母虎分外警觉，考察组也不敢太明目张胆，许多动物出于种种原因，都有亲杀行为，记录显示，母虎如果受惊，可能抛弃和吞食幼子。

斯蒂文是一流的兽迹跟踪专家，他在丛林里钻了几天，寻到了"祖祖"的踪迹规律。真不容易，这只老虎如同最先进的弹道导弹，为防止再受到拦截，它自动变轨了！

显然，"奎奎"的惨剧，深深刺伤了"祖祖"。

这只母虎自己养伤和分娩后，重新出山，放弃了它所熟悉的活动路线，怪不得那些摄像机连根虎毛也拍不到。

"祖祖"新辟的路线更难走，多是背阴的北坡，这里山陡峭，树木杂，脚下藤蔓缠绕，很不利于老虎的快速出击。

尤其在冬季，大型哺乳动物多在南坡活动。更不妙的是，潮湿的草丛和石头缝多藏有毒蛇，对小虎构成严重的威胁。"祖祖"没有其他选择，它必须避开人，人比毒蛇更危险。

"祖祖"如此艰辛和费劲，还是没能躲开人，好在这是一拨好人，是想帮助它和它的孩子。斯蒂文掌握"祖祖"新的活动规律后，考察组很小心地转移了两架摄像机过去，其他的睁眼瞎就睁眼瞎吧，这次不搞那么大的规模，保密为重，不惊动"祖祖"母子的生活为首要。

好事出现，问题跟着就来了。野生幼虎的夭折率很高，达百分之六十以上，即使在森林茂密的远古时代，很少有母虎能养活两只幼虎的，更别说三只，还是在食物匮乏的今天。

录像记录下来的资料，被人们反复回放和分析，证实了考察组人员的忧虑，第三只小虎明显发育不良，很难成活。

三只虎崽儿是两公一母，最大的是哥哥，活泼勇猛，好奇心也重，吃奶的时候常常把两个小的挤到一边。这是野生动物中的自然竞争，小哥哥已占得先机。小母虎排行老二，性格较胆怯，但十分聪明机警，时刻不离"祖祖"左右，母虎的习性它模仿得最多。从森林法则来说，它的成活率还要高过哥哥。

考察组分别给它们起了名字，虎哥哥叫"猛猛"，虎姐姐叫"丫丫"。

最小的虎弟弟最受人们关切，所以叫它"宝宝"。这小家伙先天不足，再加上哥哥姐姐的强悍和聪明，它和它们的差距明显在拉大，路都走不利落了。

"祖祖"是头一次生养，但哺育的技巧和质量让斯蒂文赞叹了又赞叹，就跟夸他亲妈似的。"祖祖"是优秀的母亲，有着中国女性的慈

爱、耐心和细致，不是它刻意关照，"宝宝"满月前就夭折了。

从资料中，可以看到这样的镜头，吃饱的"猛猛"和"丫丫"还不让位，衔着母虎的乳头酣睡，让外围可怜的"宝宝"饿得"嗷嗷"直叫。这时，横卧的"祖祖"勾过头来，把赖在身旁的"猛猛"叼到前面，放"宝宝"进来吃奶。

醒了的"猛猛"似乎不甘愿，又撅着屁股朝里边拱，"祖祖"则抬起前掌阻挡它，同时伸出舌头，大力舔着它的全身，小调皮立刻上当了，以为是母虎的独宠，它四仰八叉地躺下，享受着按摩，不再跟弟弟争乳头了。

这绝对是个奇迹，生第一胎的"祖祖"知道怎样照顾小虎，假如它像动物园的那些母虎，生下小虎，自己就走了，这三只无价之宝的小虎不说早饿死了，就是万分有幸，被考察组挽救回来人工抚养，它们也将失去野性。

由野生母虎在森林带大的小虎才是真正的老虎，人工虎只能供人参观，当画看。

考察组还先后发现了两个虎穴，都是"祖祖"废弃的。你别说，老虎也懂风水，洞穴在极隐蔽的前提下，都有着通风干燥的特点。

这么好的洞穴，住一段就搬走有点浪费，龚吉曾经惋惜说。

斯蒂文告诉他，母虎必须懂得换洞穴，住长了洞穴气味大，会引来猎食者，当母虎出去捕猎时，虎崽可能被豺狼熊豹之类的动物猎获。再说，旧洞穴垃圾多了，会滋生寄生虫，威胁到虎崽的健康。定时更换住处，说明"祖祖"是一个合格的母亲。

说一千道一万，"祖祖"再了不起，依然不能超越森林法则，野生虎崽儿的夭折率太高了，它们在考察组眼里是宝贝疙瘩，在森林中只是三块弱肉，一只母虎带活三只小虎本来就没可能，何况这日益恶化的森林环境。

因挂记小虎的安全，"祖祖"不能走远，食物的匮乏导致奶水不足，三只虎崽儿的食量日益见长，"宝宝"被淘汰几乎是难以避免了。

录像带资料显示，在一次迁徙途中，步履艰难的"宝宝"已多次掉队，全靠"祖祖"一次又一次地回头找它。

斯蒂文说，这种情况不会持续长久，总有一天母虎会失去耐心，或者是心力交瘁的"宝宝"自己倒毙。

"宝宝"的命运成了头号问题，按照斯蒂文倡导的不干预理论，应该是随它去，它已经残疾了，身体又太弱，完全失去母乳，未必养得活，什么狗奶猪奶不是万能的。

何况，即便小老虎苟延残喘一口气，也没有多大意义，充其量又是一个"奎奎"。野生中国虎的发现到保护，最后留下这一大一小两只残废虎，真是巨大的悲哀和无与伦比的讽刺。

可这一回，别说轧是轧非的龚吉，连斯蒂文都没有坚持不干预理论，不是那理论不对或不先进，也不是国情有别，是中国虎太珍贵太稀少了！不要说还有口热气的"奎奎"和"宝宝"，从山海关到海南岛，从东海岸到西部大漠，数百万平方千米的土地上，哪里还有一丝野生虎影？

专家们没有经过多少争执，就做出决定，抢救"宝宝"！

40. 抢救第三只小老虎

　　方案一共制订出两个，一是对"祖祖"使用麻醉枪，好处是可以借机给母子几个都做全面的身体检查，但风险大，"祖祖"的身体处于非常时期，麻醉时万一有个闪失，代价无法承受。

　　那就只有第二方案了，其实是个很笨的办法，就是驱赶"祖祖"，在"宝宝"跟不上的时候，抓住它。

　　工作全都准备停当了，就等出发，可偏偏出发不了，目标没了！

"祖祖"似乎觉察到什么，突然老虎不出洞。俗话说，万事俱备，只欠东风，那东风就是不来，你怎么办？

5月中旬，杜鹃花盛开，红的像火，粉的似霞，白的如雪，成大片大块，覆盖着大山。这原应是个喜庆和撩人心动的景象，却因为抢救"宝宝"的事，弄得大家个个心急火燎。

时间不等人啊，"宝宝"最后一次出现在录像中，快爬不动了，随时都可能倒下，再也起不来。发愁中，还是龚吉的鬼点子多，他说，弄点彭渊的味过来，刺激一下"奎奎"，它一发怒吼叫，就会惊动"祖祖"。

这是标准的诡计，只有人才想得出来，免不了又得激怒"奎奎"，可实在没有可以取代的办法。

用龚吉的话说，"宝宝"也是它的孩子，当老爸的，做点牺牲吧。林教授和斯蒂文经过商议，同意了龚吉的提议。

一辆警用吉普把彭渊带回了百山祖，吉普车直接停到了笼子旁边，警察还没把戴手铐的彭渊拉出车，"奎奎"就被惊起了。

这头猛虎吼声震天，杀气十足的眸子，牢牢锁定彭渊，杀气四冒。它赶到笼子前，足有蒲扇大小的前爪，抓得铁栅栏都摇摇欲坠。

彭渊吓傻了，拼命朝车内退缩，这个八岁就打人见血、心硬手狠的恶汉，在老虎面前尿了，胆都破了，还以为警察要拿他喂老虎呢。

说实话，谁凶得过老虎？真把这个冷血家伙塞进笼子，"奎奎"一掌就能拍酥他的脊梁骨。

考察组的人都心疼"奎奎"，不忍心让它太受刺激，赶紧让警察把车开到一边，但"奎奎"明显感觉到彭渊的信息，那一天都愤怒异常。

当天夜里，山林里的观察哨发回了消息，"祖祖"及三只幼虎的身影出现了，指挥部一声令下，数十人和数十条狗星夜出动。

观察小组发现"祖祖"的区域，是海拔约八百米的峡谷中，山势在这里有一个很陡的转弯，拐得山壁皱褶突出。

峡谷两边，垂直分布着枝叶垂地的华东楠和密匝匝的凤尾柏。这是过去"祖祖"常来的地方。峡谷的半壁上，有四五株红叶李组为一丛，远看很扎眼，郁郁苍苍之间，跳跃一大团放荡的红色。

红叶李树下有个石坑，洗脸盆大小，里面泉水咕涌，听得水响，不见水流，不知道从哪里来，也不知道到哪里去，终年都是那么一汪，冬暖夏凉，从不结冰，也不干涸。

这个泉水甘甜可口，过去的猎人和药农路过峡谷，都会来喝上几口，据说能排毒养颜和返老还童，所以称为"山祖神泉"。

"祖祖"是"山祖神泉"的常客，隔三五天就一准来喝水，也许只

有它深谙水中的奥妙。前一段失踪，它这里也不来，所以让考察组的人着急，误会它死了。这次被"奎奎"的叫声引出洞，它突然带三只虎崽弯到这里，而且逗留了好一会儿，或许是想让孩子们认认地方。

赶山的队伍一到达峡谷，赵队长的猎犬"欢欢"就兴奋了，它嗅出了"祖祖"一行的气味。

"山祖神泉"四周味道最重，所有的狗到这里都狂吠不止。很显然，老虎留下了尿液，这是记忆，也是领地和主权的划分和宣示。虎的威严不可侵犯，几滴尿，就让所有的狗不敢伸头喝泉水。

追逐开始了，"欢欢"有经验，也最胆大，拉得赵队长跟头趔趄，朝深山追击。

追逐持续到第二天上午，"祖祖"已经出现在望远镜里。

那是在海拔1400米的山坡处，低矮的岩青兰盖过了映山红，浓密的枝叶在摇晃，隐约游动着老虎花蛇一样的脊背。

"祖祖"昂起的虎头，耳背上两个白圈发亮，白色的尾巴尖高高翘起，灯塔般地指引落在身后的小虎，也暴露了自己的行踪。

被虎崽拖累的"祖祖"，无法摆脱猎狗的追踪，它不时要回身照顾三个孩子，"猛猛"和"丫丫"还勉强跟得上，但遇到陡坡、壕沟或巨石，就需要妈妈一个一个地叼过去，它们两个一旦占住"祖祖"的嘴巴，"宝宝"就越拉越远了。

狗吠声越来越近，"祖祖"也越来越紧张，它不时跳上一个制高点，俯瞰山下的密林，那里面人头攒动，群狗活跃，枪管闪亮，已构成合围的阵势。

"祖祖"没有放弃"宝宝"的意思，坚持带着三只虎崽一块走，任凭距离缩短。这可急坏了考察组。

考察组的人一直随队跟进，一边用望远镜锁定目标，一边与各个小组保持联系，他们这几个形成移动的指挥所。这个指挥所原本是一条心，但随着"祖祖"的顽强，他们分化成七八条心了。

"这样下去会出事的。"崔嘉尔沉不住气了。

龚吉也说："不能再赶了，会把'祖祖'累死，停止吧！"

"我们没有别的选择，已经到这一步了，只能坚持下去。"斯蒂文不同意现在就中断。

林中原也是忧心忡忡："为了孩子，'祖祖'有可能拼个你死我活，到时候就麻烦了。"

"真到了那个时候，就实施第一方案，"斯蒂文说道，"各个小组不都带有麻醉枪吗？如果现在中断追赶，我们什么也得不到。"

斯蒂文说得有理，其他人不得不咬紧牙关，狠下心肠，同时偷偷祷告老天爷，千万别让"祖祖"一家受到伤害。

追逐已白热化了，"祖祖"攀登到海拔1700米的高度。因为常年风大和低温，再加上山顶土壤贫瘠，高大的乔木不多见了，不定哪里矗着一棵，跟抗战时期人做的消息树似的。

这里是以多脉青冈为主的矮林，伴以假水晶兰和蹄盖蕨组成的灌木丛，人走进去更加艰难。

行动迟缓的"祖祖"实际上已被追上，有四五个小组和它最近的距离只剩下二十多米，彼此都看得清清楚楚。

那些猎狗因为一路追赶，不见老虎反击，似乎胆子壮了不少，时不时踊跃朝前扑，若不是狗主人都拽紧绳子，早就零距离了。

不过，"祖祖"每到紧要关头，回头怒吼一声，狗儿们顿时全蔫儿了，"唧唧"地撒着娇，退缩好几米。

为了防止意外发生，考察组都赶到一线，现场指挥。他们为避免"祖祖"的决一死战，亲自掌控追赶的节奏，从中寻找隔离"宝宝"的时机。

时机可算来了，突兀的山坡上，出现了一道长长的裂缝，这是数亿年前火山活动留下的痕迹。裂缝的宽度不规则，窄处二十厘米，宽处有一米多，深有一到两米，缝中长满杂草和野花。

被追赶的"祖祖"，一直叼着"宝宝"在走，身后狗声大作，让它来不及绕道，只得跨过石缝，把"宝宝"放下，然后再回身救援跳不

过石头缝隙的"猛猛"和"丫丫"。

可能是"宝宝"被衔的时间长了，也可能是惊吓的缘故，它被放在地上后，四肢竟然站不稳，下面一滑，只听"哇"的一声叫，它滑落进石缝深处。

"祖祖"着急了，它安顿好两只虎崽，围着石缝打转，试图救"宝宝"上来。但石缝两米多深，"祖祖"伸爪子够不着，石缝又太窄，容不得"祖祖"跳下去。猎狗们似乎都感觉到了这一变数，顿时兴奋异常，建功立业的时候到了，一个个上蹿下跳，扑向石头缝。

"把狗拉紧！"斯蒂文叫道，"慢慢放它们过去。"

十几只狗排成扇形，疯狂地叫着，挣着绳子朝"祖祖"扑去。

"祖祖"蹲在石缝边，双眼圆睁，紧盯着进攻的猎狗。它那黄铜色的目光锁定哪只狗，哪只狗立刻就像针戳的气球，瘪了一半。

"祖祖"身后的两只虎崽已找草丛藏了起来，"宝宝"还在石缝内大叫，"祖祖"蹲在石缝边，尾巴"啪嗒啪嗒"打着地面，双眼虎视眈眈，紧盯着狂吠的狗群，为了孩子，它要决战了。

"快，朝天开枪，放鞭炮，"林教授喊着，"把它赶走！"

特种兵们举起枪，嘎嘣脆的弹壳底火爆破和尖峭有力的金属摩擦声震撼了原始森林，这是自然界没有的声音，它充满死亡和凶险的意味，给所有动物带来深深的恐惧。山上山下，无数只鸟被惊起，在树林上方盘旋。

"祖祖"被惊得几乎跳起来，它还没有定下神，龚吉点燃了鞭炮，好家伙，爆炸声加山谷回音，声音震耳欲聋。"祖祖"四肢尚能站定，身子则本能地朝后趔趄，成一百二十度角。

它终于放弃了，因为草丛里还有两个小家伙，也因为它看清了这么多人和这么多条枪。"祖祖"的眼神充斥着愤懑，它鼓足劲咆哮一声，转身走了。它没有去呼唤草丛里的孩子，慢吞吞走向山顶。

成功了，人们高兴地奔向石缝，几乎是劳累了一夜加半天，现在算是看到了隧道尽头的亮光。

龚吉和崔嘉尔也争着朝上跑，这时候，熟知虎性的斯蒂文忽然意识到不对，"祖祖"不会轻易认输，它为什么不带走草丛里的孩子呢？

斯蒂文跳起来，大声喊道："不要过去，再等一等……"

谁也没听到他的喊声，就是听到，也没人当回事。混乱和兴奋中，两只狗挣脱了主人，拖着绳子，带导线鱼雷似的，掠过石缝，直奔"祖祖"。

冲向母虎"祖祖"的，是一只花狗和一只白狗，都是公的。它们四肢粗壮，睾丸滚圆，肾上腺发达如水管子，所以好勇斗狠，村里打架都是好手，也都不止一次和野猪干过仗。

几十里的山路追逐下来，"祖祖"节节败退，除了虚张声势外，从未有过真正的反击，这让花狗和白狗误判了对手，以为斑斓的老虎也是绣花枕头，中看不中用。所以在最后关头，它们要露一手，给主人争脸，也给其他狗一点颜色看看，同时，这两只大狗之间也在较劲。

高度的兴奋中，两只狗飞身扑向"祖祖"，把主人的呼唤置于脑后。

这两只狗上当了，它们虽然有着猎犬的基因，毕竟在村庄里长大，它们不了解森林之王的习性，更没有领教过老虎的厉害，铁定找死去了。

"祖祖"面临两只大狗的攻击，似乎没有反应，就在两只狗扑到它跟前时，它忽然平地一剪，斜飞出十几米。这是猫科动物的绝技，只有它们柔软的脊椎和超乎寻常的爆发力才做得出来，这不算作是跳，而是把脊椎当弓，平身弹出去。

两只大狗扑了空，它们似乎更加愤怒，在自然界中，绥靖政策行不通，退让者就是怯懦，而怯懦只能使攻击者的搏杀欲望更加强烈。

两只怒吼的狗几乎没有停顿，箭一般射向避让的老虎。

"祖祖"的姿态很罕见，它身子紧贴草皮趴着，却不是正对攻击者，而是侧对，这样把自己的侧翼全部暴露出来。

善于打群架的两只狗瞬间做了分工，花狗佯攻，扑向"祖祖"的头部，它显然是做了收势，准备到了老虎的反击距离就打住，而那只白狗则直扑"祖祖"后腿处的腹部。

这只白狗头不大，下颚有两疙瘩拳头大小的肌肉，咬合力惊人，曾经把一头两百千克的野猪撕得肠子流了一地。假如"祖祖"被花狗干扰，注意力一分散，下腹部必然会被白狗咬住，那可比瞎眼厉害，它即便撕碎了白狗，也不能保全自己的肚子。

"祖祖"又是一个剪跳，平身飞出去十几米，这力量是大块肌肉拧出来的，任何动物都无法想象，假如你有眼福的话，仔细看看老虎前肩胛附近的肌肉运动，那简直就是造成火山爆发的地球板块在撞击！

老虎一条前腿卸下来，能压得一个中学生直不起腰。

"祖祖"剪得那么轻松和精确，使白狗的鼻子尖已触到它腹部的虎毛，尖利的犬牙却咬了个空。

被戏弄的两只公狗怒不可遏，近乎发狂，它们用尽力气再次扑过去。

"祖祖"这样边剪边退，以逸待劳，一共连续退了四次，这样的耐心和冷静，也是猫科动物的专属。老虎戏弄狗，和猫玩老鼠差不多。

此时，"祖祖"却不是出于玩心，而是尽可能地把狗引离小虎的躲藏地。

连续扑空，消耗了狗大量的体力，过度的愤怒也浪费了能量甚至使判断力变迟钝了，这给攻击中的狗带来致命的结局。当它们最后一次扑向"祖祖"时，头脑已经兴奋到极点，任何防范都没有了，只想一口咬住那黄中间黑的皮肉。

"祖祖"反击了，事前一点预兆都没有，它仍是侧卧，四肢紧抓地面，就在人们都以为它会再次剪起退避的时候，它突然大吼一声，展开了攻击。

它显然是判断出花狗的佯攻，所以未予理睬，而是上半身一纵，瞬间在原地转了近一百八十度，正和扑向它腹部的白狗头对头。

白狗上当了，老虎没有给白狗任何反应的时机，一掌击翻了它。高速运动的白狗被痛击在地，大半个耳朵和几颗狗牙飞出老远，一颗犬牙竟然扎入红豆杉上拔不出来，你说有多大的劲？

白狗"唧唧"哼叫，随惯性打了个滚，脊梁刚转离地面，就被"祖

祖"一口咬住，速度之快下口之狠，那六七厘米长的虎牙立刻就洞穿了白狗的脊梁骨。

更让人惊呆、或者说是也让所有狗都惊呆的是，"祖祖"在反击白狗的同时，并没有放过在原先头部位置的大花狗，就在它原地转向白狗的时候，旋转过来的虎尾横扫在花狗腿上。

这是老虎的独门利器，没有受过猎虎训练的狗毫无防范，离心力量以及高速度带来的上百千克重的打击，扫得花狗腾空飞起，两条腿折成四节。

它尚未落地，迅速扭腰过来的"祖祖"已将它凌空衔住，咬的正是要命的后脖颈，人们似乎都听得见颈椎的碎裂声。

弹簧一样活动的花狗软成了肉布袋，顺溜溜挂在"祖祖"的虎口上。

这说来要好一会儿，实际过程五六秒钟，快得眼都转不过来，一切都完了事。"祖祖"甩掉嘴上的"肉布袋"，似乎什么都没发生，继续稳稳卧下身子，还是侧对敌人，虎眼圆睁，紧盯围追它的人和狗。

而这些人和狗都瞬间晕菜，刚才还嫌脖子绳短的狗，此刻只恨主人的裤裆窄。这些未经过狩猎训练的山狗，顶多和野猪打架或者追追黄麂，哪里见过真老虎，和那些见狗就跑的野兽相比，老虎是一架可怕的杀戮机器。

花狗和白狗的主人几乎疯了，他们一个坐在地上起不来，一个却想夺武警的枪复仇。

还是斯蒂文先清醒了，他喊着，不要管那两条狗，快朝天放枪，赶走老虎。

武警们继续朝天开枪，子弹撕裂空气的尖啸，再次惊起"祖祖"，没有动物不怕这种声音，它趔趄着朝山冈退，不时回眸一瞥，那眼光看的是狗群，却又似越过狗头，投向虎崽的藏身地。

两条大狗瞬间灭亡的教训实实在在，没有哪条狗当真挣绳索了，倒有两条拉不住的家伙，是朝山下跑。

狗不再朝前冲，都紧靠着主人的腿，放开了喉咙，和着枪声唱起了驱虎交响曲，色厉内荏的旋律中渗透着哀怨。

人群和狗群排成扇形，用枪声和叫声把"祖祖"朝深山里赶，也把虎妈妈和虎崽远远分开。

考察组的人都留下了，他们早通过望远镜看到了"宝宝"的下落。赵队长跳下了石头缝，他没有费什么力气，就把小老虎抱了上来。小家伙不光是吓坏了，全身都打战，而且也累坏了，根本没有反抗的气力。

倒是龚吉和斯蒂文吃了点亏，他们跑到另外两只虎崽的藏身处，想把它们抓出来，顺便做个体检。却没想到"猛猛"为了保护自己和妹妹，竟然绝地反击，把他们的手背抓得冒血，险些在脸上挠一把。

那全怪斯蒂文，这么一个老虎专家也大意了，"宝宝"的虚弱误导了他，以为小老虎都跟猫一样乖。

当时，他和龚吉钻进草丛里拨拉，几乎碰到了小虎妹"丫丫"，它端卧不动，这是幼兽天生的自我防护功能，当母兽离开，它们必须绝对静止，除非你真正发现了它。

但护卫妹妹的"猛猛"蹿出来，随着惨叫声，斯蒂文和龚吉也奔出草丛，斯蒂文连连用英语骂着"Shit"，一边甩着手背上的血。

"猛猛"的凶猛让考察组改变了主意，算了，别得陇望蜀了，再说，这两个小家伙野性十足，估计也没有大问题，揣着"宝宝"下山吧。

林教授也担心把"祖祖"赶得太远，和小虎分散了，代价不可承受。

经过短暂的商议，按预先约定，指挥员鸣枪三声，全体收兵。花狗和白狗就地掩埋，不管怎么说，它们没有功劳也有苦劳，乡领导答应悲哀的狗主人，政府将给予一定的赔偿，这才息事宁人。

折返的"祖祖"见少了"宝宝"，它领着两个孩子漫山遍野寻找，彻夜吼叫。它几度险些闯入基地，闹得鸡犬不宁，铁笼里的"奎奎"也躁动不安。

考察组没辙了，担心"祖祖"太接近人类活动区，不是伤人就是被人伤，不得不狠下心肠，组织人力，敲锣打鼓放鞭炮，用热烈欢迎上级领导视察的方式，将"祖祖"母子三个赶进深山。

看到密林中"祖祖"一步三回头的身影，考察组的人都流泪了。

在杭州某医院，小老虎"宝宝"的状况非常糟糕，它肚子有虫、身上有疥、骨骼缺钙、皮肤脱水，眼睛还有白内障。再经过仔细的检查，问题更大了，它并非像先前推测的那样，是因奶水不足造成的体弱。它先天就发育不良，致使腿骨畸形，说白了，就是一个残疾儿，心智是否有障碍，还有待观察。

费了那么大的力气，弄回来的是一个残废，真让人窝心。

考察组坚持要治疗"宝宝"，尤其是在得到骨科专家的治疗方案后，证明"宝宝"还有矫正的希望，林中原拉着斯蒂文专门飞了一趟北京，直接向林业局的领导汇报，北京方面批复了医疗方案及专项拨款。

数月后，从"猛猛"和"丫丫"的悲惨结局回头看，人们唏嘘之下，真要对"宝宝"的抢救性治疗感到万幸了。

41. 斯蒂文救了"猛猛"

又是一场夏雨刚过，黄檫木树下躲雨的斯蒂文拨开巨型树叶，却看到了奇景，让这老外喜出望外，心中暗呼天助。

峡谷里的雨刚停，积雨云尚在东山头移动，隐约还可看到后撤中的灰白色雨脚，西山头突然一亮，彩虹飞架，赤橙黄绿青蓝紫！彩虹脚下，就是斯蒂文意外看到的目标。他连忙举起了望远镜。

"祖祖"带领两只虎崽走出密林，斑斓的虎纹，薄日中格外抢眼。

这是海拔 1500 米处的高山湿地，丰沛的溪流，因巨石的阻隔，形成一个千亩大的沼泽地，其中有六个相连的湖泊，中间生有多种滨水植物。

雨后的阳光坠入湖面，反射出无数个小亮圈，闪烁炫目。几只红头潜鸭摇摇摆摆走出蓝幽幽的翠云草，漂入湖水。

一块褐色的石头上，蹲着一只水獭，它扭头望了望，看到走出森林的老虎，一个猛子扎进了湖底。

此时的"祖祖"，相当放松，直觉和经验告诉它，暴雨刚过，是最安全的时候，山里人都躲雨去了，还没缓过劲儿，山外人怕山洪，暂时也不敢进来，这正是它带孩子出来，让它们熟悉外界的好时机。

两只虎崽欢快地跑到溪流边，它们先是用前爪试探水温，很快便在浅水中打作一团。白色的芦苇花中飞出两只黑紫峡蝶，一前一后，团团转转，似飞似飘，翅膀上的紫色亮光反射阳光。

母虎"祖祖"舌卷几口水后，返回到一棵乌桕树下，借处凉荫卧下，任凭两个宝贝玩耍胡闹。

乍看上去，这头大老虎眼睛半闭，懒洋洋的，两脚都踹不起来，路人有可能被它绊倒，怎么看都不像称职的母亲。

看似打盹的老虎，实际上警觉得很！两只直立的虎耳朵，能一个转左另一个转右，同时探测多个方向，能听到地表深处岩石的断裂声。

老虎时不时抽搐的鼻子，截留和分辨过往的气味，听觉和嗅觉的双重警戒，周边三四里内的任何细微变化都在它的掌控之中。

它听得出几片树叶落水的声音，那是一只黑白飞鼠从樟树滑翔而下。对面山峰密林堵如长城，风撼不动，鹰眼都甭想瞧进去，"祖祖"却清楚里面众禽百兽的一举一动。

水杉林中，身形矫健的游隼闪电般捕获一只小杜鹃，将其抓往高枝，从容啄拔着羽毛，一棵交让木的树干上，灰色滑鼠蛇正与一对红胸啄花鸟对峙，两只鸟大声叫着，轮番掠过蛇头，告诫它不许再继续上爬。一只小灵猫谨慎地跃上黄连木树，将四肢缩进腹部下，耐心蹲守着什么猎物。一头黑色的鼬獾寻气味找到一个密藏于大叶冬青下的鼯鼠洞，正兴奋地猛刨洞口，沙石和根叶乱飞。

习习山风飘过鼻尖，"祖祖"分辨出几丝鬣羚的气味，这激起它的兴趣。

它昂起头，努力捕获更多的信息，那是一只老年的鬣羚，在三里外的灌木丛中移动，它步伐不稳，前胸带有伤口，血腥味中夹有云豹的口腔味。

这只从豹口中逃生的鬣羚，不但速度缓慢拖沓，粪便中的青草味极淡，还证明它已不再进食，走不动还不能吃，它离倒下不远了。

老虎在非饥饿的情况下，一般不捕杀猎物，这习性与许多食肉动物有别，尤其是雄狮、公豹和豺狼，奢杀属于它们的天性，雄狮几乎不能容忍自己攻击范围内有活口存在，它哪怕是不吃，也要把你咬死再抛弃。

现在的"祖祖"，不能放过任何狩猎机会，它有两个孩子，它必须为食量日益见长的幼虎提供和储备食物。

"祖祖"鼻子里发出低沉的呼噜声，"丫丫"立刻中断游戏，乖乖地跑回来，快到母亲身边时，它突然一个冲刺，扒住"祖祖"的耳朵，头一勾，咬向母虎的喉管。这是幼虎每天都反复练习的本领，必须在瞬间咬住对方要害。

"祖祖"一摆头，撞得"丫丫"四脚朝天，不待它起来，母虎就用舌头大力抽舔女儿的全身。

这是合格母亲的基本功，给幼虎按摩，同时清洁毛皮上的泥水和可能有的寄生虫，小母虎立刻舒服地闭上了眼。

那边，贪玩的"猛猛"没有及时回来。

树木参天的山林中，一只白腹山雕忽然掠出，快速飞往湿地。

湖水中的野鸭好像得到了警报，集体躲入芦苇中，整个湿地瞬间变得寂静，几乎没有动物，水边的"猛猛"显得格外刺眼。

隐在森林中的白腹山雕，早就盯住这头活泼的小老虎了，它迅疾飞来，身体垂直下坠，一双乌亮的铁爪伸向"猛猛"。

猛禽投下的恐怖倒影提醒了"猛猛"，它"喵呜"一声，掉头就跑。

乌桕树下，"祖祖"怒吼一声，蹿了出来，挟风卷草，闪电般直扑山雕。它威风凛凛的花纹和震荡山峦的吼声，立刻唬退了山雕，这只猛禽错估了母虎的速度，它赶紧展翅，打了个旋，直刺青天。

然而，惊慌的"猛猛"顾头不顾屁股，一下跑失了脚，滑落一个石坑内。

这是一个天然石坑，直径一米多，深两米，下面是半米深的积水和淤泥。

掉进去的"猛猛"吓坏了，它"呜哇"大叫，拼命扒水，想找地方上来，但石坑四壁长满苔藓，滑溜得很，小老虎根本抓不到任何能受力的地方。

"祖祖"快速奔过来，它沿石坑打转转，伸爪子够不到孩子，自己也下不去，急得吼声阵阵。"丫丫"跟随母虎身后，也惊慌得瑟瑟发抖。

斯蒂文飞跑过来，他刚才在望远镜中看见了这一切，"猛猛"一落水坑，他叫声不好，跳下树就朝这里奔。他湿地中滑了几跤，弄得像个泥猴，他什么都顾不上了，只担心"猛猛"的生死。

距离石坑还有二十米，焦躁的"祖祖"才感觉到斯蒂文的到来，

245

母虎掉头向他，怒吼了一声，如霹雳或地震，惊得芦苇丛中一群白鹭纷飞。

斯蒂文赶紧站住了，母虎的目光异常凶猛，为了孩子，它能把他撕成碎片。斯蒂文一动也不敢动，僵立在那里，两眼朝天，把两个手掌向外摊开，让"祖祖"看清他没有武器。

"猛猛"在水坑里的扑腾和叫声牵挂着母虎的注意力，它又围着坑边打转，时而伏下，时而立起，还是找不到救孩子的方式。

斯蒂文趁机又朝前挪了几步，警觉的"祖祖"立刻抬头瞪他，眸子依然杀气腾腾。斯蒂文没有选择，水坑里"猛猛"的声音逐渐减弱，它很可能溺毙。斯蒂文豁出去了，赌这一把，他必须救它上来，这是无价之宝。

这一刻，他想起了赵冬生讲过的故事，假如"祖祖"幼年真被人搭救过，而且还知道报恩，它现在就应该能容忍自己的帮助。

斯蒂文缓缓地卧倒，动作极其温和，生怕哪一个行为让母虎误解。然后，他半闭眼，努力避开母虎直视的眼睛，慢慢地朝水坑挪动。

一米、两米、三米……他挪动着，随时注意母虎的反应。

"祖祖"万分焦躁，它一会儿观察斯蒂文的举止，一会儿又被水坑里的"猛猛"吸引，身子来回转动，不时向斯蒂文皱起鼻子，露出虎牙，低低吼叫。

斯蒂文距离"祖祖"还有几米了，老虎伸爪就能捞到他，这是最危险的时刻，他反而更不敢停下，如果延误时间，"猛猛"溺死，失去理智的"祖祖"很可能会咬死他。

距离这头暴怒的母虎还有三米、两米……他已经靠近水坑，也靠近了原地打转的"祖祖"。母虎口中喷出的气流，搅散了他的头发。

斯蒂文横下一条心，再挪两步……忽然间，意外发生了，母虎身后的"丫丫"猛扑上来，兜头抓了斯蒂文一把。

小虎的力量虽然还不大，这一爪也让斯蒂文额头冒血，但此时最危险的，还是母虎跟进的攻击！斯蒂文赶紧翻身躺下，四肢朝天，任

凭额头流血，他保持绝对的安静。

大多食肉动物都熟悉这样的身体语言，这是告诉对方，自己完全放弃防御，属于最友好的表示。

"祖祖"目光炯炯，没有采取行动，靠在母亲身边的"丫丫"嘴里继续发出警告声，但也没再进攻。

斯蒂文慢慢翻过身，他已经到了坑边。

他甩掉顺眉毛流的血珠，朝下一看，"猛猛"还在水面挣扎，但已经有气无力，时沉时浮。他不敢再拖延，头一低，连摔带扎，掉进了石坑。这一瞬间，他听到"祖祖"紧张地呜了一声。

好在，坑里的水不深，斯蒂文踩着淤泥站定，一把抄起"猛猛"，这只小老虎惊叫一声，还想歪头咬他，但力气已经不够了。

坑上面的"祖祖"看到他抓住"猛猛"，急得"呜呜"作响，前爪

抓破石壁，碎石"哗哗"地落水。

斯蒂文不顾"猛猛"挣扎，他蹚水到坑边，运足力气，把"猛猛"朝上一抛，"祖祖"凌空叼住小老虎，立刻转身就跑，"丫丫"紧跟母亲跑走。

斯蒂文全身都软了，几乎站都站不稳。那是极端紧张后的突然懈息，也是焦虑到极限的顿然放松。

幸好，他跑过来前曾用手机通知了考察组，否则，自己也被困死在石坑里。

42. 彭潭出现了

伞状的线柏树下，隐藏着母虎"祖祖"，它半蹲半立，高度紧张，双耳竹尖般竖立，朝着前面的方向。

前面一百米处，是繁茂的山楂和茅栗灌木丛，十几只梅花鹿卧在里面休息。星光下，这些鹿和灌木丛的枝条混为一体，极难发现，但它们还是没有逃过老虎的追踪。

目光炯炯的母虎紧盯着灌木丛，它已经尾随鹿群两天了，一直没有下手的机会，今天晚上，贪吃的鹿群大意了，没有把栖息地转移到崎岖坎坷的山壁间，这才给母虎提供了战机。

对大型食肉动物来说，发现群体猎物之后，袭击成败的关键，在于能否准确锁定目标。尤其是静止的群体，把它们区别开，还要从中发现易于攻击的老弱病残者，不是一件容易的事。

"祖祖"又朝前移动了数米，无声无息，它抬起前掌，刚要落下，忽然静止了！不远的树上，传来斑鸠"咕咕咕"的叫声。

一头成年梅花鹿从灌木丛立起，警觉地四下观望，那双听觉极好的大耳朵，雷达似的转动。有蹄类动物的夜视能力不佳，晚间主要靠听觉警戒，所以它们的睡眠很少，每晚只睡不过三到四个小时。这段时间，是最危险的。

线柏下的"祖祖"纹丝不动，树枝的阴影混合虎身上的条纹，使它完全隐藏在树枝中，夜视不好的梅花鹿根本不能发现。

成年梅花鹿巡视了一阵，再次卧下去，母虎又开始无声地潜行。

五十米、四十米、三十五米……匍匐前进的"祖祖"，就要进入有效攻击范围了，它身子略微后坐，前进中做起跳的准备。突然间，一片山胡椒下，蹿出一只白冠长尾雉，它一边飞跑，一边打机关枪似的"嘎嘎嘎"大叫。

野鸡惊起了成年梅花鹿，它跳起来，发出警鸣，翻起尾巴就跑，鹿群立刻跃起，它们不假思索，紧随公鹿信号旗般的白尾，奔向密林。鹿尾下的白毛，是鹿群逃跑时的方向标，每一只鹿都翻起尾巴，后面的鹿无须辨别方向，跟着猛跑，就不会掉队，也不会迷路。

灌木丛猛向两边分开，"祖祖"高速扑出来，旋风般冲向鹿群。

朦胧的星光下，狂奔的鹿群组成一个运动板块，背上的梅花状白斑相连为一体，随着奔跑，剧烈颠荡流动，起到淹没个体，混淆视线的作用。

当老虎就要接近鹿群时，它们突然散开，似点点繁星，老虎稍一落后，它们又迅速重组，如天衣无缝的云团。

梅花斑点不仅便于鹿群隐藏，逃跑时还具有重要的掩护功能。速度极快的鹿和爆发力极好的虎的生死博弈，往往就在零点几秒之间，只要老虎视线混乱，不能在瞬间锁定目标，鹿群就能集体逃脱虎口。

"祖祖"追了数十米，眼看和鹿群的距离拉大，它选择了放弃。

这是"祖祖"第七次捕猎失败了，三天来，它几乎没有进食任何东西。

野生虎相当耐饿，一周不进食，照样捕猎。但"祖祖"现在情况特殊，它老了，已没有往日的精力，何况，它还要喂养两个孩子。

自"奎奎"出事后，"祖祖"几乎不再碰投放点的食物，它对人类

的行为几乎绝望，必须高度警觉，不让自己和孩子再受伤害。

后来，斯蒂文湿地救"猛猛"的举止，似乎对这只母虎产生了影响，它开始在饥饿的时候，谨慎挑选留有斯蒂文气味的牛羊肉。

"祖祖"的这一转变，曾让考察组欣喜若狂，只是苦于斯蒂文分身无术，没有办法去往每一个食物投放点，他们就尽量想各种招，让每一块肉上都沾上斯蒂文的气味。

可是，好景不长，"祖祖"突然又对所有投放食物没了兴趣，这让考察组的人彻夜不眠，怎么也找不出母虎变化的原因。

这只有"祖祖"知道，它从投放点中察觉了彭潭的气味。

抓捕梅花鹿失败的"祖祖"，森林里怏怏返回，它喷了一个响鼻，又长长地伸了一个懒腰，想尽快恢复体力，好继续行猎。

忽然，它嗅出了一股异味，那是森林中罕见的，也是最凶险的，这味道来自枪支中的火药和枪油气体，还伴有淡淡的彭潭的体味，每当它们出现，哪怕是一丝一缕，都预示着虎的死亡。

母虎太熟悉这恶人的气味了。

多少天来，这气味一直追踪它和它们，挖坑、下套、放毒、设夹，一直把夺命的枪口瞄向它们。性格焦躁的"奎奎"后来按捺不住，伏击了其中的彭渊，它本一口就结果他，但还是隐忍了，世代相传的基因传递，它知道人不好惹，这两腿直立行走的动物无比残忍和狡诈，他们手中有无法抗衡的凶器，报复心极强，你攻击一个，他们必定会成群出动围剿你。

"奎奎"锋利的虎牙零距离处收住，彭渊保住了咽喉，"奎奎"蹲卧彭渊身边，观察他淌血和呻吟，它要让这个人得到教训，永远离开山林，离开它们的领地，离开它们即将出生的虎崽。

当"奎奎"伏击彭渊时，"祖祖"隐藏在一边的草丛里，为雄虎警戒，考察组没有发现这一细节，还以为是"奎奎"的单独行为。

后来，警觉的"祖祖"嗅到了山下人的气味，那是崔嘉尔和龚吉，它轻轻发出警报，"奎奎"迅疾站起，离开了彭渊。

为了掩护怀孕的母虎，"奎奎"一反常态，故意走向山梁，暴露自己，这才使嘉尔和龚吉清楚看到落霞中"奎奎"的英姿，他们后来分析，这是雄虎展示自己的威力，却未想到，斜坡的草丛里，隐蔽着悄悄撤离的"祖祖"。

这一对中国虎是那样智慧和宽容，许多地方甚至比某些人还通人性，研究虎的人都有共同感受，就是越了解虎便越钟情它们，常会向上天发出感叹，千万别让老虎堕落成人！

然而，再聪明的老虎，也预料不到人有多么险恶和毁灭它们的动机。当它们给追踪者以教训后，它们大意了，把两兄弟混为一谈，更没有想到人的倒下，其陷阱和圈套依然有效。结果，"奎奎"中了圈套。

当"祖祖"被迫离开濒死的"奎奎"时，它也带了伤，并牢牢记住了彭潭身上和枪管里散发的死亡气息。

此时，"祖祖"精准地捕捉到彭潭的信息，还有少许的血腥味！

母虎从胡须震动的幅度，判断出这个带轻伤的人正朝这边跑来，速度相当快。"祖祖"改变进灌木丛的打算，一转身，回到了线柏树下，这里是下风头，便于隐蔽，也便于掌控和突袭目标。

母虎在伞状的树枝下卧踏实了，专心等候这个人的到来。

急速的践踏草叶声越来越近，大树下影影绰绰，彭潭果然出现了。

此时的彭潭，不再是为什么订单干活，那是根本做不成的交易，百山祖所有路口都设下哨卡，连一只野鸡都甭想偷运出去。

而更让人震怒和恼火的是，他到了走投无路的地步，才知道从头到尾，完全上了人家的大当！最后一次和那个南方黑社会老大通话，对方一是心急，催他催得凶，二是喝多了酒，说漏嘴了，把真言泄给了他。

原来，根本不是什么人要吃华南虎肉，也花不起这个钱，藏在交易背后的，竟然是一个巨大的国际阴谋。一笔来自周边某国的巨额资金，秘密买通了境外的三合会组织，指明要猎杀百山祖的野生华南虎，那个指挥他的森哥，也不过是整个阴谋中被摆布的棋子。

听到这个内幕的彭潭，钢牙咬碎，把手机摔得四分五裂，他知道自己真是上了人家的贼船。

怪不得，为了一头老虎，那边肯出这样的价码！怪不得他们还派一帮人赶过来压阵监督！怪不得在雄虎现身和小虎出世后，他们追加金额，出手阔绰！怪不得他们敢痛下杀手，直接威胁他们兄弟和家里的母亲。

他们兄弟，只为挣几个昧良心的钱，被国际阴谋家当枪使了。

彭潭已经是穷途末路，想收手都来不及了！自从彭渊被雄虎咬伤后，又被公安机关逮捕，他在被追捕时开枪打死民警，他就知道自己是卒子拱到头了，和国家机器较上劲，顶多拉两个垫背，还指望赢吗？！

在一个月明星稀的深夜，他攀到崖顶，面朝北方，给老娘磕了几个响头，额头都碰出了血。这个冷血杀手平生第一次掉泪，他是个不肖不孝的儿子，原想多挣些钱，好给母亲养老送终，却给老人家带去杀身之祸。

他在崖顶上，对夜空咬牙切齿，假如老天爷给他机会，他会到国外去，把那些布局的幕后人一个一个亲手掐死！他也再次发誓，要宰掉这一窝老虎，这个血性汉子不甘心败在畜生手里，老虎毁了他全家，他就和老虎一起完蛋。

他还发誓，干掉老虎后，他会朝百山祖放一把大火，把他自己和森林的一切统统烧光。

立下誓言的彭潭，劲头变得更足，追踪老虎也更加起劲，他不再是心怀鬼胎的盗猎者，而是一个带着满腔仇恨的复仇者了。

可对付"祖祖"，彭潭真没有胜算，陷阱和夹套对这只幽灵般的母虎效果等于零。"祖祖"真绝了，甚至会变害为宝，它曾把一头野猪驱赶到夹套附近，致使野猪被困，节省它自己猎杀的成本，你说让不让彭潭郁闷。

也就在彭潭快要绝望的时候，机会逐步展现了，他察觉"祖祖"因两只小虎的食量猛长而不得不增加出猎时段，感觉杀机已经露出了曙光。

两只天天见大的小老虎，成为彭潭的新目标，尤其是母虎出洞的时间越来越长，它们的胆子也越来越大，经常因饥饿跑出洞外，活动范围日益增加。

不过，两只虎崽也不容易捕捉，但凡有动静，它们都会迅速躲进虎穴中的石缝中。有一次，彭潭把它们堵在里面，他千方百计地引诱它们出来，警觉的虎崽不受诱惑，藏在里面，朝他龇牙咧嘴和大声呼哈。彭潭忍不住了，伸胳膊去里面掏，被自卫的"猛猛"抓得血痕淋淋，不得不骂着娘撤退。

第二天，他带足了家伙再赶过去，发现小老虎不见踪影，显然是返洞的"祖祖"嗅出了他的气味，连夜带虎崽转移了。

就在前天，他发现了"祖祖"的规律，似乎这头老虎只吃那个外国人投放的食物。这一发现，终于让他手心都搓热了，他笑得极其冷血，他知道，功夫不负有心人，自己总算是抠住了老虎的死穴。

这个晚上，他带来了剧毒氰化钾，这也是境外提供的，他以前还为客户着想，怕二次中毒，不敢使用，现在不用考虑了，怎么狠就怎

么来，越毒越好。

亮叶水青冈林中，他找到了斯蒂文的食物投放处，用匕首割开草丛里藏匿的牛肉，把氰化钾胶囊塞进去，这些剧毒药，足以放倒几头大象。

线柏树边，彭潭跟跟跄跄地过来，身上已没有一点气力了，刚才高度的紧张和奔跑，基本上耗尽了他的能量。

"咕咕咕"一串斑鸠的叫声，让他平静下来，他剧烈喘息着，一屁股坐下来。

屁股刚沾地，他弹簧似的蹦起来，大腿间触电似的直觉提醒了他，黑黢黢的四周，极可能藏有猛兽！

几乎是凭着直觉，他一把撩开垂地的伞状树枝，惊得倒退了一步！线柏树下，星光依稀，母虎"祖祖"成蹲姿，正紧盯着他，圆睁双目反射出荧荧亮团，简直有茶杯大小。

彭潭反应也快，"唰"地拔出匕首，人成丁字步，用刀尖对着母虎，夜光里，匕首泛着清冷的寒光。

彭潭和"祖祖"，终于面对面！也是第一次面对面！一年多来，人和虎彼此追踪，斗勇斗智，白日，人进虎退，夜间，虎进则人退，他和它依山相闻，顺风相听，隔林相望，他仗着先进的猎杀工具，占"祖祖"上风，力图置它于死地。而老虎凭着灵敏的感官，胜他一筹，始终躲他于无形。

彭潭失去了弟弟彭渊，但也重创了雄虎"奎奎"，算是打了个平手。这会儿，两个冤家聚头了，零距离！人和虎的生死存亡，瞬间将决出。

彭潭清楚实力的悬殊，他可以对付三个壮汉，加一把短刀，五个男人都不在话下，可面对这头森林之王，无论力量、速度、爆发力、敏捷和柔韧性，他都根本不是对手，拳脚不够给老虎挠痒，匕首和一卷报纸没大区别。

他没打算退却，也退却不了，老虎三里外就觉察到他，既然不像过去那样回避，就是刻意等他！换谁也插翅难逃。

彭潭感到血脉偾张，浑身肌肉紧绷，他突然渴望厮杀，也期待了结，浴血和老虎的搏斗，能让他产生强烈的快感，最后让老虎嚼一把，或许是最应该，也是最痛快的结局。

眼冒死光的彭潭，挺着匕首，向前跨一步，锋尖已触向虎鼻，母虎动作凌厉，一嘴把匕首叼了过去，雪亮的眸子像两把刀，直戳彭潭。

彭潭晕菜了，他再有心理准备，还是没料到老虎的敏捷，瞬间就缴了他的械，让他连招架都别想，只有等死的份！这一会儿，夜森林格外安静，连那只斑鸠的"咕咕"声都消失了，整座森林都屏住呼吸，等待这无法避免的屠杀。

奇怪的是，"祖祖"没有进攻，双方僵持着，约一分多钟，对彭潭来说，似乎过去了一万年。叼着匕首的母虎，没有被彭潭的挑衅激怒，岿然不动，眼神沉重而凶猛，傲岸又威严。

没有人能和一头老虎长久对峙，即便是亡命徒彭潭，也不能！他发抖了，像打摆子，从他僵直的右手开始，逐步扩展到全身，抖动越来越剧烈，直到连站都站立不稳。

彭潭崩溃了，他突然跪在母虎面前，撕开上衣，冲老虎大叫："你还等什么？我已经下了毒，你那虎崽子都得死光！一个也跑不掉！老子赢不了你，老子输得起，这一百多斤送你了！你过来吧，来咬死我，来抓烂我，嚼碎我！一个脚趾头也别落下，老子要吭一声，就不姓彭……"

彭潭连声吼叫，继而转成痛哭，惨烈的哭声，让夜森林越发寂静。

他撕扯自己的头发，捶打自己的胸脯，哭得天旋地转。这一会儿，八岁以后就不哭泣的硬汉，这个见血不见泪的杀手，把大半辈子欠的眼泪都还清了。

彭潭扑倒在地，捶打着地面的腐质层哭嚎，湿漉漉的树皮和碎草溅起，沾满他的头和脸。忽然间，他有了异样的感觉，抬头止住了哭声。

线柏树下，黑黝黝的，也空荡荡的，母虎已经无踪无影，只有那把匕首斜插在地面上，斑鸠的"咕咕"声又响了起来。

泪眼模糊的彭潭，跪在原地，不知所措。是"祖祖"再一次放过了他？还是这头母虎根本没在这里？刚才是场幻觉？他的脑子全乱了。

43. 小虎崽遭了暗算

母虎离开彭潭，又兜了数十里的大圈，没有猎到任何活物，只得冒风险，来到食物的投放处。

它十分谨慎，潜伏过来后，不急于行动，而是安卧在隐蔽处，静静地观察，在确保周边没有危险时，才会走出去。水青冈的树下，有一片稀疏的灌木海桐，由于参天枝叶遮蔽了阳光，树下的灌木丛也不发达，在灌木丛里，丢着两条二十多斤重的猪后腿，"祖祖"是为它们而来。

"祖祖"静静地卧了一会儿，它站了起来，长长地伸了个懒腰。它明显消瘦了，两边肚子凹进两个半圆坑，脊椎骨都削薄了，感觉是挑着虎皮，上面的毛发也失去了光亮。

两个孩子可不好养，尤其是森林食物日益匮乏的今天。

即便是如此消瘦的老虎，森林中看过去，斑纹依然华丽威猛、神态安详冷酷、步态优雅，走的是服装模特效仿的步伐。

“祖祖”朝海桐灌木丛走过来，快接近的时候，它突然收住了步子，鼻子反复抽搐，它嗅到肉里散发出的陌生气味，对野生动物来说，任何陌生都意味着危险。更要命的是，它同时也嗅出了彭潭留下的气味。

没有人能猜中，昨晚的“祖祖”，为什么饶彭潭一死，是它依旧不愿与人为敌，是它对彭潭的毒辣估计不足，还是斯蒂文对“猛猛”的救助，让它区分不了人到底是好还是坏？

这只母虎没有朝灌木丛里走，而是寻气味搜索彭潭的痕迹，在它断定彭潭在这一带活动过后，就忍饿放弃了食物。

“祖祖”迅速回到那棵倒卧的榧树边，它似乎在思索下一步的行动计划。林间传来一声鹿鸣，那是一头母毛冠鹿召唤幼鹿上路。

“祖祖”闻声仰起头，很快确定了毛冠鹿的方位，它返身进密林，行动敏捷而谨慎，消失在树丛里。

斯蒂文沿着亮叶水青冈林边走过来，神情阴沉紧张。

今天该他值日，上山例行检查投放食物的情况。方才，他在自己的投放点发现食物突然少了，而且还在潮湿的地上寻到人的脚印。他立刻意识到问题的严重性，一边用手机向管理站汇报，一边追踪偷猎者的去向。

他用竹竿拨开草丛，仔细寻找那人留下的足印，一种不祥的预感笼罩了他，这偷肉的绝非一般人，很可能就是那个漏网的偷猎者。

多少天来，考察组始终担心这个人，一天抓不到他，野生虎就没有真正的安全。就在他蹲下身子，仔细研究地上的鞋印时，前面草丛忽然“窸窸窣窣”乱响，斯蒂文赶忙伏下身子。

草丛里，跑出两只小老虎，领头的是“猛猛”，它比妹妹高一头，昂首阔步，威风凛凛，显然是个抢吃抢喝的高手，胆子自然也壮一些。

斯蒂文看到这两只花团锦簇般的虎崽，简直心花怒放，他一动也不敢动，生怕惊吓了它们。

饥饿让虎崽待不住了，它们跑出虎穴，顺着妈妈留下的气味，一

路来到水青冈林边。外界让小老虎们胆怯，同时也令它们好奇，它们一边走过来，一边这里闻闻，那里嗅嗅，不是撒泡尿，就是挠一把，饿着肚子，依然贪玩。

"丫丫"跟在哥哥后面，一只惊起的大树蛙吸引了它，小母虎连扑两下，功夫显然欠火候，竟然让大树蛙逃进了草丛。它似不甘心，一路追了进去。忽然间，草中的"丫丫"一个倒跳，蹦回来，并且发出求援的叫声。

小哥哥"猛猛"掉头奔来，草丛里，一条眼镜蛇昂着头，脖子鼓胀，向它们发出"嘶嘶"的警戒声。

不远处的斯蒂文大吃一惊，他深知眼镜蛇的毒性，担心两只虎崽被伤害。他想冲过去救援，可又怕自己的突然出现，反而分散虎崽的注意力，更易受到眼镜蛇的攻击。他紧张得浑身颤抖，一时不知道怎样才好。

两只小老虎围着眼镜蛇打转转，它们的好奇心被激起，前后夹击，试探着与毒蛇周旋。

它们似乎知道眼镜蛇不仅毒牙厉害，还会喷毒液，总是避开蛇的正面，两只虎崽时而腾挪、时而剪跳，这个掉头逃窜，那个返身奔扑，合作天衣无缝，与蛇逗得不亦乐乎，显然它们是得到了母虎的真传。

大约斗了半个多钟头，眼镜蛇体力不支，毒液也喷完了，反应越来越慢，已开始寻找溜走的机会。它一边继续虚张声势，一边勾头就朝草丛里蹿，两只虎崽则围追堵截，逼得它重新抬头应战。

就在龙虎斗快要见分晓的时候，两只小老虎忽然放弃了围堵，它们几乎同时撇下筋疲力尽的眼镜蛇，争先恐后，朝一丛灌木跑过去。

很快，那一丛海桐灌木中传来老虎撕扯吞咽的声音，两条花蛇般的尾巴时隐时现，快活地扫来扫去。

眼镜蛇趁机逃跑了，斯蒂文悄悄跪起来，用望远镜查看，两只虎崽撕扯的是一只猪腿，正是考察组投放后所丢失的。

斯蒂文犯了一个大错，致使他终生不能原谅自己，当时他已经猜疑

猪腿为什么会扔在这里，还以为是彭潭故意抛下诱饵，用来伏击老虎。

可这一会儿，他看着小老虎吃得"呜呜"有声，打心眼里舒服，真不忍心打断它们，却万万没想到猪肉被彭潭做了手脚。

彭潭步履蹒跚，朝这边赶，他从来没有匆忙过，根本顾不上隐蔽自己。

"祖祖"离他而去后，他心乱如麻，一直跪到天亮，致使一个大腹园蛛误会，在他脑袋和树枝间编了一张网。

这个多年来到处杀生害命，冷酷无情的家伙，虎口余生后，反而糊涂了，该死的时候，没让死，往下该怎么活？路子怎么走？继续追杀"祖祖"？还有脸吗？那真是混得连畜生都不如了！

他那一会儿，才确信弟弟彭渊没有被咬死，不是命大，是老虎不想照死里咬！他也才明白，百山祖的一年多，他们兄弟在明处，老虎在暗处，一直没有被老虎袭击，不是因为手里的枪支，而是老虎的隐忍。

昨晚那星光树影之下，"祖祖"庄重威严的双眸，刀子一样，深切彭潭的内心，至今火辣辣的疼痛。

过去的他，只是把虎当兽中之王，欣赏老虎的威猛、快捷和自信，所以他猎杀老虎，是挣钱，也是鉴赏自我的终极目标。可傲慢和深沉

的老虎给他狠狠上了一课，让他瞬间经历由生到死，再由死到生的历程，人多次侵犯了虎，虎还能不犯人！自以为高虎几等的人，其实原比这森林之王愚蠢、下贱和无耻得多！忽然间，彭潭似乎有所醒悟了，他痛感羞耻，骂自己是王八蛋，是糊涂虫，该遭天打雷轰！

他跳了起来，不顾腿脚的麻木，跌跌撞撞，朝亮叶水青冈林这边来。

他要抢在小老虎前面，收回毒药，他跟老虎没仇，仇恨都在那帮境外的王八蛋身上。他要出山，决不便宜了那些人，他斗不过老虎，他服了，认输了，但凭他的武功和枪法，收拾那些黑心烂肺的家伙绰绰有余。

亮叶青冈林到了，彭潭似乎听到小老虎吃食的动静，他喊了一声，冲进林子，想把它们在毒肉下肚子前赶走。

林中的地上，一片狼藉，小老虎显然惊跑了。彭潭赶紧检查猪腿，肉被啃去了好几大块，包括他塞进毒药的部分。

彭潭腿一软，坐下来。完了，他苦笑，生米做成熟饭，一切都来不及了。

"举起手来！"身后忽然一声大喝，腔调有些怪怪的。

彭潭心一沉，估计遭到了埋伏。这一天是早晚的事，但此时的他，似乎很有些麻木，没有什么反应。

"你的手举起来！"又是一声命令。

彭潭举起手，慢慢转过身子，眼前是个老外，高个长腿，手里端着一支半自动步枪。彭潭多次听说考察组里有个外国人，也从望远镜里打量过这家伙，他意外的是竟然与这个斯蒂文窄路相逢，并不是武警官兵。

"你是不是叫彭潭？"斯蒂文发问。

"我叫啥都不重要了，我告诉你，什么都晚了！"彭潭一脸平淡。

"你是通缉犯，我见过你的照片，你被逮捕了。"

彭潭轻蔑地："你算老几，有抓人的资格吗？"

"我有把你这个混蛋交给警察的义务。"

彭潭上下打量他:"端的家伙太土了,有子弹没有?"

"你想试一试,是吗?"子弹上膛的金属碰撞声,此刻格外好听。

"别瞎诈唬,"彭潭冷笑,"我怕你不会使,朝自己身上走火。"

斯蒂文感觉出对方的不屑,他更加愤怒:"我参加过奥林匹克运动的射击训练,两百米内,我能打掉你的耳朵。"

"那还真让我赶上了,你敢朝我开枪?"

"当然,如果你想反抗和逃跑,我就打断你的腿!"斯蒂文降低枪口。

"别动枪,老子认栽了,"彭潭恶狠狠笑道,"我跟你走,今天倒霉,不光我倒霉,你们霉倒得更狠!"

44. 斯蒂文死里逃生

斯蒂文押着彭潭朝山下走,刚走出水青冈林,彭潭被一根草藤绊倒,爬在石头上,大声哼哼,嘴都出血了,好像是摔得不轻。

"你不要装蒜,快起来!"斯蒂文不吃他那一套,保持着警惕。

"呸呸……牙磕掉了一个,"彭潭吐着嘴里的血沫子,有气无力地,"人要不顺,放屁都砸脚后跟,来扶我一把,伙计,头晕得厉害。"

"你休想,自己站起来。"

"你们美国人不是讲人道吗?这么没人性,没看见我嘴流血?"

斯蒂文没有上他的当,他早听刑警们介绍过,这是一个精通中国功夫的家伙,他没有伸手,而是走到彭潭的右后侧,出腿踢了这无赖一脚。

"起来,你不要耍什么花招,我不会上你的当!"

这老美又犯错了,他只懂西方的拳击,不懂东方的腿技,当他要

踢第二脚时，彭潭突然侧翻，左腿自下缠住斯蒂文的小腿，反关节一拉，斯蒂文失去重心，仰倒在地，彭潭则大蟒翻身，借力跳了起来。

斯蒂文的半自动步枪摔脱了手，掉在一边，彭潭扑过去就抓枪。斯蒂文好歹还头脑灵敏，他离枪近，估计自己抢彭潭不过，近水楼台，伸胳膊一捅，枪跌下了岩石，那是一个三四米高的石壁，谁也别想够着枪了。

彭潭扑枪扑了个空，斯蒂文翻身扑向他，美国人没有摔跤技巧，但有体重，其实在很多格斗中，技巧远没有力量和体重管事。两个人在草地上翻了几个滚，彭潭又被压在下面，还被卡住了脖子。

毕竟，这个恶棍多日吃不饱肚子，体力不支了，犟不过高大健壮的老外。

"你掐死我拉倒，"彭潭停止了反抗，身子软了，他咧嘴笑起来，"还给警察省一颗子弹。"

斯蒂文松开了双手，看着他一排整齐的牙齿，使劲抽了他一个嘴巴，恨恨地，"你刚才骗我，说你的牙掉了，这不都在吗？"

"你浅了不是？兵不厌诈，懂吗？"彭潭冷笑道，"虚虚实实，实实虚虚，我刚才是咬破舌尖玩玩你，想要实在的吗？现在给你来一个……"

彭潭猛然发力，一头正撞斯蒂文的鼻梁上。斯蒂文顿感鼻子一涨，鼻梁骨折断了，一股热浪直顶脑门，鼻血喷出，他两眼发黑，天地间天女散花般灿烂，他昏倒了。

彭潭利索地爬起来，顺手搬起一块石头，就朝斯蒂文的脑袋砸。他只有一个念头，干掉这碍事的老外，把尸体一藏，趁人没发现，逃出百山祖，到南方找那些混蛋算账。

彭潭忽然一哆嗦，感觉到什么，举石头的手凝固在头顶。

一缕虎腥，带有铜臭味，刀刃似的夹在空气中切过来，割疼了他的鼻孔，这味道让他兴奋，也让他恐惧，离开他还不到几小时，又飘了来。

彭潭急转身，气管几乎扩张了一倍，脖子粗好多，"呼哧呼哧"的，但没有看到老虎的身影。

他赶紧两边一扫，还是没有，连一根虎毛都没有，闻错味了吗？他极度张开鼻孔，每一口都吸至脐下三寸，错不了，不是虎味的话，情愿割了自己的鼻子，这头母虎并没有放过他，或许，是看见小老虎死了，重来找他。

彭潭发抖了，高举的手不敢放下，手指几乎抠进石头里，他紧张地巡视周围，视线落到矮墙般的灌木丛上。

那里杂生着白穗花和兰花，还夹有一些类似黄杨树的小乔木，从外看不到里面，棉铃铛一样的白花朵成排成串地垂挂着，显得极其安静，只能听到蜂蝶轻微的"嗡嗡"声。

风是从这边刮来的，没错了，尽管彭潭只见草丛不见虎，凭他的经验和直觉，他等于看得一清二楚。

灌木丛中，隐藏着他的老对手，这头母虎眼睛圆睁，隔花草直视着他，身子前伏后躬，双耳倒贴，尾巴反卷，随时都可以扑出。彭潭距离灌木丛不到五米，这个距离对老虎来说，是最有效的杀伤范围，它从启动到扑倒你，仅需零点几秒，也许你根本来不及眨眼睛，就被按倒在虎爪下。

猛兽有强烈的报复心，如果"祖祖"是为小虎来寻仇，那彭潭死定了。

彭潭顾不上斯蒂文了，他可不想在老虎的爪牙下被玩死，那可比千刀万剐还难受，这头母虎既然又一次跟上来，决不会再放过他。

他依然高举石头，慢慢朝一边退。他直眼瞪着灌木丛，抱一线希望，自己能慢慢撤走。

山风起来了，迎面掠过来，草木的清香稀释了浓重的虎味，万木"窸窸窣窣"作响，树叶碰撞，草丛摇摆。

彭潭顺风回头观察，更是一惊，鸡皮疙瘩起了满身，头发都立起来了。

　　风是从迎面来，大片的灌木丛整体朝后摆动，如湖面水波，可中间一溜灌木相反，轻轻朝前弯腰低头，微微向两边分开。

　　那不是风，风不可能同时两方向吹，那绝对是草丛中隐蔽的老虎在潜行。晃动的草尖形成逆流，犹如大洋中险恶的暗潮，朝他袭来。

　　这些灌木丛并不高，假如老虎站立起来，应该露出脊背或头颅，可彭潭没有看到它，很显然，母虎是在匍匐中前进。

　　匍匐中的猫科动物最可怕，那是神经系统拉满的弓弦，是肌肉组织爆发前的龟缩，是攻击的临界点，随时都可以咆哮而出，一蹴而就！

　　彭潭从没有这样心惊过，他宁愿被一群狼围困，或是和狗熊狭路相逢，你至少能看清敌手，至少会知道自己输在什么地方。

　　可这一会儿，母虎深藏不露，却又紧追不舍，草流顺着他的方向晃动，他快，草晃得也快，他慢，草晃得也慢，他停下，草也静止，他稍一行动，草紧跟着就摇动。将近一年来，都是他暗中追踪这头老虎，此刻掉了个儿，他被老虎跟踪，而且跟踪得更专业和恐怖，这是报应吗？

母虎让他经历着被追踪的焦虑，品尝将被捕杀前的恐慌。他每一步，每一丝感觉都是在还过去追猎老虎的债。

彭潭几乎疯了，看不见老虎比看得见还恐怖，被虎尾随比被正面捕杀还折磨神经，精神重压下的他，心跳每分钟将近三百，血压高达两百五以上，血管脆如玻璃。

在撤退数百米后，依然无法摆脱灌木丛中不声不响的狩猎者，巨大的虎影遮蔽阳光，始终笼罩着他。

他突然转身，把石头狠狠砸向灌木丛，只见灌木丛猛起一个漩涡，跟着是石头的落草声，风突然没了，灌木丛彻底静止了，几只紫燕在空中剪来切去，画眉鸟"叽里溜啾"一声，煞是好听！秋日下，树影婆娑，草影绰绰，母虎身上粗大的花纹隐约可见，那是森林最原始的线条之一。

老虎稳稳地伏卧着，架势前低后高，保持瞬间可发起进攻的姿态。

彭潭炮弹一样冲到草丛边，刚接近灌木枝，他突然不狂了，似乎枝干戳一下，比精神病院的电击还有效，疯子都能治好，他似乎当真

看清了什么，炮弹转眼变成肥皂泡，瘪得那个叫快！

他"噢"的一声，掉头就跑，眼睛已经看不见路，不是顺着平地跑或者下坡，而是直奔山崖方向。

惊恐的彭潭连滚带爬，摔得灰头土脸，眼也睁不开，到了悬崖处也没有觉察，失脚就滚了下去，他一声惨叫，峡谷发出回荡，一声比一声远去。

树枝"唏里哗啦"一阵响，斯蒂文苏醒了，发现自己躺在血泊中，鼻孔一股热咸味道，还有液体朝外流，几只紫顶绿尾大苍蝇围着他盘旋。他抹了一把鼻血，依然头昏脑涨，一下子想不起自己为什么躺在这鬼地方。

又是一阵树枝折断声，反常就预示着不祥，本能还是提醒了斯蒂文，他撑起身子，扭头看过去。

亮叶水青冈林里，伸出一个令人恐惧的大黑脑袋。这是一头黑熊，它探头探脑，不怀好意地盯着斯蒂文，乌黑的小眼睛闪出亮光。熊的视觉较差，所以被称为熊瞎子，但它们的嗅觉好得不可思议，斯蒂文飘散出去的血腥味，穿林过山，把几里外的它引了过来。

斯蒂文顿时清醒了，他强挣扎起身，抓摸不到什么武器，就大声呵斥着，用力挥动手臂，想吓走这头黑熊。

黑熊的确被吓得缩回了头，但仅过了一小会儿，又伸出来，继续审视斯蒂文，眼光更加贪婪和恶毒。熊是杂食动物，生性谨慎，一般来说，除非是因为恐惧和护幼子，不会主动攻击人。但例外总是难免的，说不定这头熊饿急了，它抗拒不了斯蒂文的血腥味，何况，它也贼得很，已经观察到斯蒂文不光受了伤，手里还没什么要命的家伙。

斯蒂文喊的声音更大了，但却吓不回去黑熊，它反而从树林里走出来，露出一脸馋相。它走得很慢，三步一退，两步一停，似乎在试探斯蒂文，如果这个人能亮出新招数，它随时会逃进水青冈林。

斯蒂文空喊个不停，无法阻止黑熊的逼近。他没有力气逃跑，有力气也跑不了，你别看熊长成肉墩墩的，它一点都不笨，尤其跑得快，

快得离谱，时速可达六十多千米，能追上非超速行驶的夏利。

这一会儿，斯蒂文装死都来不及，熊已经看见他是活的，硬装死反而更倒霉。斯蒂文一个同事曾在加拿大的森林和棕熊装死，结果是没有被棕熊吃掉，被坐了一屁股。一吨多重的熊屁股，那位老兄浑身骨折，床上躺了一年。

斯蒂文一边喊叫，一边把左胳膊收起，护在下巴前，熊的猎杀技能不高，逮哪儿咬哪儿，抱住人脑袋就朝脸上乱啃。斯蒂文的右胳膊也做好准备，待熊伸嘴过来，就伸进熊的喉咙。

当人被猛兽攻击，这是没办法的办法。你把胳膊伸进熊的喉咙，会让熊恶心，尽力朝外吐你，你一定要赖在里面，跟它死缠。这一招不能保证你求生，但可以延长搏斗的时间，熬到救援队赶来。

黑熊越来越近了，这畜生下嘴唇有点歪，看上去像带一点坏笑，乌青的舌头反复朝外舔，馋唠唠的哈喇子水滴滴、黏答答，一路甩着！

就在它要猛扑过来的刹那间，熊的眼睛突然闪出几分恐惧，它掉头就跑，比过来快得多，撂着胯子跑，头也不回地钻进水青冈林。

基地来人了吗？斯蒂文惊喜回头，上帝呀！他倒吸一口冷气，眼前一团灿烂，那是一头老虎！从灌木丛中露出半个身子。

是"祖祖"！斯蒂文一眼就认出来，他太熟悉它了，每天对着它各个角度的照片分析研究，他熟悉它身上的每一个部位，每一个特征，闭上眼都能背出它身上的花纹特点。

老虎的花纹像人的手纹，每一个都不一样，而且终生不变。"祖祖"腹背上的岛状纹比西伯利亚虎多，比孟加拉虎少，如今在斯蒂文的视觉里，那是最美丽的图案。

"祖祖"身子略倾斜，右掌在前，左掌在后，肩胛骨高耸过头，虎目深不可测，炯炯盯着他。

斯蒂文还是有点紧张，尽管他相信"祖祖"不吃人，可他也知道，这头母虎饿几天了，他更知道，自己身上的血腥味对食肉动物的刺激程度。

他闭了一会眼，心跳如汽锤，却听不到啥动静。他有些奇怪，再睁开眼，只见"祖祖"没有过来，而是卧下了，还是半个身子在里，半个身子在外。眼睛半睁半闭，似乎在打盹。

看着母虎，斯蒂文眼睛猛地湿润了，作为猫科动物专家，他曾听到过许多关于野生虎和人相遇的传奇，都似信非信，眼前这一幕，给他活生生上了一课。

在自然界中，究竟是虎威胁了人？还是人威胁虎？从1949年起算，在中国老虎伤人的事件不过几十例，但有五万只中国虎被屠杀了。

"谢谢你，'祖祖'！"斯蒂文感慨之中，朝母虎开口了，他激动得泪花飞溅，唠唠叨叨："你太好了，好极了！你是最伟大的中国虎，你比许多人还要优秀，你拯救了我，我永远都会记得你，我不离开你，不离开百山祖，不离开中国，我要永远为你服务，为你工作，决不让你和你的孩子受到任何伤害。我相信你听得懂我的话，你聪明极了，你是最棒的……"

不知道"祖祖"听懂了多少，突然间，它头昂起来，耳朵转向山下，鼻子抽搐几下，回头再看斯蒂文一眼，然后返身走进了灌木丛。

这个老虎专家纳闷了半天，想不出哪句话伤了老虎，直到山下传来人声，他才明白，是基地的人赶来支援了。

崔嘉尔、林中原和龚吉都来了，他们扶起斯蒂文，这个老美还激动得语无伦次，急切地向众人表述经历，听得人们犯糊涂，以为是"祖祖"伤了他。

林教授让几个人搀扶斯蒂文下山，他和嘉尔、龚吉及干警等，沿着彭潭跑走的方向追踪，不能让这个恶人再漏网了，他对两只幼虎的威胁太大。

45. 彭潭被抓

彭潭没有摔到山崖底下，崖壁的十几米处，一棵斜生的水杉树托住了他，不然的话，他能摔成一张薄饼。

实际上，当他一脚踏空，身体飞速下坠时，他等于体验了死。好！好！他脑子里就闪出这两个字。水杉巨大的枝干和茂密的树叶托住了他，很长时间内，他都没有从冥冥之中苏醒。

半昏迷的状态下，这个汉子想到了他的母亲，那个一身是病、孤单无靠的老太太，这是他垂死前唯一牵挂的。

老太太一脸慈祥，眼神和善温良。在村里，她从不跟人吵架，她也不爱说话，很少到邻居家串门，她最大的乐趣，就是坐在桌子边，默默看他们兄弟抢饭吃。老太太个子矮，当兄弟俩长成壮汉，她伸手都够不到他们的脑袋，逢到他们哥俩在外闯了祸，老太太生气了，彭潭都是拉着弟弟跪下，好让母亲能打到他们。

就是这么一个温良老太太，竟然养出恶棍一样的彭氏兄弟！老太太若知道她这俩儿子干的勾当，可能会碰死在床头前。

彭潭带弟弟离开家的时候，正逢四月，千树万树梨花盛开，一望无际的平原上，所有的村庄都一团一簇喷放雪白，他的老母亲送他们到村头，问他们啥时候回来，他随意应了一声，说等下一季梨花开，就回来了。

他知道，每年四月，老太太都会整天立在梨树下，睁着那迎风流泪、还因白内障而看不清的眼睛，努力瞭望他们兄弟的身影，她能看到什么，除了一片白的梨花，就是梨花的一片白。

想到老太太会遭到毒手，想到老人家至死都见不着自己的儿子，彭潭突然感到扯断肚肠般的难受。

嘉尔等人顺灌木丛走出几百米，发现一只布条拧的草鞋，这应该是彭潭的。然后在悬崖前，又发现了第二只。考察组有些奇怪，这个擅长野外生存，心理素质极好的彭潭，怎么就失了态，两只鞋都跑脱了呢？

他们还在纳闷，就听到崖下传来激烈的呵斥声，那声音该是彭潭的，似乎在驱赶什么东西。

考察组跑到悬崖上朝下看，只见遍体鳞伤的彭潭，躺在崖壁一棵斜生的水杉树杈上，不是这棵水杉，他早摔成三截了。悬崖下山谷里，几只野狼转悠不停，似乎期待着彭潭摔下去。彭潭喊什么呢？不像是驱赶野狼呀。

"喂，你这个孙子还朝哪儿跑，没地方去了吧？"龚吉冲下面大喊一声。

彭潭闻声扭头，眼神带有求助："快，快帮帮忙，把它打走……"

人们顺他的手势看过去，透过密密匝匝的含羞草状的水杉树叶，依稀可见岩壁裂出很宽的石缝，一条大碗粗五六米长的蟒蛇，正朝彭潭盘蜒而来，扁扁宽宽的蟒蛇嘴，吐着鲜红的蛇信。

崖上的人们都惊得吸了一口冷气，这是无毒的蟒蛇，如此体格百山祖也不多见，蟒蛇能吞下比它自己的头大几倍的物体，这条蟒吞掉彭潭不费多少事。真是恶有恶报，什么都叫该死的彭潭赶上了。

"别管他，"龚吉兴奋中发狠，"这是老天爷宣判他死刑，让大蟒蛇立即执行，我把过程全拍下来，稿费全部捐给华南虎保护基金会。"

龚吉说着，迅速打开数码相机，赶着对焦。这一组蟒蛇吞活人的照片要贴上网，能让他扬名世界。

"别胡闹，快救他！"嘉尔生气了，推龚吉一把。

一个森林警察端起枪，林教授及时提醒道："多一点提前量，别伤着蟒蛇。"警察点头答应，枪响了，呼啸的子弹击碎蟒蛇前方的岩石，蹿起一股白烟，石渣飞迸。蟒蛇受了惊，立刻停止运动，昂起了头部。紧跟着，又是一枪，声音尖利薄脆，以穿越生死的速度割裂空气，山谷里听着，头皮发炸。崖壁又被打出一个圆洞，淡烟微飘。

蟒蛇转过头，身子扭出 U 字，撤走了。

山崖下那几只等着捡漏的狼，第一声枪响后，就跑得无影无踪。

46. "祖祖" 被激怒了

百山祖夏日的傍晚，常起大雾。黄昏时分气压一低，若没有风，森林和峡谷溪流的湿气散不出去，就会形成雾霭。大雾从山谷底部升起，打林间冒出，团团绵绵，如白云似浓烟又像蒸汽，弄得大山头像是刚揭锅的馒头。

山中的雾太壮观了，变幻无穷，气象万千。雾气的不停运动，让山头不间断地变换装束，高耸的巨树在雾团中时隐时现。

这一拨雾谁如果赶上了，体验起来可真不赖。眼前一会儿清晰一会儿混沌，你能真切看到雾团涌过来，围你在中间，身上的衣服薄薄湿一层，雾没有味道，却带有凉意，你皮肤若敏感一点，能感觉到雾

气中形成微粒的水分子。

假如运气更好，你看对面山上行走在雾中的老虎，那简直就是神话中的场面，一头虎在腾云驾雾。

大雾让"祖祖"不安，零风力降低了虎的嗅觉，它已到洞穴外数米处，还没有觉察到虎崽的活动，出什么事了吗？

通常它未走到洞口，小虎就欢蹦乱跳地迎过来，此时却不见动静。母虎巡视四周，确定没有特殊情况，然后探头进洞，它发现不见了虎崽，急忙抽身出来，在洞外转圈，搜寻虎崽留下的气味。

搜寻过程中，无边无际的雾障阻断了视线，母虎嘴里不住发出声音，这低频声能传出很远，召唤幼虎回来。

"祖祖"顺着气味寻虎崽，再次来到亮叶水青冈林边。

这里的雾气更浓，逐渐随天空变黑，已难区分雾气和暮色。两棵云遮雾罩的冷杉树下，母虎猛然站住了。

它找到了！可也永远失去了！杂乱的草丛里——倒卧着身体僵硬的"猛猛"和"丫丫"，嘴里衔着未吃完的猪腿肉，两只小老虎饱餐后，没忘记给妈妈带回一块食物。

"祖祖"望着孩子的尸体，一只前爪抬起，石雕似的待在原地，似乎难以接受残酷的现实。一双活泼强壮的野生虎崽，生命就这样终结了，大山再也不属于它们，来自秦岭的一团灵光，熄灭在百山祖半坡，随雾霭飘散。

好一会儿，"祖祖"才轻轻走过去，脚掌轻得像是怕把贪睡的虎崽惊醒。它低头逐一嗅着它们，它似乎明白了，又似乎依然不明白，它的活蹦乱跳的小宝贝为何突然没有了生命迹象。

母虎再次低下头，轻轻舔着它们冰凉的身子，仿佛还指望能把它们由长睡中唤回。它时而仰起头，望着浓雾缭绕的座座山头，金黄的眸子充满哀伤和悲愤，泪水盈盈。

"祖祖"的视线落在了猪肉上，它仔细地嗅了又嗅，用爪子翻过来拨过去，终于从里面分辨出那丝丝微微的彭潭和毒药的气味。

母虎被激怒了，猛然抬起了头，背上毛发竖起，肌肉满身滚动，它蹿上一块巨石，俯瞰山下，黄铜色的虎目迸出火花，几乎燃着了浓雾及暮色。

大雾影响了救援行动，因被两个伤员所累，救援队赶不回营地。没有现成路的山林里，担架太难走了，一个人空手走，还保不齐摔跟头呢。看看天已经晚了，嘉尔和林

教授商量，当晚一部分人留宿在山上。

这样说定了，嘉尔就用手机通知基地的赵队长，让他带医生和帐篷来，同时还叮嘱他，也别忘了"欢欢"。

听说当晚不走了，担架上的彭潭一震，他吃力地撑起身子，第一次开口了："走吧，不要在山上过夜。"

"不是不想走，走不了啦，有雾，天黑得太快。"林教授回答他。

龚吉跟着斥责彭潭一句："这里没有你说话的份。"

彭潭躺下了，没有再说什么，他一直侧着脸，望着雾中迅速暗下来的大山密林，他或许认了，这是命，命中已经注定，留在百山祖山上这一晚，是自己的最后一晚了。

临时营地扎在山半坡，一共三顶帐篷，都是四人用的，嘉尔他们留下了十一个人，其余的都打发下山了。林教授、赵队长、斯蒂文和医生一个帐篷，嘉尔和龚吉负责在第三号帐篷内看管彭潭。

基地医生先给斯蒂文做了检查和处理，这老外伤得不太重，鼻梁骨折断，左脚崴了脚腕子，身上还有多处划痕和擦伤。不知道是鼻血流多了，还是轻微脑震荡，最明显的症状是他老太婆化了，车轱辘话来回说，反复念叨"祖祖"的恩情，他说他要辞去所有工作和职务，到百山祖来当一名义工。

彭潭摔断了一条左小腿，肋骨至少断了两根，身上还有两处树枝挂烂的伤口，需要缝针。医生给他胸部做了包扎，小腿临时上了夹板，以防骨头移位。

这家伙从头到尾一声不吭，真熬得住，偶尔睁开眼，那俩眼珠子还是匪气十足。

森林里，传来一声委婉悠远的嚎叫，余音拖得很长，嘉尔和龚吉一惊。

"这是那只灰狼，"彭潭说道，"它是狼王，它们一共六只，它的个子最大，缺一只耳朵。还有一只小母狼很漂亮，刚怀了孕。"

狼嚎刚静下来，不远处突起一声尖叫，直炸耳朵，紧连着是好几声短促的乱叫，声声凄厉揪心。

"这是猴群，它们一定是又遇上豹子了。"彭潭侧耳听了听，"至少又给豹子逮走一只，搞不好就是那只瘸腿老猴。"

嘉尔说："你熟得很呀，在山里待的时间多了。"

"显摆什么，"龚吉道，"没什么光荣的。"

彭潭半天没说什么，突然又冒出一句："老虎是——山神。"

"那你为什么还偷猎，就为了钱？"嘉尔质问。

"你现在叫它虎爷爷都减轻不了你的罪。"龚吉补一句。

"人和人不同命，"彭潭说，"我下辈子也来这里当森林警察，我会是个百山祖的好警察。"

"再多几个你这样的，等不到你下辈子，老虎就灭绝了。"嘉尔道。

"你们恨我吗？"

"废话，"龚吉道，"还用问吗？不是有他们这些北京来的人，我现在就把你扔出去喂狼！"

"用不着你费事了，"彭潭惨然一笑，"你们今晚就能解恨。"

"你什么意思？"嘉尔对他没头没脑的话感到诧异。

"出来混的，早晚都要还！"他说完，轻轻把眼睛闭上。

"你说什么？"嘉尔更糊涂了。

彭潭不再说什么了，紧闭眼睛，怎么问都不开口。

半夜里，帐篷外的"欢欢"突然叫起来，声音很大，很急促，几乎是哀号，能听出明显的紧张和恐惧。

嘉尔和龚吉都急忙跑了出去，他们看见赵队长已拎着枪出来，林教授随后跟着，三个帐篷里的人，几乎都涌了出来。

猎狗"欢欢"全身都在发抖，它退缩到帐篷边，紧贴着赵队长的腿，朝那一排黑乎乎的红苗香树狂叫。

这事有些蹊跷，通常他们在外野营，很少见过"欢欢"这样紧张，因为猛兽避人都避得很远。偶尔它也会大叫，那都是蹦着跳着追出去，赵队长都喊不回来，它要驱赶误闯过界的小哺乳动物。

今晚它吓成这样子，一定有特殊情况。

赵队长一手端枪，一手拿着手电想过去，被林教授一把拉住："别过去，朝上面开两枪。"

赵队长抬高枪口"啪啪"两枪，子弹划出荧光，呼啸而去，弹道经过处，枝叶纷纷断裂坠落，惊得夜森林鸟群乱飞，猿猴怪叫。

等"欢欢"的叫声减弱了，他们端着几支枪，往半截墙似的红茴香树丛搜索。在"欢欢"的引导下，他们拨开杂草，很快找到了两行巨大的梅花形掌印，这掌印他们再熟悉不过了。

"是'祖祖'！"嘉尔惊讶不已，"它跟着我们干什么？"

嘉尔的问题没人回答得了，赵队长猜测，母虎是不是饿了，过来打猎狗的主意？林教授摇头，不要说投放的食物没吃完，凭他对"祖祖"的了解，这头母虎哪怕是饿死，也绝不可能来侵犯他们。

众人提心吊胆，在红茴香树丛搜索了一阵，再没有发现"祖祖"迹象，这只神虎悄然离去了，就像它悄然地来。人们各自带一脑袋问号回帐篷，斯蒂文问明了情况，坚持说"祖祖"是来看望他的，逗得人们发笑，觉得这老外有时候傻气冒得可爱。

这边帐篷里，彭潭依旧闭着眼睛，不动声色，嘉尔告诉他情况，他似乎不感兴趣，龚吉激他的将，让他分析母虎为什么半夜来营地，他也不答。

营地里还没安静下来，就出事了，先是又听到"欢欢"的半声狂叫，紧跟着就是一声惊天动地的虎啸，嘉尔和龚吉没来得及跑出门，帐篷就被压塌了。

一个巨大的黑影隔帐篷扑在彭潭身上，虎吼震天动地。

林教授和赵队长他们冲出来，被眼前的景象惊得目瞪口呆！

夜色下，"祖祖"扑在彭潭的帐篷上，连抓带咬，帐篷里面的三个人随着它翻滚，并且传出嘉尔和龚吉的惊恐大叫。

猎狗"欢欢"蜷缩一边，显然是阻截老虎时受了伤，嘴里"唧哼"不已。

赵队长朝天连连开枪，竟然不奏效，母虎依然抱着帐篷里的人乱抓乱咬。人们急了，冲过去用枪托和树棍击打它，可它还是不放手。情急之中，林教授想起携带的鞭炮，他急忙点燃鞭炮，并把爆裂中的鞭炮抛向"祖祖"。

　　母虎跳开了，人们开枪、放炮、呐喊，赶走了"祖祖"。它离开后，仍在深山中咆哮徘徊，游弋不去，随时都可能再次攻击。

　　整座山林都因母虎的咆哮而颤抖，大群的蝙蝠和夜鸟盘旋不落。

　　人们一边防范"祖祖"再次进攻，一边赶紧查看受伤的人。嘉尔和龚吉都奇迹般地没有受到伤害，不过擦破了几处皮。彭潭伤势较重，右肩和右腿都被咬出几个大洞，"欢欢"还算侥幸，仅仅被打断了前腿。

　　显然，"祖祖"目的清楚，攻击精确，哪怕是隔着帐篷，它也能分清目标。

　　山上不敢住了，"祖祖"随时会再次发动袭击，他们立刻联系基地，要那边连夜组织人力上山，并向高一级的医院发出求援，派救护车来。那个医生忙着为彭潭包扎，先止住流血，等送往大医院后再手术。这多亏那顶厚实的尼龙加帆布帐篷，不然彭潭死定了。

　　彭潭还是紧闭着嘴，就在母虎摁住他，咆哮抓咬的时候，他竟然也不发一声，甚至连本能的躲避动作都没有。当人们把他从帐篷底下救出来，他已是血肉模糊，只对嘉尔说了一句话："姑娘，抓住我的胳膊……"

　　随后，他就陷入深度昏迷。

　　彭潭的怪异让龚吉和嘉尔很是纳闷，当他们把这情况告诉林教授和斯蒂文时，他们两个的额头都骤然出现一层细汗！

　　"祖祖"和彭潭的行为都反常，尤其是母虎那井喷式的暴怒无从解释，只有一种可能，那两只珍贵的虎崽儿受到了彭潭的伤害。

　　想到这种可能性，考察组的人心如逢六月落雪，热天里都寒透了。

　　他们跑往彭潭所在的帐篷，想逼问他是不是对虎崽儿下了黑手，

已处于昏迷的彭潭根本不能回答。

这时，斯蒂文突然想起来，白天他曾在亮叶水青冈林边，看到两只虎崽儿抢吃猪腿，那肉是否有问题？

这话题一出，非同小可，考察组不敢怠慢，当即做了分工，林教授和龚吉、赵队长这就去水青冈林那边查看，嘉尔带其他人留守，等候救援队的到来。

林教授他们出发后，管理站的人赶了来。

他们连夜把重伤的彭潭抬下山，路上走了六个多小时，一路上，都能听到母虎的吼声，它一直跟踪队伍，时而在左边丛林，时而在右方山头，虎啸声让几个抬担架的壮小伙脚直发软。

到了管理站，天已发白，小伙子们连累带惊吓，都累打锅了。

县医院的救护车已在门口等候，乡县两级公安机关的民警也都提前到了。他们看彭潭伤重，顾不上别的，全都上前帮忙，七手八脚的，朝救护车上抬彭潭。这名通缉犯因失血较多，已处于休克状态。

这时候，上山查看幼虎的林教授他们回来了，人们老远看到他们，就感觉到不祥，他们个个脸色悲极剧痛，林教授的脸更是死灰死灰的，步履也不稳，搀扶他走的赵队长，不停抽手抹眼泪。

两只幼虎真的出事了！人们一惊，所有的心在瞬间被击碎了。

脸色苍白的龚吉，一看到救护车，什么话也不说，直奔过来，抄起一根大棍，狂怒地朝彭潭冲去。他完全疯了，以至力大无穷，三个警察都制服不了他。

警察们实在没办法，只好强行把龚吉暂铐在一棵榆树上，他还是拼命地想挣脱，满口粗话，切齿痛骂，手腕都勒出了血。

看着龚吉丧失理智的样子，猜着两只幼虎的遭遇，崔嘉尔泪如雨下，她蹲在地上，无声地哭泣，那一刻，她觉得天旋地转，晨光都是乌黑乌黑的！她一个劲儿摇头，眼泪滚滚而流。她怎么也不能接受这个现实，她无法相信，那两只活泼健壮的野生小老虎，已经死亡！为什么？到底是为了什么？她揪着自己的头发，悲痛之极，人为什么要和小老虎过不去？这么大的天地，这么大的国家，怎么就容不下它们！

担架上，忽然传来男人的号啕大哭，那是刚得知噩耗的斯蒂文。他拼命打自己的头，身上几处伤口随之崩裂，医生们按都按不住。这个美国人痛不欲生，他目睹两只小虎抢吃猪肉，竟然没意识到会有毒，他痛恨自己的愚蠢和迟钝，绝对无法原谅自己。

那些警察和医生们，面对专家们撕心裂肺的痛苦，也都掉泪了。

47. "奎奎"逝去

那晚，"祖祖"被驱离营地，它一直没有走远，而是追寻着彭潭的担架，隔着丛林，隔着大山，隔着河流，冲那帮下山的人怒吼。

二十多年前，也是沿这条路，从杜鹃谷开始，它跟踪盗猎者下山，那是追寻被毒杀和肢解的母亲。它当时强忍了，没有暴露自己，是遵循母亲留给它的警示，任何时候，不要攻击这些直立行走的人。

母亲的血腥味似乎还没有散尽，严格遵守不伤人的"祖祖"，不但失去丈夫，还没能保护自己的孩子，它们又被人毒杀了。

直到抬彭潭的队伍出山，奔往山头的"祖祖"，遥望管理站隐约的灯光，长吼了一声，才不再追赶，它知道，那是禁区。

当"祖祖"返回亮叶水青冈林，一小群豺狗守在那里。

这群豺狗发现了两具小虎的尸体，它们极其兴奋，围着撒欢打转，口水落地。但它们又极其恐惧，"祖祖"的气味让它们发抖，上一代惨痛的记忆，似乎遗传下来，它们狂欢归狂欢，始终不敢对死小虎下嘴。

"祖祖"的突然出现，豺狗们立刻聚往远角，在老虎突击的距离外，它们要走不走，嘴里"唧唧"哼叫，恐慌和奸诈的眼神打量母虎的表情。它们似乎在表白与小虎的死无关，也似乎舍不得放弃这餐美食。

母虎骤然愤怒，它大吼一声，横穿灌木丛，夹风带草地扑过去，气势之凶猛，让豺狗们吓破了胆。它们一哄而散，拼命逃跑，真恨不得多长两条腿。

"祖祖"狂追了五六十米，这非常罕见，直追得豺狗疯一样逃散，其中一只跌下悬崖，另一只撞上冷杉树，昏死过去。

收住步子的"祖祖"，冲着四散的豺狗背影再吼一声，群山震撼，林木萧萧，所有哺乳动物都深深地躲藏。

母虎喘息待定，把两只虎崽儿的尸体衔回了虎穴。

母虎"祖祖"大半夜的吼叫，惊动了"奎奎"，它拖着残肢，爬往离山最近的笼子一角，远眺百山祖，那两块白斑下的眼神，越发黯然。

从这一刻起，这头雄虎突然拒绝进食，甚至连水都不喝，直到奄奄一息。

它或许从"祖祖"的吼声中解读到了什么，或许，母虎的过度悲哀，深深刺激了这头雄虎，让已经患上忧郁症的它，选择了死亡。

"奎奎"的危急，犹如巨大的阴影，笼罩着管理站，考察组的人真是雪上加霜。他们强忍悲痛，想办法让"奎奎"进食，但都失败了。连"宝宝"都不敢走近它。这头野生雄虎去意已决，没有人能挽回它。

想给它输液的人们，被抓伤好几个，甚至包括嘉尔。实在没有别的办法，人们给它注射了麻醉药，强行输液。

输液的效果不大，人们使用了最好的营养液，雄虎的生命迹象，还是急遽衰弱，造福人类的科学，不能拯救虎的绝灭。死神已经悄然降临，正导引这头野生中国虎逐步离去，永别家园。

最后一天，是嘉尔守候这头绝食的雄虎，她蹲在"奎奎"的身边，轻轻抚摸着它稀疏的毛发，它的体重减去了四分之三，几乎瘦成了一张皮。嘉尔的眼泪扑簌簌朝下掉，她说着，规劝着，轻声细语。她哭着，倾诉着，哽咽吞声。她想把"奎奎"劝回来，想把它从死神手中夺回。

蓦然间，昏迷中的"奎奎"抬起了头，它望着嘉尔，忧郁的眼神突然显得温和，似乎还闪着泪花。它舔了舔嘉尔的手，上面有女孩子咸咸的眼泪，然后头一垂，永远闭上了眼睛。

这头力拔群山、威镇百兽的森林之王，这头充满活力、野性十足的雄虎，这头兼有华南华北虎血统的真正中国虎，就这样轻轻地去了。

千百年后，中华民族的子孙，因此，将不能宽恕他们的先辈。

48. 拯救中国虎

"奎奎"的逝去，几乎摧垮了考察组，也让附近几个山村，都弥漫着伤痛。可考察组人连一秒钟悼念的时间都没有，他们一把又一把抹去比秋水还多的眼泪，还要来关切"祖祖"的命运。

"祖祖"！这只聪明睿智的母虎，似乎因哀伤，失去了理智。

自从它把两只小虎的躯体叼回洞穴，似乎还指望孩子有朝一日复

活，它不吃不喝，日夜伴守，已经好几天了。

这样下去，母虎有可能饿毙，也可能因悲伤过度而死，即使它能熬下去，小虎的尸体一旦腐烂，会带给它致命的疾病。考察组的人坐不住了，他们必须采取措施，否则，"祖祖"也难保！

这是小虎被毒死的第九天，也是"奎奎"死去的第二天，百山祖乌云浓重，气压沉闷，万籁俱寂，动物们都躲起来，等待一场大雨的来临。

山径上，是考察组一行人。他们扛着装"宝宝"的铁笼，带着麻醉枪，缓缓向"祖祖"的洞穴进发。

这两天，为了找出挽救母虎的办法，考察组商量来商量去，脑细胞都熬干了，嗓子都吵得出不了声，最后，做出一个决定，把"宝宝"送还母虎。

这决定一上报，把许多人都吓一跳，太冒险了！连远在瑞士的杰克逊博士，也两天打了五个电话，反复和斯蒂文讨论。国家林业局领导也在批复前一再犹豫，要求专家们多次论证，要知道，这一次实在是输不起了！

"宝宝"离开虎妈妈已经三个多月，谁敢担保"祖祖"还有记忆？母虎又处于丧子之痛，还存有几分理性？它能认回"宝宝"吗？

更危险的是，猛兽都有亲杀行为，也有排除异己的习性，为了减轻食物的竞争或捍卫领地，它们会毫不留情地杀死幼兽。

"宝宝"是最后一根苗，若掐断，就等于野生中国虎灭绝！

但是，除此之外，还有良策吗？

拯救中国虎，当务之急是保护，最终的出路，在于虎的野化和放归山林。"祖祖"是唯一现存的野生虎，它活着，拯救计划就还有一线希望，如果连它也保不住，计划就是全盘泡汤，彻底失败。

出发前，考察组的人紧张得两宿没合眼，他们制订几套应急预案，可谓只许成功，不许失败。

他们搜集来带有"祖祖"气味的杂草，给"宝宝"通身擦遍，希望这能够引发母虎的记忆。他们还再次从武警队请来射手，一旦母虎

露出杀气，必须赶在第一时间，将其麻醉。他们还带了医生、担架、各种药物和输液设备。

总之，该想到的，都想到了，该做的，都做到了，"祖祖"接不接收"宝宝"，就看上天的意思了。

考察组一行在洞口三百米外停住，先用电话通知，将监视虎穴的人撤出来，又布置带麻醉枪的狙击手进入射击位置，然后下一道严令，任何人都不许进入离洞口的两百米内。

林教授、斯蒂文和崔嘉尔三人，带着"宝宝"去往洞口。

"宝宝"七个月大了，很沉，就这么几步路，斯蒂文抱得气喘吁吁。小老虎第一次进山林，一路怕得要死，缩在笼子里哆嗦。快接近洞口时，它似乎闻到了洞穴的虎味，好奇又恐慌，在斯蒂文怀里撒了好几泡尿。

他们来到洞口外，约十几米处，他们站住了，四周看看，密林里有好几支枪口，武警向他们打手语，报告一切妥当。

他们三个都蹲下身，斯蒂文把怀里的"宝宝"一放，这家伙不走，还朝斯蒂文的怀里钻。斯蒂文推了三把，它都又退了回来。

斯蒂文急了，没顾上和另两个人商量，抱起小老虎，朝前走了好几步，然后把它朝洞口一丢。

洞口猛然有虎影一晃，"祖祖"现身了。事隔八九天后，人们都是第一次亲眼看到它。

这头母虎显得苍老和衰弱，步履缓慢，眼光无神，毛发蓬乱，几乎不复猛虎的威风了。看得嘉尔等人一阵心酸。

斯蒂文赶紧蹲下，一手轻推"宝宝"的臀部。小老虎看着洞口的母虎，愣住了，一动不敢动，被斯蒂文推着，板凳一样朝前滑行。它双目炯炯，紧盯母虎，显得又紧张、又兴奋、又胆怯。

"祖祖"看到小老虎，眼睛猛然一亮，全神贯注地看着它，眼神里有困惑，有迷乱，有警惕，也有威严。

时间似乎停止了，地球不再转动，万物都在期待。

"宝宝"先耐不住了，它小心翼翼地撅起屁股，慢慢朝母虎移动。

"祖祖"的眼睛霎时瞪圆，喉咙里咕噜一声，"宝宝"马上躺倒，四爪朝天，向母虎坦出肚皮。"祖祖"没再表示不快，继续目不转睛地注视小老虎，很明显，它也十分紧张和犹豫。

"宝宝"在地上翻了几个滚，然后匍匐在地，扭动着腰杆和屁股，极尽娇媚的姿态。或许，它并不知道这是亲生母亲，求爱只是孩子的天性，自"奎奎"绝食而死，它孤单而寂寞，现在看到母虎，就只想求得温存。

"祖祖"的眼神温和了，它看了看虎崽儿，又看了看斯蒂文，以及稍后的嘉尔和林教授，很有些不知所措。它想发威，赶走这个不速之客，又自我抑制住了，它想退回洞穴，身子稍一后撤，又犹豫了。

那一会儿，真可谓提心吊胆，所有人的心都提到了嗓子眼。在多少双眼睛的注视下，"宝宝"嗓间发出撒娇声，低细而又温柔，像只小猫一样地叫，同时谨慎地朝前移动。

就在这时候，"祖祖"终于发出一声回应，充满温柔，母性十足。

"宝宝"立刻欢蹦着扑过去，虎母子亲热地互相舔着和磨蹭头部，"宝宝"还滚在"祖祖"怀里，大肆撒欢。

场面感人极了，远近所有的人，不管是男人女人，还是军人和警察，都暗自低头擦泪。

趁老虎母子亲热，斯蒂文向崔嘉尔和林教授使了个眼色，他们小心翼翼挪到洞口，用极缓慢温柔的动作，把两只死虎崽掏出来。

和幼虎厮闹的"祖祖"，一直留意这几个人的行为，它转过头，看着斯蒂文手里的死小虎，目光凝重。

斯蒂文他们不敢走远，他们三个人原地用手刨坑，死虎就地掩埋。他们担心的是，"祖祖"藏尸时间过长，尸体腐烂，让它和"宝宝"感染疾病。

"祖祖"注视着他们，没有干预，当斯蒂文他们慢慢退走的时候，嘉尔突然观察到，母虎那琥珀般的眼睛里，似乎涌满了水分。

49. 国际阴谋

"宝宝"回归后的第二天深夜，"祖祖"带着它悄悄离开了那个洞穴，而且再没有返回。

一开始，人们以为老虎是正常换窝，不太在意。可又过了几个月，都没有找到虎的新家，投放的食物也一口未动，几架摄像机内，连虎踪影都不见。

这下，考察组的人感觉到问题的严重了。

年老体衰的"祖祖"哪里去了呢？它还带走了"宝宝"。小小的百山祖自然保护区，能让两只老虎深藏不露吗？用时尚话说，老虎也会从世间蒸发吗？或许母虎把百山祖当作伤心地，带着孩子离开了。

可遍地人烟的华东地区，它根本不可能另辟领地，在这野生动物资源急剧减少的环境中，离开了自然保护区，它们哪里捕得到食物！更何况，两只老虎一旦进入人的视野，尤其凶多吉少！

整整一个冬天，考察组跋山涉水，几乎踏遍了百山祖的每一平方土地，到处搜索"祖祖"母子的踪迹。让人沮丧的是，一点迹象都没有发现。

"祖祖"带走"宝宝"的第五天，考察组接到电话，得知彭潭——这个盗猎主犯，已经病危了。公安局办案人员在电话中说，彭潭大部分时间都处于昏迷状态，其间几度苏醒，都不配合调查，始终没有开口说一个字。

彭潭的口供非常重要，因为只有他，才能指证盗猎中国虎的幕后人。嘉尔和林教授商量后，赶往丽水市人民医院。在医院的重症监护病房内，嘉尔看到了弥留之际的彭潭，第一眼险些认错了人，这个凶神般的恶汉子，因伤口感染，连续高烧，也瘦成了一把骨头。

嘉尔在省公安厅刘处长的陪同下，走近彭潭的病床，床边站满了警察和医护人员。嘉尔俯视彭潭那戴着氧气罩的面孔，情感复杂，仍

被失去老虎之痛折磨的她，不知道怎样面对这个垂死的罪犯。

护士一遍又一遍呼唤彭潭的名字，他在急促的呼吸中，忽然睁开了眼睛，在那一刹那间，他眼神一亮，似乎认出了崔嘉尔，牢牢盯住她不放，嘴唇动了几动，没有说出话。

"你抓紧时间问他，"刘处长赶忙提醒，"和他联系的人是谁？电话号码是多少？有没有地址？"

这话到嘉尔嘴边了，却没有吐出来，不知道为什么，她面对这个将死的人，怎么也张不开审问的口。她看得十分清楚，彭潭眼睛里的亮光在逐渐熄灭，两大滴泪水从眼角缓慢渗出，当泪珠最终顺脸颊淌下时，心电图响起持续的蜂鸣声，屏幕显出一条长长的平行线。

不知道是为什么，目睹这个罪犯的最终结局，嘉尔不但一点都不好受，还特别地难过。

从病房出来，嘉尔到另一间病房，去协助专案组提审彭潭的弟弟彭渊，他因盗猎罪和私藏枪支罪，已被判处七年徒刑，继续留在医院治疗，待伤痊愈，再送监狱服刑。

彭渊态度一直不错，问什么答什么，办案人员都惋惜他是个棒槌，平时不大动脑子，知道的也太少，不然，案子好办多了。当嘉尔告诉彭渊，他哥哥彭潭已死，这家伙顿时号啕大哭，哭得像杀猪，鼻涕三尺，简直不像个男人。

哭完后的彭渊，抽抽搭搭之中，忽然吐露了一个重大的情节，那就是他和哥哥准备罢手不干时，在溪口边被黑社会人劫持和威胁，最终造成一死一伤，也导致他们兄弟回头走上不归路。

彭渊一点不傻，他怕哥哥担上人命案，始终将此事隐瞒不说，直到听说哥哥死了，才和盘托出。

彭渊的供词，让办案人员感到案情重大，因为种种迹象表明，这似乎并不是一个单纯的盗猎行为，背后隐藏着更大的势力和阴谋。刘处长当场抓起电话，与河南警方联系，恰好获知新的消息，两天前，彭家被人故意纵火，其老母亲被烧死在房间内，纵火嫌疑犯已被抓获，其作案动机还在调查中。

真是一波未平，又起一波，浙江方面不敢怠慢，刘处长一行和嘉尔一道奔赴河南，连夜提审了纵火嫌疑犯。这是一个邻村的农民，有偷盗和劳教的前科，该犯开始拒不认罪，百般抵赖，后在证据面前，终于低下了脑袋。

该犯供述，他因赌博欠了一笔债，为了还钱，受一个姓赵的生意人指使，烧了彭家，报酬五千块钱，条件是必须把彭老太太一起烧死。

那个姓赵的是南方商人，曾因走私汽车被收审和处罚，一直是公安机关内部掌握的人物。案发后，他还出现在现场，估计是查看老太太的死尸，然后就离开了当地，很可能向南方逃逸。

两天后，嘉尔和刘处长一行来到广东，在公安部紧急发布通缉令后，赵姓嫌犯在深圳口岸被边防机关扣留。

姓赵的可不是愿意替谁担待的人，第一次提审，就竹筒倒豆子一样，胡里哗啦全招了。他说他跟彭家老太太无冤无仇，根本不相识，花钱找人放火，全是听从境外的一个职业犯罪团伙的指示。他还叫屈说，自己的小命在人家手里捏着，不敢不从。

刘处长是个老公安了，也没料到这个老虎盗猎案这样复杂。他向嘉尔感慨，原来认为，不过是拔出萝卜带出泥，谁知道案子越深，越牵越广，竟然到了境外。一只野生的华南虎，竟然引发这么大的动荡。

没几天，通过香港警方合作，将该团伙的老大逮捕并引渡回来，经过刘处长等人的突击审讯，这个叫森哥的老大招了，他承认诱使和胁迫彭家兄弟猎虎的犯罪事实，也在确凿的证据面前，承认是他指使人杀害了彭老太太。

让嘉尔震惊的是，森哥在随后的审讯中也喊冤，吐露出的内幕更让人意想不到。他说，他下订单密购野生华南虎，根本不是为了黑市交易，而是被人设了圈套，不得已而为之。

他供述说，去年夏天，他在东南亚某国的一个夜总会突然被搜查，

面临一笔七位数的罚金和无期徒刑判决，对方政府已要求香港特区政府引渡他。

这个森哥说，那夜总会开了十几年，从来都没有麻烦，怎么突然被查？就在他纳闷和慌张的时候，一个和当地政府关系密切的华裔出现了，这个人姓范，曾在该国情报机构供职，退休后，一直做走私军火的交易，黑白两道都吃得开。

那姓范的约森哥密谈，说只要他雇人猎杀在浙江出现的野生中国虎，就担保夜总会的案子不被起诉，而且还提供杀虎所需的全部费用。

这个森哥向警方坦白道，人在屋檐下，不能不低头，他也知道华南虎的珍贵，可让人抓住了把柄，被逼无奈，才不得不听从姓范的摆布。

森哥的口供，让刘处长及各级公安部门吃惊，盗杀华南虎的背后，竟然隐藏着一个巨大的国际阴谋！

嘉尔关切"祖祖"的下落，先返回了百山祖，但她一直和刘处长保持联系，关注案情的进展，因为这太离奇和太不可思议了，究竟是谁，硬和中国的野生老虎过不去？中国虎怎么就碍着他们了呢？

从刘处长断断续续的电话中，嘉尔得知，中国警方非常重视森哥的这份口供，经多方取证后，证明这个黑社会老大的供词属实，就通过国际刑警组织，要求缉拿范姓嫌疑人！

刘处长在一个电话中遗憾地说，国际刑警组织的通缉令还没来得及发出，范姓嫌疑人就离奇地失踪了。这让龚吉他们咬牙跺脚，恨不得在地球上挖窟窿，把姓范的揪出来。

又过了一段时间，刘处长在半夜打来电话，说人们在斐济的海滩度假胜地找到了姓范的，他在那里隐藏了一个多月，享受南太平洋的海水浴场，却在一次下海游泳时，没有上岸。两三天后，膨胀的尸体浮起，卡在礁石缝间，被一个渔民发现。

刘处长说，斐济警方初步验尸后宣布，死者属溺水身亡。但中方根本不相信这种说法，档案显示，范姓嫌疑人曾服过兵役，是某国海军陆战队的上尉，擅长游泳和水下格斗，怎么会淹死在风平浪静的海湾呢。

嘉尔和龚吉分析，认为刘处长的分析有道理，姓范的不是淹死，肯定是被谁灭了口，而且能轻松杀死这个人的，绝不是一般的犯罪组织。但斯蒂文似乎不愿意朝这个结果推断，这个动物学家无论如何也无法相信，是什么样的动机，让人这样凶恶和残忍。

果然，没过几天，龚吉从网上跟踪到消息，斐济临近的澳大利亚一家华人媒体爆出猛料，说范姓人的死，背后有玄机。该报援引一个资深的澳洲联邦情报官员的话说，范姓嫌疑人溺水前，澳洲海军曾发现斐济一带海域有潜水艇活动，国籍不明。因为南太平洋一向属于澳大利亚的势力范围，除美澳之外，从来没有第三国的潜艇游弋，所以引起澳洲军方和安全机构的关注。

这位不愿透露姓名的官员说，澳洲军方曾出动潜艇和驱逐舰进行跟踪，发现那艘神秘潜艇多次进入斐济海域，还伴有蛙人活动，直到范姓下海失踪后，潜艇和蛙人才撤回了公海。澳洲方面曾把这一情报转给斐济政府，不知什么原因，斐济政府没有反应。

该份华人报纸还透露，实际上，死者手腕和脚腕都有被紧箍的痕迹，斐济警方公布验尸报告时，不愿事态扩大，故意隐瞒了这一点。

刘处长也看到了这则消息，他在给嘉尔的电话中分析，假如澳大利亚报纸的消息来源可靠，范姓嫌疑人的死况就可以推定了，这是一个标准的灭口谋杀案，背后的能量已超越了黑帮社会。显然，蛙人是由潜水艇秘密载来，然后潜入浴场的水下，待死者游过来，将他拉进了深渊。

刘处长说，范姓嫌疑人突然死亡，案情调查被迫中断，猎杀中国虎背后的真正原因，将永远成为一个谜。

这一晚上，斯蒂文忽然被电话叫醒，这是欧洲长途，对方是涉嫌阴谋的亚洲某国驻 IUCN 的代表，和斯蒂文有一面之交。

这位代表在电话中一反常态，对中国虎的保护工作格外关切，一再夸奖斯蒂文的工作成就，并对几只中国虎的死亡表示深切的悲哀和遗憾，说中国虎是世界人民的共同财富。这位代表还敦促考察

组尽快找到"祖祖"母子，并向斯蒂文透露，一旦野生中国虎再次被寻到，他将在下次理事会上，投票支持对中国虎启动让·雷诺基金的拨款方案。

斯蒂文终于明白了，他气得手直哆嗦，放下电话后，狠狠地骂了一句，狗娘养的政客！

50. 考察组遇险

这一年冬天，百山祖地区下了一场罕见的大雪。

整整一天一夜，雪花飘个不停，大片坠落的好像不是雪片，而是碎了的天空。没风时，雪花沉甸甸的，几乎成直线下落，人似乎能听得见雪片落地的声响，忽然风一刮，又漫天活泼，尤其是风向多变的山谷里，雪花到处打旋，喝醉了似的，朝天上升腾。

看上去很轻的雪花，多了也重，压断了百山祖原始森林的多少树枝。考察组冒雪搜寻野生虎的时候，不时听见林中"喊哩咔嚓"的断枝声。

皑皑白雪的山林世界，景色美观也感伤，特别是对考察组来说，视觉内越是肃穆和圣洁，越是让他们自然而然地朝最坏处想。

积雪掩盖草木，使众多哺乳动物觅食困难。

雪后的几天，不时能发现倒毙的食草动物。保护区周边的农家，也不断传出山中野兽闯来觅食的报告。大雪对庄稼好，对空气好，对自然环境也好，独独对江南的原始森林及森林动物来说，是一场灾害。

雪地能留下过路者的足迹。考察组就是趁大雪全体出动，看能不能找到"祖祖"母子的足印。

一连几天，他们该发现的都发现了，华南豹、云豹、黑熊、大灵猫、小灵猫、金猫、狼、狐狸、豺、獾，等等等等，无不在雪地上露出马脚，唯独就是没有虎掌印，真让人奇怪和失望！

失望之下，人们不得不认真考虑三种可能。

一是"祖祖"领"宝宝"跨越公路和村庄，沿山脉寻找新的栖息地去了。二是它们已经饿死在某个隐蔽的洞穴内，考察组一时找不到。三呢，就是除彭家兄弟外，还有更狡猾的盗猎者，他们已经得了手，秘密将捕杀的老虎母子偷运走了。

考察组的人联想到那个代表的那个电话，更是不寒而栗，是不是他们的阴谋得逞了，才在斯蒂文那里装一回好人！

两个月后，山背阴的积雪还没有融化完，突来一场春雨，考察组的人等不到雨停，再次进了大山。

就这样，考察组的人月复一月，日接一日，不间断地搜寻虎的踪迹，已经一年了。上级部门已撤销了考察组的使命，经费也停止了，武警、公安、媒体及志愿者、好事者，也都走了个八八九九，IUCN不断催促斯蒂文结束使命，转往孟加拉虎的栖息区工作。

斯蒂文没有走，他铁了心，誓言决不放弃，哪怕是自费考察，也要找到"祖祖"母子，见不到活体，也要见到尸体。

他们顺峡谷走了半天，准备从一片黄蜡竹的地方朝上攀，忽然听到"轰隆隆"的巨响，还伴随着"稀里哗啦"的冲击声。

"什么声音？"龚吉耳朵最尖，他大声问道。

林教授脸色陡然一变："是泥石流，快躲开！"

"轰隆哗啦"的巨响迅速由远而近，可他们还不知道朝哪个方向躲。当他们看到泥石流从山间奔出时，谁都来不及了。

浑黄的浊流，滚滚而泻，这股泥石流虽不算很大，刚过脚脖子深，但流速很急，夹带有不少石块和断树枝，相当危险。

林教授被斯蒂文及时一推，抱住了一棵山核桃树，逃过一劫。龚吉和崔嘉尔滑倒后滚成一团，两个人体积大，冲了几十米后，被一块巨石挡住了。

只有斯蒂文最惨，他为了帮老教授，自己来不及躲开，被泥石流

294

冲了下去。

嘉尔他们三个缓过劲来后，赶紧顺着峡谷追赶。

他们必须追上泥石流中的斯蒂文，因为朝下五百米左右的地方，溪流在断崖形成一个瀑布，落差有七八米，人如果冲下去，九死一生。

峡谷中，声音如雷，泥石流滚滚而下，夹带的漂浮物越来越多，碎石、树干、草团以及小动物的尸体，里面可看到挣扎的斯蒂文。

斯蒂文浑身是伤，已经是半昏半醒，所谓挣扎只是本能反应。

他不时被绊在什么地方，还没来得及喘息，又被更强的冲击力裹走。他也清楚，距离那个断崖不远了，瀑布坠落的巨声都听到了，可他扛不过泥石流，他已经用完了所有的气力，连呼吸都困难了。

冥冥之中，他在泥水中翻滚，眼睛时睁时闭，在偶然睁开的瞬间，他视觉中出现了幻觉，断崖前，横着一块中流砥柱般的巨石，冲过去的泥石流被阻挡得飞溅分离。巨石上面立着一头斑斓猛虎，嘴里叼一只淹死的幼鹿。

天上的厚云凑巧移开，强烈的光线投在虎身上，熟悉的花纹灿烂似锦。这头老虎的视线正向他投来。

是"祖祖"！斯蒂文想喊，但喊不出，他嘴里灌满了泥水。这一刻，他感到狂喜，我终于找到你了！他完全忘记了自己的安危，拼命朝"祖祖"招手，尽力朝它立的石头挣扎过去。

他快冲到石头边了，伸出双手，想抱住石头的突出部分，说时迟那时快，一棵顺泥石流而下的松树飞来，一端正撞他脑袋上。

斯蒂文无力地松了双手，呛了口泥水，顺流绕过巨石，就在这时，他昏昏然中感觉到一股上提的力量，让他脱离了泥石流，他顿感一阵大轻松，好像人家说的，是灵魂挣脱肉体，升往了天堂。

51. "祖祖"舍身救了斯蒂文

沥沥的春雨收住了，云层散开，森林上空露出一片青天。

一只乌鸦飞来，在峡谷一侧盘旋，又是一只、两只，很快聚集成一小群，黑压压的。乌鸦是食腐动物，它们的集体出现，说明下方有死尸。

它们鸟瞰的峡谷中，泥石流已是强弩之末，流速明显趋缓，声响减弱。靠山脚的一块开阔地，卧着一人一虎，好久都没有声息。

斯蒂文还没完全上岸，一只脚尚被泥水冲刷。他头前是"祖祖"，几乎瘦成了两张皮，远不像斯蒂文幻觉中那样雄伟灿烂。这头母虎呈倒退的姿势，卧倒在斯蒂文前面，嘴里还衔着他的胳膊。

没有人看到斯蒂文被救的一幕，事后，人们只能凭想象力，推测"祖祖"是怎样把他拖到旱地的。

溪流因泥石流的冲击，扩宽了几十米，"祖祖"必须靠跳跃，才到达到溪流中心。从岸边到中心，共有十几块大石头，间隔两三米或四五米不等，但它若衔起一个百多斤重的人，不可能跳跃上岸，更别说它是一头暮年和饥饿病弱的母虎。

很难猜测"祖祖"的思维，它带小虎销声匿迹，显然是对人类的彻底绝望，尽管这头母虎一再地回避和隐忍，还是无法避免人的伤害，就是在这种心态下，它还是拼死拯救了斯蒂文。

动物记仇，也记恩，它对真诚帮助它的人，铭记在心。

盘旋的乌鸦群就要降落了，它们忽然改了主意，飞往一边的树上。

嘉尔等三人赶来了，跌跌撞撞。他们还没站定，就惊得瞠目结舌，浑身发抖，好半天说不出话，也不知道是该喜还是该悲。

待他们跑过去，发现"祖祖"身体已经凉了，它生命的最后一份热能，用来把斯蒂文拖出泥石流。

他们赶紧救醒了斯蒂文，他真是命大，被泥石流冲了几百米，身上划破无数，竟没有致命伤。

料峭的寒风袭来，树上的乌鸦都飞走了，"祖祖"的身体被吹得僵冷。他们四个人围着死去的母虎而坐，抚摸着那瘦骨嶙峋、伤痕累累的遗体，谁都没有说话，也没有话说，更不知道该说些什么、还有什么可说的。

落日剩大半个脸，山脚下暮霭初上，呈现出薄薄的一层紫烟，飘荡在群山和原始森林之间。

一片枯黄的草丛中，几枝生猛的迎春花怒放，非常抢眼。他们四个抱着揪心的沉痛，花草下就地挖坑，给"祖祖"安身，让野生中国虎长眠。

刚才，他们集体做了一个违反惯例的决定，不将这只野生中国虎制成标本，而是把它永远留在它的生死之地——百山祖。

深埋"祖祖"后，他们恢复了草皮，消除了墓葬痕迹，并移栽上迎春花、杜鹃树和山茶花，确保"祖祖"的死地百花盛开，也确保这头一生躲避人类的山林之王，死后再不受人类的打搅。

临行前，他们四个人都掉泪了，一齐向地下的"祖祖"深深三鞠躬，向它告别，祝它安息。

52. 王者血脉

又是一个山野的黄昏，苍山如海，残阳如血。

寒风料峭中，他们搀扶着斯蒂文朝山下走时，背后忽闻一声闷雷似的虎啸，横空出世，力压群山，在树冠上滚动！

"是'宝宝'！"嘉尔惊叫。

他们一起回头，只见主峰的山崖高处，雄踞一头大老虎，它已经完全长大了，背衬着火红的夕阳，显得格外健壮、威猛、漂亮和野性十足。

逆光中的"宝宝"，看不清它的眼神。这头老虎雄视他们，不断发出阵阵虎吼，声音强悍和自信，也充满不容侵犯的威严。它像是久别的亲人，与恩人们招呼和叙旧，又像是冷酷的山林之王，驱赶他们离开自己的领地。

他们四个人悲喜交加，感慨万千，止不住热泪涟涟。

龚吉险些要爬上山去，被斯蒂文叫住了。"宝宝"在"祖祖"的教化下，已恢复野生虎的习性，这时候，人类千万千万不要再干涉它了。

他们不得不赶快离开这头野生虎，他们又舍不得这个可爱的"宝宝"！在虎啸声中，这几个傻子般的人，喜极而泣，互相搀扶，倒退而行，眼巴巴地望着雄壮威武的"宝宝"，恋恋不舍地往山下退去。

"宝宝"，这个命运多舛的野生中国虎后代，终于由"祖祖"抚养成一头强壮的野生虎，成为自然之子、森林之王。

然而，在这自然生态日益恶化的环境中，等待它的又是什么呢？还有多少罪恶的枪口搜寻着它？还有几多适合老虎生存的森林承载它？

结束语

2001 年 11 月，由"拯救中国虎国际联合会"资助的一批国内外专家，在江西乐安县的华南虎自然保护区发现了虎的踪迹，证实了野生华南虎的存在。

2002 年 7 月，上海野生动物研究所开始征集并冰冻保存已死去的华南虎的虎皮、虎骨、血液等，以在技术发展成熟时，为我们的子孙克隆出新的华南虎。

"亡羊补牢，犹未晚也"，这消息让我们欣慰，也让我们更加伤痛。

尽管至今还没有人亲眼看到一只野生的华南虎，但它们确实还存在。这不是梦，不是童话，也不是古老的传说。像"宝宝""祖祖"这样的为数不多的野生华南虎，依然还顽强地游荡在我们的山林里。我们有什么理由不向它们伸出救援之手。

2003 年 9 月，由华南虎保护基金会赞助的一项计划启动，两只人工饲养的华南虎崽被送往南非进行野化训练，如果野化成功，将在 2008 年送返中国，有关机构已分别在湖南和江西筛选出两个后备地区，留待"PK"，胜出者供它们栖息。

令人深切叹息的是，这个计划在 2005 年受到挫折，一只雄虎病逝在南非，但计划仍在顽强进行中。

2004 年 6 月，在中国陕西的华山地区，一只华北虎的身影被人拍摄下来。这个更加惊人的消息说明，一切都还未晚，如果我们能挽救华南虎，或许，连已经灭绝的华北虎都能复苏。

拯救老虎，拯救华南虎，拯救中国虎，这不仅仅是因为它们与我们相伴了几十万年，与我们的发展与进步息息相关，而是只有拯救老虎，才能拯救森林，才能拯救水源和保障自然生态的平衡，从而最终——拯救人类自身。

中国动物小说名家经典

斑羚飞渡 沈石溪

一群老斑羚从容迈向深渊，心甘情愿地用生命为下一代开通一条生存的道路；一只美丽的红奶羊竟做了黑狼家的奶羊，做了小狼崽的奶妈；一头老鹿王拒绝浑浑噩噩，决心要有尊严地活着……一个个饱满、充满灵性、可爱又温暖的动物形象跃然纸上，纠结的母性、伟大的母爱，充溢在心田，散发出润泽的光辉。

獒王归来 杨志军

西结古草原上发生了百年不遇的特大雪灾。不寻常的是，多弥草原和上阿妈草原的狼群也都悄悄集结到了西结古草原，饥饿的狼群随时准备向受灾的牧民发起攻击。使命催动着藏獒勇敢忠诚的天性，为了保护人类的利益，西结古草原的领地狗群在獒王冈日森格的率领下，扑向了大雪灾中所有的狼群、豹群、猞猁群和危难……

狼谷牧羊犬 思鹤

蒙古牧羊犬，一个从传说中而来的犬种，一直守护着蒙古草原游牧人的营地和他们的羊群。本书字里行间传递出蒙古牧羊犬的勇气、忠诚、自由和爱。草原、畜群、牧羊犬、勒勒车……向我们展开了一幅灿烂的游牧画卷：深邃神秘的北方草地，与大自然融为一体的鄂温克，以及游弋在草地与山林间的生灵，荡漾出一种不可复现的童年气派的美丽。

马王 许廷旺

拳毛骝从马驹成长为马王，艰难、辛酸，遭遇了种种磨难。它是蒙古野马与胡尔勒家马爱情的结晶，出生的第二天，母马就死了。它靠着智慧与机智，在艰苦的环境下长大，并展现出与众不同的特质。突如其来的暴风雪、凶残的狼群、贪婪的盗马贼、匮乏的食物……一次次考验着拳毛骝。

大熊猫传奇 *刘先平*

在苍苍莽莽的森林中，一对憨态可掬的大熊猫母子欣然跃入眼帘，这个传说中的"黄龙的坐骑"，如今被视为稀世珍宝的"活化石"散发着深邃与神秘。当代大自然文学之父刘先平以精彩的故事，再现自然界生存竞争场景和生动有趣的探险经历，为小读者们带来不一样的阅读感受和视觉体验。

最后的虎王 *李克威*

被认为早已灭绝了的野生中国虎突然出现在了百山祖原始森林！这可能是世界上最后的一只中国虎！一支考察组在特种部队的协助下极力维护中国虎的生存环境，帮助它繁衍后代，延续血脉。同时，盗猎高手彭潭、彭渊兄弟也在伺机猎杀。一场正义与邪恶、保护与破坏、盗猎与反盗猎的搏斗由此展开！

最后一头战象 *沈石溪*

一头老战象，在生命的最后时刻毅然走向了"百象冢"，和曾经并肩战斗过的同伴们葬在了一起；象母媲婉慷慨为仇家小象喂奶……这些充满人性光辉的动物故事，绽放出璀璨蓬勃的生命之火，谱写了凄美高亢的丛林之歌，在善与恶、美与丑的对决中，告诉人们什么才是正义、勇气和智慧。

中国动物小说名家经典

骆驼 杨志军

　　"大驼运"之路异常辛苦、危险。一路上，骆驼依然是受人驱使的，但它们也是有血有肉、有情有义的。它们会为了自己心爱的意中人不吃不喝，在广袤无边的大漠中寻找对方；它们会为了能让自己的孩子活下去而宁愿走过刀山火海；它们会为了保护主人而去和猛兽毒蛇较量……这就是骆驼的真情和善良。

白天鹅红珊瑚 沈石溪

　　白天鹅是美的化身，高贵的代名词。一只最美的白天鹅——红珊瑚为了幼鹅而奋不顾身与水獭搏杀，变成了"丑八怪"；一只传奇的白天鹅——红弟，一生经历了七次冒险；四只哨兵天鹅用生命铸就了种群的繁荣与安宁……一部激荡唯美的天鹅传说，一首自然野性的生命赞歌。

云海探奇 刘先平

　　在茂密的丛林中，弥漫着"云海漂游者"的传说，它们到底是野人，还是……文章以神秘的野兽踪迹为线索，通过追寻珍稀野生动物——短尾猴的精彩刺激的探险故事，向小读者们一一展示瑰丽多姿的自然风光以及各种奇禽异兽。文中两位小主人公坚定执着、永不放弃的科学探索精神亦为小读者们带来深刻的启发。

第七条猎狗

一个闯荡山林四十多年的老猎人——召盘巴，先后有过七条猎狗，却唯独钟爱这条名叫"赤利"的第七条猎狗。然而，那年的泼水节前的一次狩猎，却改变了赤利的命运……狡黠的狐狸还能再骗"我"一次吗？刀疤豺母和强巴可以"一笑泯恩仇"吗？"六指头"和虎娃金叶子之间又有怎样感人的故事？翻开这本《第七条猎狗（影像青少版）》，就可以找到答案哟！

罗杰阿雅

黑鹤事无巨细地记录着他的两条牧羊犬——罗杰与阿雅的成长。为罗杰去除狼趾的过程；罗杰和阿雅第一次在家里吃饭的场景；罗杰在路上奔跑的速度；罗杰望向窗外专注的眼神；罗杰迎接黑鹤时巨大的热情；罗杰以破坏的方式证明自己的存在……黑鹤用每一个细节强调罗杰对人的热情和依赖，罗杰和阿雅们是和我们一起共同栖居在钢筋水泥丛林中的生命。

狼国女王

一个特别寒冷的冬天，肆虐的暴风雪连续下了四天四夜，生活在日曲卡雪山附近的帕雅丁狼群饿得走投无路，不得已虎口夺食。结果雄性的狼王被孟加拉虎咬死，一只雌狼临危受命，登上了狼王的宝座。此后，它带领狼群出生入死，经历了各种磨难，用自己的一生造就了一个动人心弦的女王传奇，书写了一部雄浑博大的母爱史诗。

责任编辑：王　巍
装帧设计：巢倩慧
责任校对：王　莉
责任印制：汪立峰

部分华南虎图片由广东粤北华南虎省级自然保护区管理处提供

图书在版编目（ＣＩＰ）数据

最后的虎王 / 李克威著 . -- 杭州 ： 浙江摄影出版
社，2016.1（2020.9重印）
（中国动物小说名家经典）
ISBN 978-7-5514-1255-1

Ⅰ．①最… Ⅱ．①李… Ⅲ．①长篇小说－中国－
当代 Ⅳ．① I247.5

中国版本图书馆 CIP 数据核字（2015）第 306908 号

中国动物小说名家经典·最后的虎王

李克威　著

全国百佳图书出版单位
浙江摄影出版社出版发行
　　地址：杭州市体育场路 347 号
　　邮编：310006
　　网址：www.photo.zjcb.com
　　电话：0571-85170614
经销：全国新华书店
制版：杭州林智广告有限公司
印刷：三河市兴国印务有限公司
开本：710mm×1000mm　1/16
印张：19.5
2016 年 1 月第 1 版　　2020 年 9 月第 4 次印刷
ISBN 978-7-5514-1255-1
定价：39.80 元